猫物語《ネコモノガタリ》

白

西尾維新
NISIOISIN

KODANSHA BOX

第懇話　つばさタイガー

BOOK&BOX DESIGN
VEIA

FONT DIRECTION
SHINICHI KONNO
(TOPPAN PRINTING CO., LTD)

ILLUSTRATION
VOFAN

本文使用書体：FOT- 筑紫明朝 Pro L

第懇話　つばさタイガー

HANEKAWA TSUBASA

001

羽川翼《はねかわつばさ》という私の物語を、しかし私は語ることができない。というのも、私にとって私とは、どこまでが私なのかをまずもって定義できないからだ。ふと伸ばした足の爪先までが自分であるとはとても思えないと記した文豪がいたはずだが、私だったら足を伸ばすまでもない、心そのものが、自分のものであるかどうかが疑わしい。

私は私なのか?

私とは何なのか?

私とは誰なのか?

誰とは——私で。

何が——私なのか。

たとえばこんな風に益体《やくたい》もないことをつらつら考えている思考は、果たして私と言えるだろうか? 言えるのかもしれない、言うだけなら。だけれどこれはただの思いであり、考えであり、ひょっとすると記憶かもしれないけれど、言うならば知識の積み重ねでしかない。経験こそが私と言うなら、ならば私とまったく同じ経験をした人間は、ひょっとすると私だと言ってしまってよいのだろうか。

私以外に私がいても、それは私で。

だったら私らしくない私は、私ではなくなってしまうのか——どう考え、どう思う?

そもそも羽川翼という名前が既《すで》に不安定だ。私は幾度《いくど》か苗字《みょうじ》が変わっている。

だから名前にアイデンティティを求められないのである、少しも、まったく。名前なんてただの記号だという発想を、かなり根深い意味で私は理解してしまっている、言うならば体感レベルで。

怪異と向き合うにあたっては、対象の名称を把握することが何より大事——少なくとも第一歩ではあるそうなのだが、ならばこれまで私が私と向き合って来られなかった大きな理由は、私が自分の名前を自分のものとして認識していなかったからなのかもしれない。

ならば私はまず自分の名前を知るべきだ。

羽川翼を自分として知るべきだ。

それでこそ、初めて私は私を定義できるだろう。

もっとも、阿良々木《あららぎ》くんはこんなことでいちいち悩んだり立ち止まったりしないんだろうなと思うと、私は自分がしているのであろう足踏みの滑稽《こっけい》さがおかしくなってしまう。吸血鬼になろうと、人間でなくなってしまおうと、様々な怪異にあちらの世界へ引《ひ》き摺《ず》り込まれかけようと、それでもずっと阿良々木暦《こよみ》であり続けられる彼の、確固とした自分、確固とした己《おのれ》自身のことを思うと、私は恥ずかしい。

彼に自覚はないのかもしれない。

周りから見れば明らかで、それはもう火を見るよりも明らかで、どんなときでもどんな場所でも彼は彼であり続けているのだけれど、案外自覚はないのかもしれない。

自覚するまでもなく。

自信を持って、阿良々木暦は阿良々木暦で。

彼はいつも、彼自身の物語を語ることができるのだろう。

だから私は彼が好きなのだ。

羽川翼は阿良々木暦が好きなのだ。

結局、私が語れる私とは、その辺りからスタートするしかなさそうだ。私の中で確実な部分は、おかしなことにそこしかない。たとえば図書館の机で、ひとり勉強しているときに、不意に思いついて、ノートの隅《すみ》に『阿良々木翼』なんて名前を書いてにやけてしまうときのように。

私の物語は、それで十分。

サー・アーサー・コナン・ドイルの生み出した名探偵、シャーロック・ホームズの60編の冒険譚《ぼうけんたん》の中にたった二編だけ、助手のワトソン博士ではなく、シャーロック・ホームズその人が語り部《べ》となる短編小説が存在する。シャーロキアンの間では偽書《ぎしょ》扱いされたりもする問題作だが、その内の一編、『白面の騎士』の冒頭でホームズ氏はこんなことを言っている。

The ideas of my friend Watson, though limited, are exceedingly pertinacious. For a long time he has worried me to write an experience of my own. Perhaps I have rather invited this persecution, since I have often had occasion to point out to him how superficial are his own accounts and to accuse him of pandering to popular taste instead of confining himself rigidly to fact and figures. 'Try it yourself, Holmes!' he has retorted, and I am compelled to admit that, having taken my pen in my hand, I do begin to realize that the matter must be presented in such a way as may interest the reader.

ご多分に漏《も》れず私はシャーロック・ホームズの超人さ加減に魅せられて、わくわくしながら彼の活躍を読んでいたものだから、突然語られた彼のこの『本音《ほんね》』に、面食《めんく》らってしまったものだ。

有体《ありてい》に言えばがっかりした。

散々《さんざん》超人っぷりを披露《ひろう》してきた彼が、どうして今《いま》更《さら》そんな人間っぽいことを言い出すのかと、裏切られたような気分になったのだ。

だけど今ならわかる。ワトソン博士の語る『超人』としての自分と、本人としての自分、そのギャップに耐えられなくなった彼の人間らしさが。

言い訳をしたくなった彼の気持ちが。

結局、名探偵は助手から、『だったら自分で書いてみろ』と言い返されてしまい、それで発表されたのがその二編ということなのだが――まあ、私にとってこの物語は、そういう物語であるということを最初に述べておこう。

阿良々木くんが大袈裟《おおげさ》に、さながら歴史上の聖人や聖母のように語る私が、ただのひとりの人間であることを知ってもらうための物語だ。

私が猫であり、虎《とら》であることを。

そして人であることを知ってもらうための、軒並《のきな》みがっかりしてもらうための、裏切りの物語。

阿良々木くんのように上手《じょうず》にお話しできるとは思わないけれど、まずは行き当たりばったり、頑張ってみようと思う。きっと誰《だれ》しも、そんな風に自身の人生を語るのだろうから。

さあ。

悪夢から目覚めるときがやってきた。

002

噂に聞いた話だと、阿良々木くんは妹の火憐《かれん》ちゃんと月火《つきひ》ちゃんに毎朝甲斐甲斐《かいがい》しく起こしてもらっているらしい。平日だろうと休日だろうと祝日だろうとお構いなしに、引っ切りなしに起こしてくれるとか。阿良々木くんはそれを大層迷惑《たいそうめいわく》がっているようだけれど、しかし私から見れば、それは『仲のいい兄妹《きょうだい》』という風でしかない。

と言うか、普通に羨《うらや》ましい限りだ。

実に実に。

一体この世の中に、毎朝毎朝起こしてもらえるほどに慕《した》われているお兄ちゃんがどれくらいいるというのだろう——もっとも、この場合私が羨んでいるのは阿良々木くん本人ではなく、阿良々木くんの寝顔を毎日見られる、火憐ちゃんと月火ちゃんのほうなのかもしれない。

いやもう、羨ましい限り。

実に実に。

で、そんな私こと羽川翼がどんな風に目覚めるのかと言えば、阿良々木くんが毎朝妹達に起こされるように、私は毎朝ルンバに起こされている。

ルンバというのはもちろん羽川家が飼っている猫

の名前とか、羽川ルンバ的な奇抜《きばつ》な名前の妹とかではなく、奇をてらわずにまんまアイロボットの自動掃除機《そうじき》であり、つまり型番で言えばルンバ577である。

毎朝六時にタイマーで自動的に作動するようセットされている、かの高機能な掃除機に頭をこつんと小突《こづ》かれて、私は目を覚ますのだ。

爽やかに。

とは言えルンバは他の掃除機の例に漏れず結構な音を出しつつ清掃を行うので、廊下《ろうか》を這《は》って私に近付いて来る時点で、本当は私は眠りから醒《さ》めてはいる——なのに頭を小突かれるまで起き上がることなく、目を閉じたままその『こつん』を待っているのは、ひょっとしたら『誰かに起こされる感覚』に、『起こされ感覚』に私が憧《あこが》れているからなのかもしれない。

詩的に言えば、眠り姫のように。

いや、相手が掃除機では、どう言ったところで詩的にはならないだろうけれど。

眠り姫って、我ながら。

ルンバのほうにしてみても、廊下を掃除している道中に寝ているヤツがいるのだから、いい迷惑でしかないだろう。

そう、私は廊下で寝ている。

一軒家《いっけんや》の二階、その廊下に布団《ふとん》を敷《し》いて寝ている。

私はそれを普通、極《ごく》当たり前のことだと思っていたのだけれど、どうやらそんなことはないらしい。なので、そうとは知らずにそれを話して友達をひとり失って以来、私はこのことをあまり大っぴらに話さないようにしている。

だからと言って、今更取り立てて自分の寝床《ねどこ》が欲しいとは思わないけれど。

当たり前になっている。

当たり前を変化させたくない。

別に自分の部屋が欲しいなんて子供っぽいことは一度も思ったこともないし、そうそう、この子なら

大丈夫だろうと、仲良くなってからクラスメイトの戦場《せんじょう》ヶ原《はら》さんにはこのことを話したのだけれど、すると彼女は、

「なんだ、そんなこと」

と言った。

「私の家にはそもそも廊下がないわよ」

親子でワンルームのアパートに住んでいるという戦場ヶ原さんから見れば、贅沢《ぜいたく》な悩《なや》みなのかもしれない、そもそも悩んでないし。

いや。

違《ちが》うのかな。

推察するに私はこの家を、『自分の居場所』にしたくないのかもしれない。動物がするマーキングの逆みたいなもので――家から距離《きょり》を取っておきたいのかもしれない。

自分の痕跡《こんせき》を少しでも。

この家に残したくない。

そういうことなのかもしれない。


……何故自分の心を推して察せねばならないのか、『かもしれない』としか言えないのかは、置いておいて。

「まあ、私がどういうつもりにしたって、あと数ヵ月先にはどうでもよくなってしまうことなんだから、あまり深く考えないようにしないと」

独り言を言いながら、私は布団を畳《たた》む。

寝起きはいいほうだ。

というより私には『寝ぼける』という感覚が、よくわからない。

意識のオンオフが、多分必要以上にはっきりしている。

眠ければ寝ればいいのに。

そう思ってしまう。

「この辺の感覚が、私はきっと人とずれているんだろうな。阿良々木くんにもよく言われるし。『お前ができて当たり前だと思っていることは僕にとってはただの奇跡《きせき》なんだ』とか――でも奇跡は言い過ぎ

だよね」

独り言を続ける私。

外ではそんなことはないのだけれど、家の中だとどうしても独り言が多くなる。そうしていないと、言葉を忘れてしまいそうだからだ。

どうかとは思う。

そんな独り言の中で阿良々木くんのことを思い出して、自然とにやけてしまう自分のことも、同じようにどうかとは思う。

納戸《なんど》に布団をしまい、洗面所に行って顔を洗う。

それからコンタクトレンズを嵌《は》めた。

眼鏡《めがね》をかけていた頃《ころ》は、眼球に直接レンズを貼《は》り付けるなんて、怖《こわ》くて怖くて考えたくもなかったけれど、そしてやっぱり最初の頃は、怖くて怖くて、目を閉じてレンズを入れていたくらいだけれど（これは比喩《ひゆ》です）、こうして慣れてみれば何と言うこともなかった。

何事も慣れ。

むしろ鼻や耳に負担がいかない分、眼鏡よりも楽なくらいだ。

ただ、来年から先のことを思えば、コンタクトレンズにしても眼鏡にしても、何らかの不自由を伴《ともな》いそうではあるので、いっそのこと、在学中に勇気を出してレーシック手術を受けてみようかとも考えている今日この頃である。

身なりを整《ととの》え、ダイニングに向かう私。

そこでは、私の父親と呼ばれるべき人と、私の母親と呼ばれるべき人が、いつも通り同じテーブルで別々に朝食を食べていた。

彼らは部屋に入ってきた私を見もしない。

私も彼らを見もしない。

視界に入っただけでは見えたことにはならない、心の目はいくらでも逸らせる。心の目で見ることは難しくとも心の目で見ないことは易しい。

テレビでニュースキャスターさんが、今日のトップニュースを告げる声だけが、ダイニングには響《ひび》いていた。

どうしてなのだろう。

同じ部屋にいるふたりよりも、遠く離《はな》れたテレビ局にいるであろうニュースキャスターさんのほうが、近しく感じられてしまうのは。

本当にどうしてなのだろう。

なんなら彼女に「おはようございます」と挨拶《あいさつ》したくなるくらいだ。

そう言えば何年、この家の中で「おはよう」という言葉を、私は口にしていないだろう。試《こころ》みに記憶《きおく》を探ってみたけれど、これがとんと思い当たらなかった。ルンバにおはようと言った憶《おぼ》えは五回あったが（先述の通り、寝ぼけて言ったわけではなく、素《す》で言った。あの自動掃除機は、動きに妙《みょう》な生き物臭《くさ》さがあるのだ）、しかし、私の父親と呼ばれるべき人と、私の母親と呼ばれるべき人に言った憶えとなると、本当に一度もない。

ただの一度もだ。


へえ。

これは驚《おどろ》く。

以前阿良々木くんに、『両親に対して、私のほうからはちゃんと歩み寄っていたつもりだ』みたいなことを言ったけれど、どうやらあれは真実とは違う言葉だったらしい。まあ、私の言うことが嘘《うそ》ばっかりなのは、今に始まったことではない。

私は嘘でできている。

真実からは程遠い存在――それが私、羽川翼だ。

苗字からしてインチキだしね。

音を立てないようにドアを閉めて、私はテーブルには向かわず、まずキッチンに向かう。朝食を作るためだけれど、少しでも、あの人達の座るテーブルに近付く時間を遅くしようという気持ちがないわけではない。

無駄《むだ》な抵抗《ていこう》、というか、空しい抵抗だけれど。

その程度のレジスタンスは許されよう。

クーデターというほどではない。

私の家、とは、心の中ではあまり言いたくない羽川家のキッチンには、調理器具がとにかく多い。まな板は三枚あり、包丁も三本ある。ミルクパンもフライパンも、三個ずつ。とにかく何でも三つある。それが何を意味するかと言えば、そう、この家に住んでいる三人が、それぞれ別の調理器具を使用しているということなのである。

これも話して、友達を失ったエピソード。お風呂《ふろ》のお湯は一人入るごとに流して新しく張り直すとか、洗濯も個別に行うとか、その手のエピソードは枚挙《まいきょ》に遑《いとま》がないのだけれど、しかし不思議なものだ。

私のほうはそれをまったく不自然だとは思っていないし、それで何人友達を失ってしまっても——だったら羽川家も他の家と同じようにするべきだとは、ちっとも思えないのだから。

家を出る時間が大体同じなので、朝食を食べる時間は『たまたま』揃《そろ》ってしまうけれど、それは食堂で相席になるのと似たようなもので、会話もないし、誰かが、ついでだから他の二人の分の朝食も作ってしまう、というようなこともない。

自分用の調理器具を選び、家事開始。

というほど凝《こ》った朝食を作るつもりもない。

一人分炊《た》いたご飯をよそい、味噌《みそ》汁《しる》と卵焼き、お魚、それからサラダを用意して（食べ過ぎと言われることもあるけれど、私は朝食はがっつり食べるタイプだ）、三回にわけてテーブルに運ぶ。最後にもう一回、お茶を淹《い》れて往復《おうふく》。誰かが手伝ってくれれば四往復半もしなくていいのだけれど、もちろん、手伝ってくれるような人間はこの家にはいない。ルンバもそこまで手伝ってはくれない。

阿良々木くんが手伝ってくれたらいいのにな、なんて思いながらテーブルにつく私。

「いただきます」

手を合わせてそう言って、私は箸《はし》を取る。

他の二人がそう言っているのは聞いたことがない

けれど、『おはよう』や『おやすみ』を言ったことはなくとも、私は『いただきます』と『ごちそうさま』は欠かしたことがない。

特に春休み以来は、一度も欠かしたことがない。

だってそれは私の血肉になってくれる、食材となる前は生き物だった、動物や植物に対する言葉なのだから。

こんな私のために殺された生命。

ありがたくいただきます。

003

私はご飯を食べ終わって、パジャマから制服に着替えて、それからすぐに家を出た。阿良々木くんは家を出るまでに八十ページくらいかかるらしいけれど、私はこんなものだ。これは明確に、なかなか部屋から出してくれない家族がいるか、いないかの違いだろう。

そんなわけで今日から新学期である。

そのことにほっとする。

心底救われた気持ちになる。

新学期はいつだって私の命の恩人だ。

休みの日は散歩の日——とは言っても、ふらふら出歩くにも限界がある。非行少女もいいところだ。

夏休みから始まった、阿良々木くんの大学合格に向けた家庭教師というのは、阿良々木くんの学力向上のためというのは別の側面として、私が家に戻らなくてもいい口実、でもあったのだろう。

だから学校というのは——ほっとする。

胸を撫で下ろす。

まあ、散歩であろうと、家庭教師であろうと。

学校であろうと。

どの道最後には家に戻らなくてはならず、それほど憂鬱《ゆううつ》なことはないのだけれど——そう。

私にとってそれはあくまで『戻る』であり、決して『帰る』ではない。

チルチルとミチルは、最後に幸せの青い鳥が自分の家にいたことに気付くわけだけれど、だったら自分の家を持たない者は、どこに幸せの青い鳥を求めればよいのだろう。

それとも求めるものが違うのだろうか。

求めるべきは青い鳥ではなく。

白い猫——だとか。

大体、多少ネガティブなことを言わせてもらえば、たとえ幸せの青い鳥が自分の家にいたとしても、同じように不幸の猛獣だって潜んでいないとは限らない。

そんなことを考えながら歩《ほ》を進めていると、おやおや、私の行く手に、ツインテールの少女が現れたではないか。

「これはこれは。羽川さんではありませんか」

少女——八九寺真宵《はちくじまよい》ちゃんは、そんな風《ふ》に振り向いて、とてとてと私のほうに愛くるしく駆《か》け寄ってきた。その一挙一動が可愛すぎる。その可愛さが阿良々木くんを狂《くる》わせてしまうことを、彼女はどこまで自覚しているのだろうか。

「今日から学校のようですね、羽川さん」

「うん。そうなんだ」

「学業に勤《いそ》しむというのも並々ならぬ重労働ですよねえ。かく言うわたしも小学生の身ではありますが数々の艱難辛苦《かんなんしんく》を乗り込えつつの日々に身をやつしております。夏休みも大量の宿題にこの身を圧《お》し潰《つぶ》されそうになりながらの、戦いの記録だったと言ってよいでしょう」

「へえ……」

この子やっぱり阿良々木くん以外の人間と喋《しゃべ》るときは全然噛《か》まないなあ、とか、そんなことを思いながら、私は応対する。

「真宵ちゃんは何してるの?」

「阿良々木さんを探しています」

そう言った。

これはこれは。

こっちがこれはこれは、だ。

阿良々木くんが真宵ちゃんを探して徘徊《はいかい》するというのならわかるけれど、真宵ちゃんが阿良々木くんを探しているとは、これは本当に珍《めずら》しい。

いや、そう言えば前にも似たようなことはあったかな？　あのときは確か、忍《しのぶ》ちゃんが行方不明になっていたんだったか——だとするとひょっとして、またぞろ、そんなことが起こったのだろうか。

表情からそんな私の杞憂《きゆう》を見抜《みぬ》いたようで、真宵ちゃんは、「いえいえ」と言う。

「別に何か大仰《おおぎょう》なことがあったというわけではないのです。ただ、ちょっと阿良々木さんの家に忘れ物をしてしまったので、それを返してもらおうと思いまして」

「忘れ物？」

「ほら」

と、真宵ちゃんは私に背中を向ける。

別に何もない、可愛らしい背中だと思ったけれど、よく考えてみれば何もないことがそもそもおかしい。真宵ちゃんは、いつでもどこでも、大きなリュックサックを背負っているというのがチャームポイントなのだ。

そのリュックがない。

これはどうしたことだろう。

「ていうか、何？　今真宵ちゃん、なんて言った？　阿良々木くんの家に忘れ物？」

「はあ。昨日、彼に連行されまして」

真宵ちゃんは私に背を向けたままで、困ったように言う。

「その際にわたし、迂闊《うかつ》にもリュックを忘れてしまったのです」

「連行……？」

「無理矢理連行されました」

「……いや、犯罪性が増したけど」

あと一回訊《き》き直したら連行が暴行になるかもしれなかったので、私はあえて追及しない。とにかく、真宵ちゃんは阿良々木くんの家に、リュックサックを忘れてきたらしい。

それはまた大胆な忘れ物だ。

「でも、だったら、阿良々木くんの家に行けばいいじゃない」

座標が全然違う。

どうしてこんなところに。

「もちろんあのかたの家には最初に行きました。でも、既に出られたあとのようで、自転車がありませんでした」

「へえ……？　でも、阿良々木くんがこんな早くに学校に行くかな」

私は一分一秒でも早く家を出たいのでなるべく早めに登校することにしているけれど、阿良々木くんの場合、たとえそうしたくとも、なかなか妹達が外に出してくれない、言ってしまえば常日頃から軟禁《なんきん》状態にあるはずだから、もしも早朝に家を出たというなら、学校に向かう前によっぽど重要な理由があるからか――

「あるいは、重要な理由はあり終わっていて、阿良々木くんは昨日の夜からずっと帰っていないのか、かもね」

早めに出たのではなく。

未《いま》だ帰っていないのか。

「ああ、その発想はありませんでした。さすが羽川さん、名推理《めいすいり》ですね、確かにその可能性はあります。わたしが阿良々木さんの家からなんとか逃《に》げ出した後、あるいは何かのっぴきならない事件があったのかもしれません」

「そうだね」

なんとか逃げ出した、という、既にのっぴきならない物騒《ぶっそう》なフレーズはスルーしておこう。追及すると、なんだかもう色んな残念な事実が表沙汰《おもてざた》になってしまいそうな気がする。

「まあどちらにしろ、こんな時間に直接学校に行ったとも思えませんので、こうして適当に阿良々木さんを探す健気《けなげ》なわたしというわけです」

「真宵ちゃん、人探しには向いてないよね」

あてずっぽう過ぎる。

そんな探し方でどうやって阿良々木くんを見つけるつもりなのか。手探りどころか、何の手掛《てが》かりもなく。

「いえいえ。だからこそ、こうして羽川さんとお会いできたのですから、わたしの探索《たんさく》能力も捨てたものではありませんよ」

「前向きだね……」

「ま、わたしと会えてしまったことが、羽川さんにとって幸運なのかどうかはわかりませんが？」

「？　なんで？　この界隈《かいわい》では、真宵ちゃんは会えたらその日必ずいいことがあるという、ラッキーアイテムとして伝えられてるんだよ」

「変な伝承《でんしょう》を作らないでください……」

もちろん出典は阿良々木くんだ。

彼はこの手のデマを語らせたら右に出る者はいない。なかなか素質のある怪談の語り手である。

「じゃあ、学校で阿良々木くんに会ったら、真宵ちゃんが探していたって伝えとくね」

「よろしくお願いします」

真宵ちゃんはそう言ってぺこりと丁寧《ていねい》に頭を下げ、愛くるしくとてとてと、歩いていた方向へと戻っていった。

当たり前だけれど阿良々木くんとそうしているようには、私と長話をしてくれない。真宵ちゃんみたいな可愛い子と同じ視点でお喋りできる阿良々木くんは羨ましいし、阿良々木くんといつまででもお話できる真宵ちゃんのことも、やっぱり羨ましいと思う。

阿良々木くんはそれを当たり前のことだと思っている節《ふし》があるけれど。

私に言わせればそっちのほうがよっぽど奇跡だ。

羨ましい。

「ではでは！　近いうちにまたお会いしましょう羽川さん！」

と、離れたところでもう一度振り返ってくれ、真宵ちゃんはそんな風に手を振る。

私も同じように手を振り返す。

「うん！　またねー」

「これから起こるわたしと阿良々木さんとのエピソードは次回作で！」

「露骨《ろこつ》に伏線《ふくせん》を張らないで」

伏線と言うか、もう番宣だ。

私は阿良々木くんが真宵ちゃんにしているように、最後くらいは突っ込んだのだった。

004

怪異に遭《あ》えば怪異に引かれる——と言う。


らしい。

それは引かれるなのか、惹《ひ》かれるなのか、曳《ひ》かれるなのか、あるいは轢《ひ》かれるなのか、深く考えれば考えるほどそれぞれが密接にかかわりあって、混沌《こんとん》としてわからなくなっていくけれど——忍野《おしの》さん曰《いわ》く、一度でも怪異に『遭遇《そうぐう》』してしまった者は、その後の人生において、怪異に遭いやすくなってしまうそうだ。

そこに理屈《りくつ》はない、とあの人は言っていたけれど、私はそこに理屈をつけられるように思う。それも、不可思議でも何でもない、実際的な理屈が。

何にでも理屈をつけてしまう私の悪い癖、悪どい癖かもしれないけれど。

要はそれは、記憶と認識の問題だ。

誰だって、『ある言葉』を新しく知った途端《とたん》、やたらとその言葉を目にする機会が増えたという経験をしたことはあるだろう。

たとえば『にこごり』という言葉を覚えたら、新聞や小説を読んでいる最中、もしくはテレビや映画を見ている最中、『にこごり』がやけに耳につくようになったとか。

言葉でなくとも、音楽や名前でも、同じ現象は起こる。

知れば知る。

知るほど知る。

知識はイコールで認識であり、記憶であり。

知ってることだけである。

つまり『それ』を認識する回路が頭の中にできてしまったから、日々流れ込んでくる膨大《ぼうだい》な情報の中、今までスルーしていた『それ』をすくい上げられるようになった、ということだ。

怪異はどこにでもある。

怪異はそこにしかない。

それに気付くか気付かないか、だけの話。

だからこそ一回目が重要。

最初の一回が、最重要なのだ。


阿良々木くんなら鬼《おに》。

戦場ヶ原さんなら蟹《かに》。

真宵ちゃんなら蝸牛《かたつむり》。

千石《せんごく》ちゃんなら蛇《へび》。

神原《かんばる》さんなら猿《さる》。

火憐ちゃんなら蜂《はち》。

そして私なら——猫。

……で、どうしていきなりこんな話をしているのかと言えば、それは今、私の目の前にいるからである。

何がって。

怪異が——である。

「うわ……」

普通怪異に遭えば、人は思うはずだ。

この世にお化けなんているはずがない、この世に妖怪なんているはずがない、今自分が見ているものは怪異なんかじゃない——と。

思うはずだ。

しかし今、私はまったく正反対のことを思い切り思っていた。

目の前の『それ』が、怪異であってくれと、本気で願っていた。

だって——虎。

虎である。

私のすぐ目の前を、悠然《ゆうぜん》と虎が歩んでいたのだ。

黄色と黒の縞々《しましま》。

絵に描いたような虎。

真宵ちゃんを見送って、すぐだった——曲がり角を折れたら、その先に虎がいたのだった。いや、こんな風に文章に起こしてみても、リアリティゼロ、全然現実味を帯《お》びてこない。

帯びてこないのだから現実ではないのだろう。

怪異なのだろう。

と言うより、是《ぜ》が非《ひ》であっても怪異であってくれないと困る——その虎と私との距離は、五メートルもない。手を伸ばせばその縞々に触れられそうでもある。もしもこの虎が怪異でなく現実の虎、そう、仮に動物園から逃げ出してきた虎だったりしたら、間違いなく私の命はない。

逃げようもない距離である。

食される。

いただきますされる。

命のバトンを渡してしまう。

ところで高度に発達した科学は魔法《まほう》と区別がつかないというけれど、怪異も行き過ぎれば現実と区別がつかない。

この独特の獣臭《けものしゅう》、重厚なまでの存在感、どれを取ってもすさまじく、現実味はなくとも現実的ではあったけれど、リアリティはなくともリアルのかたまりのようでもあったけれど、大丈夫、親愛なるあのニュースキャスターさんは、動物園から脱走した虎の話なんてまったくしていなかったはず。

『……■■』

虎が——唸《うな》った。

漫画《まんが》に出てくる猛獣《もうじゅう》のように、わざとらしく『がおー』と吠えてくれたりはしない。

そして足を止め、虎は私を睨《にら》みつけた。

しまった。

目が合ってしまった。

この虎が現実であろうと怪異であろうと――目が合うのはまずい。

現実の虎ならもちろん、それだけで十分に襲《おそ》われる理由になるし――怪異の虎なら、私が向こうを認識するのと同じくらい、いやそれ以上に、向こうが私を認識することはまずいのだ。

私は即座《そくざ》に目を逸らす。

虎を視界から外《はず》す。

虎がそれをきっかけに動くということはなかったけれど、しかし、とは言え私もまた、その場から動くことはできなかった――結果として相手が動物だとしても怪異だとしても、中途半端《ちゅうとはんぱ》な対応を取ってしまったことになる。

逃げるなら逃げればよかったのに――どうして私は、ここから逃げない。

逃げれば助かるのに。

なぜ逃げない。

私は。

「…………」

どのくらいそうしていただろう。

こういうとき、何時間もそうしているかのようだったとか、あるいは逆に、あっという間のようだったとか、そういう表現が使われることがあるけれど、正直、そんなことを考える余裕《よゆう》もなかった。

私の心は思いのほか狭量《きょうりょう》で。

ここにいることもここにいないこともできなくて、これじゃあ私自身が怪異のようで――そして遂《つい》に。

『ふむ。白い』

と。

虎が喋った。

怪異確定。

『白くて——白々《しらじら》しい』

言って（当然、語尾《ごび》に『がおー』と付けることもなかった）——あっさりと虎は止めていた四本の足をゆらりと、のっそりと動かして、私の横を通り過ぎて行った。

虎という生き物を間近で見たことがない私には、これまで五メートル先にいた対象との遠近感がまったくつかめなかったけれど、すぐ隣《となり》を通られるとき、その胴体《どうたい》が私の頭部よりも高い位置にあることを見せつけられ、改めてそれが、現実ではありえない巨大さだと思い知った。

振り向くべきではなかっただろう。

通り過ぎてくれるなら、そのまま通り過ぎてもらうべきだ——向こうが目を逸らしてくれたのだから、尚更こちらから目で追うべきではない。

けれど私は。

白い。

白くて——白々しい。

私は、その虎が、私に言った言葉に捕《と》らわれてしまい——何も考えず、警戒《けいかい》さえなく。

振り向いてしまった。

なんとも愚《おろ》かしい。

ゴールデンウィークを含《ふく》む、一学期の教訓がほとんど生きていない。これでは阿良々木くんのことを何も言えない。

いや、私の場合。

阿良々木くんよりはるかに酷い。

「……あ」

でも、幸い。

と言うべきなのか、どうなのか。

いや、もちろん、明らかに言うべきではないのだろうけれど。

振り向いたところには、何もいなかった——虎はおろか、猫一匹いなかった。

ただの道である。

いつも通りの通学路だ。

「……参ったな」

と言ったのは、虎が消えていなくなったからではなく、左手首の時計を見たからだ。

八時半。

私はどうやら、生まれて初めて、遅刻《ちこく》というものをしてしまうことになるらしい。

005

「戦場ヶ原さん、聞いて聞いて。私、今日学校に来る途中に、虎さんと出会っちゃった」

「あらそう。ところで羽川さん、私はその話を詳《くわ》しく聞く義務があるのかしら？　聞いて聞いてというのは、前置きじゃなくてマジなお願い？」

始業式が終わって、三々五々、皆が教室に帰っていく中、私は同じクラスの戦場ヶ原さんのところに駆け寄った。

そして今朝《けさ》の話をする。

すると戦場ヶ原さんは、ちょっと嫌《いや》そうな顔をして、露骨《ろこつ》に嫌そうな反応を返してくれたわけだ。もっとも闇雲《やみくも》に拒絶するようなことはなく、

「何？」

と先を促《うなが》してくれる。

彼女は夏休みの間に、腰《こし》まで伸《の》ばしていた髪《かみ》をばっさりと切っていて、その後すぐに父方の実家に帰ってしまっていたので、阿良々木くんにとってはともかく、私にとっては髪の短い戦場ヶ原さんというのは目新しい。

元々整った顔立ちをしているので、長くても短くても、どんな髪型でもあつらえたように似合う感じだが、一学期の彼女にあった『深窓《しんそう》の令嬢《れいじょう》』という雰囲気《ふんいき》は、そのトリミングによって完全に消えてしまっている。

それはクラスメイトの間で密かに物議《ぶつぎ》を醸《かも》してい

たが（私が髪を切ったときより、それは醸していたかもしれない）、私に言わせれば女子高生にとって『深窓の令嬢』という言葉は悪口に限りなく近いので、いいことだと思うのだ。

「虎って言った？　羽川さん。猫じゃなくて」

「うん。猫じゃなくて虎」

「虎縞の猫じゃなくて？」

「うん。虎縞の虎」

「虎縞の縞馬《しまうま》じゃなくて？」

「それは普通の縞馬だと思うけれど、うん、違う」

「練馬《ねりま》区を縞馬区に改称したら住民票を移す人が増えると思わない？」

「思わない」

ふむ、と戦場ヶ原さんは頷《うなず》いて、

「こっち」

と私の手を引く。

物陰《ものかげ》に連れて行かれた。

ホームルームまではちょっと時間があるので、列から離れようということらしい——確かに教室で人目もはばからずにするような話ではない。

体育館の裏。

という言葉を使うと、なんだかちょっと怖い雰囲気があるけれど、去年の女子バスケットボール部の活躍《かつやく》以来、体育館付近の管理は非常に行き届いているので、むしろ健康的に開けた場所である。

天気もいいし、女子が恋バナに花を咲《さ》かせるのには相応《ふさわ》しい環境《かんきょう》だけれど、私達はそこで怪談に花を咲かせるわけだ。

花を枯らす、と言うべきかもしれない。

「虎を見たって……それは羽川さん、大変な事実じゃないの？」

「そう思うんだけど。あ、でも違うの、現実の虎さんじゃなくって、多分怪異だと思うの。喋ってたから」

「そんなの一緒でしょう。何も変わらないわ。現実の虎だって、日本人にしてみれば怪異みたいなものなんだから」

「ああ」

それはそうだ。

相変わらず戦場ヶ原さんは、ものの見方が大胆である。

リアリスティックな大胆さ。

「パンダが妖怪って言われたら、私は信じるわ」

「うーん、それはどうだろう」

「キリンなんて、完全に轆轤《ろくろ》首《くび》じゃない」

「戦場ヶ原さんにとって、動物園ってお化け屋敷なんだね」

かもしれないわ、と頷く戦場ヶ原さん。

素直だ。

「しかし羽川さん、予想外のものに遭ったわね、あなた——というかさすがと言わせてもらいましょう。虎って。虎って。虎って！　なんだかもう、スタイリッシュ過ぎるじゃない。蟹。蝸牛。猿。火憐さんは、確か蜂だっけ？　そういう並びで来たところに、虎って。みんながそれぞれ突出《とっしゅつ》しないように気を遣《つか》って並んでゴールする徒競走のように、仲良くフラットにこれまでやってきたところに、空気を読まないにも程があるわ。下手《へた》すれば阿良々木くんの鬼よりも格好いいじゃない」

「そういうものの見方も、戦場ヶ原さん独自のものだよね……」

「何かされたの？」

「いえ、何もされてない——とは思うんだけれど。ただ、こういうのって、自分じゃわかりにくいものだから。だから訊いてみたかったの。今の私、どこかおかしいところ、ない？」

「ふうむ。確かに欠席ならともかく、遅刻というのは羽川さんらしくなかったわね。でも、そういうことじゃないのよね？」

「うん」

「失礼」

言って、戦場ヶ原さんは私に顔を寄せてきて、じろじろと私の肌《はだ》を見る。舐《な》めるように見る。肌というか、眼球とか、鼻とか、眉《まゆ》とか、唇《くちびる》とか、そういう部位部位を検分するように。

顔が終わると再び手を取られ、爪《つめ》や、あるいは手の甲《こう》に浮《う》き出る血管などをためつすがめつ。

「……何をしているの？　戦場ヶ原さん」

「異常がないか確かめているのよ」

「本当？」

「少なくとも最初はそうだったわ」

「じゃあ今は何をしているの？」

「目の保養をしているのよ」

振り切った。

全力で。

戦場ヶ原さんは「あっ……」と、とても残念そうな顔で、私を見るのだった──いや、まあ、冗談《じょうだん》で言っているのだとは思うけれど。

意外と冗談好きの戦場ヶ原さんである。

……冗談であって欲しい。

最近阿良々木くんからついに教えてもらった、神原さんの嗜好《しこう》とかを思い出すと、より一層《いっそう》。

「で、どう？」

「大丈夫。あと十年は戦える肌よ」

「そういうことじゃなく」

「見た感じ、何かってことはないわね──虎耳が生《は》えているわけでもないし」

「虎耳って」

猫耳が生えた経験を持つ私にしてみれば、軽口《かるくち》では済まない話だけれど、それだけにリアリティのある例《たと》えだったので、あえて大袈裟に笑いつつも、さりげなく頭部を確認する私だった。

大丈夫。

生えてない。

「ただ、怪異に遭遇して、即座に異常が起こると決まっているわけではないから──タイムラグのことを考えると、まだ安心はできないわね」

「だよね」

「明日の朝起きたら、羽川さんが虫になっているという可能性も決してないわけではないわ」

「それは飛躍《ひやく》しすぎだと思うけれど」

せめて虎をからめよう。

カフカ好きはわかるから。

「でも、そういうことなら私よりも阿良々木くんに相談したほうがいいと思うわよ。私は確かに、蟹の怪異に出会ったことはあるけれど――それで散々苦しんできたけれど、だけれど、それに対応する方法やそれに関する知識を、他人よりも持っているわけではないのだから」

「ん。んん。そうなんだけど」

その通り。

怪異に遭ったからと言って、それは経験を積んだことにはならない。

むしろ積めば積むほどノンキャリアだ。

こんなこと、戦場ヶ原さんに相談しても、戦場ヶ原さんは困るだけなのだ。ひょっとすると、傷口を抉《えぐ》る結果にさえなりかねないくらいである。

「でも阿良々木くん、今日はお休みみたいだし」

「え？」

きょとんと首を傾《かし》げる戦場ヶ原さん。

「始業式の列の中にいなかったっけ、彼――いないことに気付かれないとは、いることに気付かれない以上の存在感のなさね」

うふふ、と笑う彼女。

ぞくっとする。

たまに滲《にじ》む、阿良々木くんが言うところの『毒舌時代』の彼女の残滓《ざんし》である。

もっとも夏休みの間にその辺りの毒はすっかり抜けて、今の言い草にしても、明らかに冗談とわかるそれだったけれど。

人間は変われる。

彼女はそんな実例と言ってよかった。

「まあ、出席日数のほうは、もうあまり考えなくてよくなったと言うけれど、私の愛《いと》しのダーリンはどうしたのかしら」

「ダーリン言うな」

変わり過ぎだ。

さすがにキャラが繋《つな》がらない。

「そう言えば今朝、虎さんと出会う前に真宵ちゃんにも会ったんだけど、あの子の話から推測すると、やっぱり何かしているっぽい——わ」

「何か、ね」

やれやれと言うように、首を振る戦場ヶ原さん。

ややオーバーなリアクションだけれど、それでもまあ的確な、呆《あき》れの表現である。

「例によって例の如《ごと》く、かしら」

「かもね。目の前のことしか見えない男だから」

「電話してみた？　それか、メールとか」

「うーん、憚《はばか》られて」

確実に活動中である彼を、煩《わずら》わせたくないという気持ちが強い。学校に来て、阿良々木くんがいたならば、そりゃあいの一番に相談していただろうけれど、電話をかけたり、メールを作成してまで、と思ってしまう。

遠慮と言うより、これはむしろ彼の身を案じてという感じだ。

「そう」

と頷く戦場ヶ原さん。

「羽川さん。あなたはもう少し図々しくなっていいと思うけれど」

「図々しく？」

「図太《ずぶと》く、かしら。あの男はあなたから頼《たよ》られることを、どんな状況でも迷惑だなんて思わないわよ。それくらいわかってるでしょう？」

「うーん、どうかな」

戦場ヶ原さんの言葉に、私は戸惑《とまど》ってしまう。

「あんまり、わかってないかも」

「それとも私に対する気遣《きづか》い？」

「まさか。それはない」

「ならいいんだけれど」

ふう、と、戦場ヶ原さんは、今度はため息をつく。深いため息を。

「まあ、まだ何かが起きると決まったわけではないし、あまり神経質になるのもよくないわよね――それで気に病《や》んでも、元も子もないし。病んでれても、元も子もないし。でも、羽川さんじゃなくて、他の誰かがその虎に襲われるという可能性もないじゃない以上、やっぱり阿良々木くんに相談するしかないとは思わない？　私だけでなくあなたも、虎であろうと獅子《しし》であろうと、怪異本体と戦える力があるわけじゃないんだから。あなたもまた、私同様知識はあっても経験はない、耳年増《みみどしま》なんでしょう？」

「そうだけど……」

その言い方だと別の意味を帯びてきそうな。

わざとかどうか、微妙《びみょう》なラインだ。

阿良々木くんならそこを見極めて、見事に突っ込んでみせるのだろうけれど。

私にそのスキルはない。

「怪異と戦えるのは吸血鬼《きゅうけつき》を影《かげ》に飼っている阿良々木くんくらいのもの――まあ、神原はその気になればって感じなんだけれど、あの子に無理はさせるべきではないし」

「うん」

その辺はおぼろげに聞いている。

左腕の包帯《ほうたい》――だろう。

それについては遠慮とかではなく、もっと実際的な問題として――危うい。怪異のことは解決したとは言っても、神原さんは常に爆弾《ばくだん》を抱えて生きているようなものなのだから。

あるいは彼女自身が爆弾とでも言おうか。

……まあ、それを言い出してしまえば、阿良々木くんだって同じなのか。だから私は、彼に電話をかけられないのだろうか。

とも思うけれど。

そんな理由じゃないことは――わかっている。

結局、戦場ヶ原さんの言う通りで。

私は阿良々木くんに対して、図々しくなれないのである。

その理由は、きっと呆れ返るほどに明確で——

「羽川さん、阿良々木くんに『助けて』って言ったこと、ある?」

「え?」

唐突《とうとつ》な問いに、我に返る私。

驚いてしまった。

「何?『助けて』? ……どうだろ。日常会話の中で、あまり言いそうな言葉じゃないけど……多分、ないんじゃないかな」

「そう。私もないわ」

戦場ヶ原さんはそう言って天を仰《あお》ぐ。

「だって彼は、そう言う前に、私達を助けてくれちゃうものね——人は一人で勝手に助かるだけ、とか、聞いた風なことを言いながら」

聞いた風なこと、というか、それは本当に、聞いたことである。忍野さんが、散々繰り返して言っていた台詞《せりふ》。

「蟹のことだけじゃなく、そうね、神原とのことだったり、貝木《かいき》とのことだったり、他の色んなことでも、彼は私を、陰に陽に助けてくれたわ。でも、何も言わなくても助けてくれるからって、何も言わなくてもいいということにはならないと思うのよ」

「? どういうこと?」

「いえ、だから、ひょっとしたら羽川さん、自分からは何も言わないうちに阿良々木くんが助けてくれるのを期待しているんじゃないかって思って」

「……ああ」

うーん。

そんな風に見えるだろうか。

しかしそう言われてしまえば、全面的な否定はできないというのも悲しい事実ではあった。

自分からは歩み寄らず。

相手から歩み寄ってくれるのを待っている?

そんな自分が——しかし、いないとは言えない。

私の中には黒い私がいて。

それは中にいるだけ、誰よりも私に近い。

「素直に頼ってあげていいと思うわよ。彼はいつだってそれを望んでいる。昔、ゴールデンウィークにあなたにそれができていたら」

と。

言いかけて――戦場ヶ原さんは、途中で言うのをやめた。

途中でも、言い過ぎだと感じたのかもしれない。けれど謝るでもなく、彼女は気まずそうにするだけだった――まあ、謝られても困る。

そんな筋合いはない。

「そろそろ教室に戻ろっか？」

私は言った。

別段、気まずそうな彼女への助け舟というわけでもない。時計の針を見れば、本当にもう、戻らなければならない時間だったのだ。階段は駆け上らねばならないくらいである。

「そうね」

頷く戦場ヶ原さん。

「無理強《じ》いはしないけれど、何かあったとき、一人でなんとかしようと思っちゃ駄目《だめ》よ。あなたはいまだにその傾向が強いから――阿良々木くんに迷惑をかけるのが嫌なら、何にもできないけれど、私を巻き込んで頂戴《ちょうだい》。そうね、一緒に死んであげることくらいはできるわ」

とんでもないことをさらっと言って、戦場ヶ原さんは校舎のほうへと歩み出す。更生《こうせい》したと言っても、その辺りの、なんと言うのだろう、強烈《きょうれつ》な強さは健在という感じだった。

ま。

ありていに言えば、戦場ヶ原さんは更生したというより、可愛くなったというだけのことなんだけどね。

阿良々木くんの前では、特に。

阿良々木くんは、自分の前にいる戦場ヶ原さんしか知らないから、それに気付くのにはもう少し時間がかかるかもしれないけれど。

教えてやるもんか。

とか。

そして私達は揃って、教室に戻った——下手をすればもうホームルームが始まっているかもしれないと危うんでいたけれど、それはなかった。

いや。

担任の保科《ほしな》先生は、既に教室にいらしていたのだ。だから本来、ホームルームは始まっているべきだった——だけど、保科先生を含むクラスのみんなが、全員グラウンド側の窓に張り付くようにしていて、誰も座っていなかったのだから、これはホームルームも何もあったものではない。

どうしたのだろう。

何か見えるのだろうか。

「あ」

と、私の隣で戦場ヶ原さんが呟《つぶや》く。

彼女は私よりも随分《ずいぶん》背が高いので、先に『それ』に気がついたのだった——厳密に言えば、みんなが何かを見ているらしいと知った時点で、彼女は靴《くつ》を脱《ぬ》いで、その辺の椅子《いす》の上に立っていた。

この辺り、見た目とは裏腹に意外と活発な彼女である。

私はそんな度胸《どきょう》はなかったので、普通に寄っていって、皆の隙間《すきま》を縫《ぬ》うようにして、窓の外を眺《なが》めてみる。

みんなが何を見ているのか、すぐにわかった。

「……火事だ」

私は思わず、呆然《ぼうぜん》となって。

家の外では——滅多《めった》に言わないはずの独り言を、言ってしまった。

遠く離れた、ここからでは豆粒《まめつぶ》のようにしか見えない位置で、しかしここまで音が届かんばかりの勢いで、轟々《ごうごう》と燃え盛る火を見て。

言ってしまった。

「私の家が火事だ」

あの家を、私の家と——言ってしまった。

006

知らなかったことがふたつある。

日々勉学に勤しんでいる教室の窓から、私が暮していたあの家が見えるということを、まず私は知らなかった。別に今までだって、窓際に立ち、外を眺める機会はあったのに。

どうして気付かなかったのか。

どうして見えなかったのか。

もちろん見えてはいたのだろう、けれど、意識に認識されなかった——要は『怪異に遭えば怪異に引かれる』のとは逆の理屈で。

私は意識からあの家を押しのけていたのだと思う。

で、もうひとつ知らなかったことは、あの家が燃えるということが、思いのほかショックだったということである——私は唖然《あぜん》としてしまった。

頭の中が真っ白になるくらいの。

酷《ひど》い衝撃を受けた。

阿良々木くんはその辺を誤解しているようだけれど、私はそんな出来た人間ではない——人並みに破《は》壊衝動《かいしょうどう》は持っている。ゴールデンウィークの悪夢を経験してさえ、彼は私の人間性に過剰《かじょう》な信頼をおいてくれているが——否、それは案外、見て見ぬ振りをしてくれているだけなのかもしれないが——私ははっきりと、『あんな家、なくなってしまえばいいのに』と願ったことが、幾度かある。

だけどまさか本当になくなるとは思わなかったし。なくなった際、ここまでの喪失感《そうしつ》があるとは思わなかった。

愛着があったわけではない。

それに自分の家だと思っていたつもりもない——

うっかりそう言ってしまったけれど、あんなのは気の迷いだと思う。

ただ、気が迷う程度には、思い入れがあったことも、揺《ゆ》るぎなく事実なのだろう。

それがいいことなのか？

迷いはあった。

そう、それは事実だ。

それとも悪いことなのか？

どちらとも取れそうだけれど、しかしどちらだったところで、今更手遅れだ。

なくなってしまったのだから。

私が十五年過ごしたあの家は。

永遠に失われてしまったのだから。

遅刻した身であることも構わずに保科先生に早退を申し出て、当たり前だけれど即座に許可されて、神原さんじゃないけれど走って家に戻ってみると、現場は消防車やら見物人達に囲まれていたものの、既に鎮火《ちんか》した後だった。

鎮火して。

何もなくなっていた。

隣家に延焼《えんしょう》こそしなかったものの、柱一本残らない全焼という奴である。

これは火災保険を受け取るに際して非常に有利であり、この件における救いのひとつと言えるかもしれない。

いやらしい話ではあるけれど、一番大事なことだ。

ああ、違う違う。

一番大事なことは、もちろん人命で——これについては、しかし何の心配もいらなかった。私は学校に出ているし、私の両親と呼ばれるべき『残りの二人』も、午前中に家に戻るなんて可能性はほとんどない。

三人が三人とも。

ここを家だなんて思っちゃいないんだから。

場所であって、家でない。

でもルンバは燃えちゃったんだろうな、と、私は、毎朝甲斐甲斐しく私を起こしてくれていたかの自動掃除機を悼《いた》んだ。

家よりも悼んだ。

さて、ルンバのほかにも色々燃えてしまったけれど、と言うかすべて燃えてしまったけれど、まあ、私はあくまで一介《いっかい》の高校生の身であり、元々大したものは持っておらず、そのことで困るということはない。

強いて言うなら、衣類が全部燃えてしまったのが困るかな。

いや、それは私の父親と呼ばれるべき人と、私の母親と呼ばれるべき人も同じかもしれない――あの二人にしたって、大事なものを家には置いてなかったのではないだろうか。

大切なものは職場に置いていたのでは。

そう思う。

あの家は。

大切なものを置きたい場所ではなかった。

汚れる気がして。

まあ、いずれにしても、私は知らないことだらけだということだ――家が燃えて初めて気付くことも、たくさんある。

私はその人に直接会ったことはないけれど、つまりこういうのが、例の詐欺師《さぎし》さん、貝木泥舟《でいしゅう》さんの言うところの得るべき教訓、というところなのだろうか？

わからないけれど。

知らないけれど。

で、知ってる知らないはともかくとして――これで私が路頭に迷う羽目に陥《おちい》ってしまったのは確かだった。

好きでもなんでもない、休みの日には用がなくても居辛《いづら》くて出掛けてしまうような場所ではあったけれど、それでも、寝起きができる場所があるというのがどれほどありがたいことだったのか――ともあれ、この件で羽川家は、久し振りの、家族の対話を持つことになった。

対話？

いや、ああいうのを普通のご家庭では、対話とは言わないだろうことは、さすがの私にでも想像がつくけれど。

あんなの、家族会議でも何でもない。

意見の交換《こうかん》であり。

交流ではない。

家が焼けてしまえば、当然の流れで、色々と煩雑《はんざつ》な手続きが生じることになるが——今のところ火災の原因さえ、まったく不明のままだ。放火の疑いさえあるというのだから恐《おそ》ろしい——、それは長期的な問題であり、また子供である私にできることはなく、この日話し合われたのはさしあたって当面の問題、つまり『今晩どこで寝るか』である。

羽川家には近場に頼れる親戚《しんせき》などおらず、だからもちろんそこに議論の余地などあるはずもなく、最寄りのホテルを取る運びになったのだが——それこそが羽川家にとっては問題だ。

一番の問題だ、唯一と言ってもいい。

私達は随分長い間、同じ部屋で寝ていない。

廊下で寝ている私はもちろんのこと、夫婦である彼らも、寝室が別になっている。ホテルとなれば、それなりに値も張るわけで、二部屋も三部屋も借りるわけにも行かず——

「私は大丈夫だよ。しばらく友達の家に泊《と》めてもらうから」

議論が深みに嵌る前に、私は言った。

そう宣言した。

「お父さんとお母さんは、折角《せっかく》の機会なんだから、夫婦水入らずで過ごしなよ」

これが建前《たてまえ》ではなく本音であるというのが、私の恐ろしい、人間らしからぬところだというのは、もうわかっている——こういうところが私のよくないところなのだと、ゴールデンウィークに思い知っている。

この二人と同じ部屋で寝起きしたくない。

そういう自分の気持ちだってはっきりとあるはずなのに、それがはるか後回しになっている自分――それがどれだけ不自然なことなのか。

わかっている。

こんな火事を、折角の機会だと思えてしまう私は、あまり人間の領域にはいない。

阿良々木くんや忍野さんがそう教えてくれた。

教訓。

もっとも、そんな教訓を生かすことなく、私は今に至ってしまっているわけだけれど――でもどうしても、あの二人が、あるべき形に戻ってくれればと思ってしまうのだ。

思えてしまうのだ。

私が成人したらすぐに離婚《りこん》するつもりだというあの二人の、これが最後のチャンスになってくれればいいと。

そう思う。


全焼した家を建て直すのに諸々《もろもろ》含めて数ヵ月かかるとして、どこかに借家を借りるまでの数週間、十五年ぶりの二人の時間を持てば――何かがどうにかなるかもしれない。

そう思うし。

そう思えてしまうし。

そう思いたい。

二人はあっさり承諾《しょうだく》した。

友達の家を泊まり歩くつもりだという私を引きとめもしなかった。むしろ私が自分からそう言い出したことを、明らかに喜んでいた。

まあ、それはそうだろう。

三人きりよりは二人きりのほうがよっぽどましで、厄介払《やっかいばら》いができたという意味では、この火事は彼らにとっても、そこそこありがたいものだったのかもしれない。

彼らがそうして喜んでくれたことを。

嬉《うれ》しく思ってしまう私というのも、いい加減狂っていた。

007

ただ困ったことになった。

いや、困ったことには最初からなっているけれど、私が今もっとも困っているのは、私には、しばらく泊めてもらえるような友達なんていないということである。

友達はいる。

私の性格にやや難があるので、そりゃあ決して多いとは言えないけれど、それなりに、平均的な学生として相応しい友人関係を、学校生活では築《きず》いてきているつもりだ。

そう言えば阿良々木くんは友達の少なさを自虐《じぎゃく》というより、もう自慢のように語ることが多いけれど、あれについてだけは、彼は偽《いつわ》りを述べていないということをここに証言しておこう。

大袈裟でなく彼には友達がいない。

というより、あえて友達を作らないように、長い間振る舞っていた——いわく、友達を作ると人間強度が下がるから、とか。

彼は本気で思い、本気で言っていた。

その主義自体はもう放棄してしまったそうだけれど、しかしまだまだ絶賛リハビリ中で、私は彼がクラスで、男子と話しているところを見たことがない。

というか、私と戦場ヶ原さん以外と喋っているところを見たことがない。

戦場ヶ原さんが昔『深窓の令嬢』と呼ばれていたのと同じように、彼は今をもって『不動の寡黙《かもく》』と呼ばれていることを、知っているのだろうか。

まあそんな阿良々木くんに比べれば、私にも友達はいる。

仲良くしてもらっている。

だけどよく考えてみれば、私は友達の家に泊まったことがない。

いわゆる『お泊まり』的な経験が皆無《かいむ》なのである
――うーん。

改めて考えてみると、どうしてだろう。

家で過ごすのをあんなに厭《いと》うていた私だけれど、だからと言って、本格的に『家出』的な行為をしたこともない――

そりゃあお前が優等生だからだろ、と、阿良々木くんなら言いそうだけれど、そして実際そうなのだろうけれど、しかしこれについては、むしろ戦場ヶ原さんの意見が正しいのかもしれない。

つまり、

「『助けて』って言ったことある？」

である。

阿良々木くんに限らない。

多分私は、自分以外の誰かに助けを求めることができないのだ――決定的なところを人に委《ゆだ》ねたくないと思っている。

キャスティングボードを手放したくないと思っている。

自分の人生を自分で定義したいと思っている。

だから――猫になった。

怪異になった。

私になった。

「まあ、大丈夫か。幸いなことに、アテはあるし」

自分を奮い立たせるために、これは独り言というほどのこともなく言って、私は歩き出す。手荷物は学校に持っていった鞄《かばん》ひとつ――新学期初日の始業式だったので、鞄の中身は筆記具やらノートやら程度で、中に大したものは入っていないけれど、今やこれが私の唯一の持ち物である。

鞄ひとつが全財産だなんて、初登場時のアン・シャーリーみたい、なんて、この状況を楽しむ不謹慎《ふきんしん》な気持ちもなかったわけではないので、私もやはり、そこまで真面目《まじめ》一辺倒《いっぺんとう》というわけではないようだ

——そして行くアテとはもちろん。

例の学習塾跡の廃墟《はいきょ》である。

叡考塾《えいこうじゅく》と、営業中はそう呼ばれていたらしい。

忍野さんと忍ちゃんが、およそ三ヵ月の間住んでいた場所——春休みの間は、阿良々木くんもそこで暮らしていたというのだから、見た目はどれだけ廃墟であろうと、人一人が寝泊りできる程度の設備はあるはずだ。

そういう読み。

少なくとも床と屋根があるだけでありがたい。徒歩で行くには遠い場所だったけれど、今後のことを思うとお金は節約したかったので、バスは使わなかった。

昔は忍野さんが結界を張っていたので、なかなか思うようには辿り着けない仕組みになっていたけれど、今はもうその結界は取り外されている。

ルート通りに歩けば。

普通に辿りつける。


当然のことながら電気は通っていないので、明るい内に寝床作りは済ませないといけない。

確か忍野さんや阿良々木くんは、机や椅子を組み合わせてベッドを作っていたんだっけ？

ならば私もそれに倣《なら》おう。

フェンスを潜《くぐ》り抜け、廃墟に入り、とりあえず私は階段を上って四階に向かう——四階である理由は、忍野さんは四階で生活していることが多かったと阿良々木くんから前に聞いたからだ。

つまり前住人の生活パターンからして、四階は他の階より暮らしやすいのではないのかと想像したわけだが——これが思い切り肩透《かたす》かしだった。

肩透かしというか、空振りかな。

四階の、最初に入った教室は、天井《てんじょう》に穴が空いていた。

次に入った教室は、床が抜けていた。

床も屋根もなかった……。

そして残る一つの教室は何があったのか、まるで獣でも暴れたかのような散らかり具合だった——なんというか、まるで阿良々木くんと真宵ちゃんが暴れ放題に暴れたみたいな感じだった。

早まったかな、と私は軽く後悔《こうかい》する。

ここまで荒廃してはなかったはずだけど……。

実は友達の家を泊まり歩くと宣言したときには、既にこの廃墟のことは頭の片隅にあったのだけれど、なんだろう、思いのほかここは苛《か》酷《こく》な環境なのかもしれない。

無理矢理笑みを浮かべ、がんばってテンションを上げながら、私は三階に降りた——三階で最初に入った教室は、天井と床が抜けていた。

どうやら天井の穴のほうは、さっき見た四階の、床の抜けた教室と繋がっているようだ——本当に何があったのだ。穴の縁《ふち》の色合いからすると、ごく最近あった破壊のようだけれど……。

もしもこれが自然に抜けた崩落《ほうらく》なんだとすれば、耐震《たいしん》構造にかなりの不安がある。

どきどきしながら次なる捜索《そうさく》にチャレンジしてみると、ようやく、天井も床も壁《かべ》も、まともな形を保っている教室に行き当たった。

とは言えほっとするにはまだ早く、私は早速《さっそく》、ベッド作りに精を出す。なんだかボーイスカウトのキャンプみたい、と思ったものの、もちろん私はボーイスカウトに参加したことはない。

知ってることは知ってることでしかなく。

経験ではない。

それも戦場ヶ原さんの言う通りだ。

私は知識を積み重ね、その傍《かたわ》らで無意味を積み重ねているようなものなのだ。

実際、あり合わせの机を縛《しば》り合わせてベッドを作るというのは、それだけのことなのに、簡単なことではなかった。縛り合わせる紐《ひも》がまずない。私は一《いっ》旦《たん》廃墟を出て、近くの商店に買い物に行くことになってしまった。

「よし、できた。忍野さんが作ったベッドは、もう一つ机を使っていたけれど、私は忍野さんほど背が高くないからこのサイズで十分だね」

とは言え、ものを作るというのは楽しい。

完成したベッドはなかなかの作品のように思われた——うずうずして、我慢《がまん》できずに制服のまま、そこに横たわってみる私。

「うわ」

駄目だこれは。

期待値が高かった分、精神に負うダメージは極大だった。

本当に駄目だ。

本気で凹んだ。

これ、床に寝ているのと何ら変わらない。

ごつごつする。

比較実験は大事だと思い、実際に私は、続けて床に寝転んでみたものの、やはり大した差があるとは思えなかった。

いやむしろ、つなぎ目がある分、机のベッドのほうが寝づらいぐらいである。

恐るべし、忍野さん。

彼はきっと針のムシロでも寝られる。

阿良々木くんや忍ちゃんはどうしていたんだっけ、と思ってみるも、そう言えば忍ちゃんは元々吸血鬼だし、阿良々木くんだってここで暮らしていた頃は吸血鬼化していたのだから、参考になるわけもなかった。

狭い棺桶《かんおけ》の中で心地よく眠る吸血鬼の睡眠《すいみん》感覚なんて、見当もつかない。

「布団だ。布団がいる……」

私は言って、再度廃墟の外に出る。

財布は持って出ていて、中にはキャッシュカードも入っていた——だから買い物ができないわけではない。

どうせ入用なものは、ビニール紐以外にも、元々色々あったのだから、それは大した手間とは思わない——ただ、バス代まで始末《しまつ》しなくちゃならない今の私が、あったかい羽毛布団なんて買えるはずもない、なんとか代理の品を用意しなくては。

そう言えば新聞紙や雑誌や段ボールは、暖を取るのにとてもリーズナブルだと何かの本で読んだことがある。段ボールならデパートで、ただで入手できるはずだ。

買わなければならないあれこれの量を思うと、帰りはバスを使わざるを得ないだろうけれど、そこは潔《いさぎよ》く諦《あきら》めよう。必要なところまで始末するのはよくないことだ。

貧《ひん》すれど鈍《どん》せず。

美しい言葉だ。

だが、だからこそ、行きは徒歩。

ゆっくり歩いた。

踏《ふ》みしめるように一歩ずつ。

保存のきく食べ物、それから水、この辺りは絶対的に必要。敷布団は段ボールとして、掛け布団には雑誌ではなく新聞を採用することにした。雑誌ではどうしてもページを引き千切るという作業が不可欠になり、それが私にはできそうもない。たとえ雑誌であろうと、読み物を破るというのはどうも抵抗がある。その点、新聞ならばあらかじめばらけているし。

そして服。

制服のまま寝るわけにはいかない——阿良々木くんはどうも、私は一着も私服を持っていないのではないかと思い始めているようだけれど、もちろんそんなことはない。

あの人たちは私に両親らしいことを何ひとつしてくれたわけではないけれど、だからと言って育児放《ほう》棄《き》をしていたわけではない。

最低限のことはしてくれた。

まるで義務でも果たすかのように。

だから服くらいは買ってくれていたのだ——私がそれを、あんまり着たくなかったというだけで。

まあ、それもこれも、全部燃えてしまったわけだけれど。

燃えたらすべてがおじゃんだ。

リセットされた気分にもなる。

そうだ——それこそ不謹慎だけれど、どこか清々《すがすが》しい気分を抱いている自分も、否めないのだ。

もっともその清々しさこそまやかしだが。

リセットなんて——行われていない。

今の状況こそ、一時避難《ひなん》に過ぎない。

なくなったからといって、なかったことにはならないのだ。

デパート内の量《りょう》販《はん》店を巡《めぐ》ってみるも、服というものは意外と値が張るようだ。電車に乗らなくてはならないけれど、ユニクロに行こうか……なんて思い始めていると、ふと、隣の百円ショップが目に入った。

そう言えば、とそちらに寄ってみると、目論見《もくろみ》はあたって、やっぱりあった。パジャマ（風のスエット）はさすがに百円とはいかなかったけれど、下着が百円で売っていたのはありがたい。

私は迷いなく購入し、買い物は終了した。

しかし百円ショップで買った下着は、さすがに阿良々木くんには見せられないなあと、そんな馬鹿なことを考えながら、予定通り帰りはバスに乗って、学習塾跡にまで戻った。

忍野さんからはこういった生活臭は一切しなかったけれど、彼は吸血鬼ならぬ人間なので、やはりこういった苦労と戦う三ヵ月だったのだろうなあと、変な感心をしてしまう私だった。

三階の教室で、ベッドの補強を開始する。段ボールをカッターで切って、ガムテープで机に二重に巻きつける。『でも、いくら工作しても段ボールは段ボールだろう』と思われるかもしれないが、これが圧倒的に、寝心地が違った。念のためにもう一枚段ボールを巻いて、布団は完成とした。

ここまでの工程で結構疲れてしまったので、食事にする。

保存食ばかりなので、調理の必要はない。

もちろん、

「いただきます」

の言葉は忘れない。

保存食でも、元を元まで辿れば、何らかの命が犠《ぎ》牲《せい》になっている。

はずなのだから、いただきます、だ。

いや、たとえ生き物でなくっても、私の血となり骨となってくれるのだから、ありがたくいただきますである。

命は、尊い。

生きてなくとも。

ただし、さすがにいつまでもこれでは味気ないので、その内コンロや鍋《なべ》なども買ってくるべきかもしれない。あの二人が借家を見つけるまでの仮の住まいとは言え、彼らも忙しい身だから、ひょっとするとかなりの長期、私はここで生活することになるかもしれないのだし。

「トイレやシャワーは学校の設備を利用すればいいし……携帯電話《けいたいでんわ》の充電《じゅうでん》も、いざとなれば学校でなんとかなるよね。勉強は、図書室や図書館でできるでしょう。あと困ることと言えば……」

問題になりそうなことを取り上げて、いちいち検証していく作業を続ける私——どの問題も、すぐに対応策が見つかる。

これからの暮らしを憂《うれ》えていて対策を練っているというよりも、そうすることで、あんな家は燃えてしまっても自分は何も困らないということを、頑張って確認しているかのようだった。

そうやって、自分の中で辻褄《つじつま》を合わせているかのようで。

矛盾を解決しているようで。

実に私らしいと思う。

「ごちそうさまでした」

季節としてはまだ夏真っ盛りで日が落ちるのは遅いはずなのだけれど、それでも気がつけば真っ暗になっていたので、私は百円ショップで購入した寝巻《ねま》きに着替えて、下着も換えて、作ったばかりのベッドで眠りについた。

寝心地がいい、とまではさすがに言えないんだけれど。

それでも不思議と、家の廊下よりは、安らかに眠れた気がする。

009

ん？

章数がひとつ飛んでないかな？

気のせいかな？

まあいいや。

もしもルンバがあったらさぞかし掃除のし甲斐がありそうな廃墟だけれど、残念ながら彼は家と一緒に燃えてしまったので、私も朝の目覚めに、もう彼の力を借りることはできない。

しかしそうは言っても、きっといつも通り、いつもの時間に目覚めることはできるだろうと、私は高《たか》をくっていた。

人間には体内時計というものがある。

バイオリズムという身体に沁みついたリズムは、そうそう崩れはしない。

まして私は寝ぼけるということを知らない人間なのだから——と、そんな風に思っていたのだが、現実は違った。

寝過ごしたのではない。

むしろ予定していた時刻よりも先に、私は目覚めることになった——しかもただ目覚めたということではなく、起こされたのだ。

ルンバ亡き今、私を起こすヒトなんていないはずなのに——

「羽川さん！」

と。

引っ張り起こされた。

寝ぼけるというのは、こんな具合に、信じられない光景が視界に飛び込んでくることを言うのだろうか——なんて、認識に理解が追いついてくるのを待ちながら、暢気《のんき》に思った。

私の胸倉をつかみ、目の前にいる戦場ヶ原さんを見て。

暢気に思った。

「大丈夫⁉　生きてる⁉」

「あ、あれ？　あれ？　おはよう？」

わけがわからないままに、目覚めの挨拶を——実に久し振りに——する私。

戸惑いもする。

だって、あのクールな戦場ヶ原さんが顔を真っ赤にして、もうぼろぼろ涙をこぼしながら、真っ直《ま》ぐ《す》に私を見ているのだから。

「大丈夫⁉」

と、繰り返して訊いてくる戦場ヶ原さん。

私は一体、彼女が何を心配しているのかもわからないままに、

「う、うん」

と頷く。

その気迫に圧倒されながら。

「………っ」

それを受けて、戦場ヶ原さんは、やっと私の胸倉から手を離して、ぐっと唇を噛み、号泣《ごうきゅう》しそうになるのをこらえるようにして、それから、

「馬鹿《ばか》っ！」

と私に平手打ちを放った。

引っ張り起こされ。

引っぱたかれた。

避けようと思えば避けられたのかもしれないけれど、そのあまりの剣幕《けんまく》に、私はただただ叩《たた》かれるままに、叩かれた。

いや、やっぱり避けられなかったのだろう。

頬《ほお》が、じんと熱くなる。

「馬鹿っ！　馬鹿っ！　馬鹿っ！」

一回では終わらず、続けざまに私を叩く戦場ヶ原さん——途中からは平手打ちの体勢は崩れて、もう駄々《だだ》を捏《こ》ねる子供のように、私の胸をぽかぽかと殴《なぐ》るのだった。

全然痛くない。

だけどすごく痛かった。

「お……女の子がっ！　ひとりで！　こ、こんなところで寝泊りして……っ！　なにかあったら、どうするのっ！」

「……ごめんなさい」

謝った。

いや、謝らされたと言うべきだろうか——だって私は、自分がしたこと、つまりこのちょっとしたボーイスカウト活動について、まだちょっと面白いことをしたくらいの感覚で、反省するようなことだと、全然思っていなかったからだ。

でも、だとしても。

戦場ヶ原さんに、あの戦場ヶ原さんに、とんでもなく心配をかけてしまったことだけは間違いがないようで——

不謹慎にも、それが少し嬉しくもあった。

嬉しかった。

「駄目よ。許さない。絶対に許さないんだから」

戦場ヶ原さんはそう言って、しなだれかかるように、しがみつくように、すがりつくように、私に抱きついてくる。

もう離してくれそうにない。

「許さない。謝っても絶対に許さない」

「うん……わかった。わかったから。ごめんなさい。ごめんなさい」

それでも私は謝罪の言葉を繰り返して口にする。

私の方からも戦場ヶ原さんを抱きしめて。

彼女に謝り続けた。

結局、戦場ヶ原さんが泣き止むまでに三十分くらいかかって、それでいつも通りの、私の起床時間となったのだった。

010

「昨晩から何度も電話をかけていたのよ」

　そして戦場ヶ原さんは、しれっといつものクールビューティーに戻って、そんなことを言う。この切り替えの早さは驚嘆に値する。とは言え目の周りが真っ赤なままなのは真っ赤なままなので、さすがにいまいち締《し》まらない。

　対する私は、やはり寝床の問題だろうか、どうやら寝癖《ねぐせ》が酷いことになっているらしく（スーパー羽川人と言われた）、締まらなさで言うなら戦場ヶ原さんとそんなに変わらないだろう。

　ただ、さっきまでの大泣きがまるで嘘泣きだったかのごとく、ごく普通に振る舞う戦場ヶ原さんはやっぱりすごいと思ったし。

　素直に可愛らしいと思った。

　自分の寝癖なんて気にならなくなるくらい。

「家が火事になる気分なんて、どういうものかさっぱり想像できなかったから……こういうときは誰とも話したくないかもしれないと思って、電話は控えようとも考えたんだけど、やっぱり心配で――『えい、電話しちゃえ』って思い切って、でも、全然繋がらなくって」

「ああ。ごめん。電源を切ってたんだ」

　私は言った。

「これからのサバイバル生活を思うと、ちょっとでも節約したほうがいいと思って」

　携帯電話を目覚まし時計代わりに使わなかったのも、体内時計に対する信頼というのもあったけれど、そういう実際的な理由ももちろんあった。

　学校のコンセントだって、絶対に使わせてもらえるとは思えないし（先生に理由を説明すれば貸してくれるとは思うけれど、しかし基本的に学校内での携帯電話の使用は禁止だ)。

「まったく、真面目なんだから……その辺のコンセントとか、勝手に借りちゃいなさいよ」

「それ、盗電になっちゃうし」

「お陰で私は町中を駆け回ることになったのよ。色んな人に話を聞いて、どうやら羽川さんは友達の家に泊まっているらしいという情報を入手して——でも、クラスの誰かが羽川さんを泊めたって話は聞かなかったし」

「ど、どれだけの人に話を聞いたの?」

「連絡網を回したわ」

「…………」

人見知りを通り越して人間不信の極致だったあの戦場ヶ原さんが、成長したものだ。

しかし、その成長のために私の行方不明がクラス中に伝わってしまった……。

何と言うことだ。

「というか、ごめんなさい。羽川さんのご両親にも会っちゃった」

「え」

びっくりする。

つまり、あの人達の宿泊するホテルを訪ねたということなのだろうか。

まあ根気があれば伝手《つて》を辿って調べられるのか……別に隠れ住んでいるわけじゃないんだし、郵便物のこととかあるし。

と言うか、戦場ヶ原さんは、きっとてっきり、そのホテルに私も——私がいると思って、訪ねたんだろうな。

「そっか。戦場ヶ原さん、お父さんと……お母さんに、会ったんだ」

「ああいう人達を、お父さんとかお母さんとか呼ぶことはないんじゃない?」

しれっと、戦場ヶ原さんは言った。

よりしれっと。

不快そうである。

昔は、表情からでは考えていることがまったくわからない彼女だったけれど、近頃は感情が顔に出るようになった。

喜びも悲しみも。

怒りも。

……どうやらそれなりの応対を受けたらしい。

あの人達も、もう少し外面を飾《かざ》ってくれればいいのに——ゴールデンウィークには忍野さんにも酷い対応をしたようだし——と思うが、それはこの場面でろくな言葉も出てこない私が言えることではないのか。

フォローできないんだから。

「どうやら色々あるみたいね。詮索《せんさく》するつもりはないけれど」

阿良々木くんと違って、私の家庭の事情、羽川家の不和と歪《ゆが》みをほとんど知らない彼女は、しかし深入りするつもりもないようで、さらっと話を元の筋へと戻す。

さすがの手際《てぎわ》だ。

憧れすら憶える。

「それから闇雲に探し回って、ようやく今朝になってここに思い当たったのよ。いえ、最初から思い当たってはいたんだけれど、まさか年頃の女の子がこんな廃墟で夜を過ごすなんて考えたくはなかったから……まさかと思って、まさかまさかと思って、探索を最後に回したの」

「ん。んん？　じゃあ戦場ヶ原さん、ひょっとして、徹夜《てつや》？」

「ひょっとしなくとも戦場ヶ原さんは徹夜よ。貫《つらぬ》く徹夜、略して貫徹」

だからテンション上がり過ぎて羽川さんを見つけたときは泣いちゃったわ、と言う戦場ヶ原さん。

可愛らしい言い訳だった。

ちなみに完全徹夜で完徹が正しい。

「……年頃の女の子が、夜の町を徘徊するのも、相ドイツに修業に行けばよいのだろうか。

「いいのよ。私が勝手にやったことだし――その様子を見ると、空回りの出過ぎた真似だったみたいだしね」

「そんなことないよ。言われて、自分がどれくらい危険なことをしていたか、今になってようやくわかった。火は人を狂わせるっていうけれど、私も火事で、変なテンションになってたみたい」

「そうかしらね。むしろそうだったらいいんだけれど――羽川さんは素のテンションでも、とんでもなく危なっかしい行動を取ったりするじゃない」

「そうかな?」

「阿良々木くんを誘惑したり」

「ぬ」

ぬ、である。

反論が難しい。

誘惑などしていないのに反論が難しい。

彼をああしてしまったのは私であるという説は、当デンジャラスだと思うけど」

「それを言われたら返す言葉がないわ」

私もあまり後先《あとさき》考えるタイプじゃないからね、と戦場ヶ原さんは言った。

見ればジーンズにTシャツという、非常にラフなスタイルの彼女である。汗もびっしょりかいていて、さっきまで、徘徊というより、それこそ神原さんばりに走り回ってくれていたのだろうと、そういうことが伝わってくる。

「ありがと」

私は短く、できるだけさりげなくお礼を言って、それからベッドから降りた。

身体は痛くない。

阿良々木くんにいくら言われたところで、私は自分が優秀な人間だなんて思えないけれど、でもどうやら、ベッド作りの才能はあったようだ。

将来はベッド作りの職人になろうかしら、なんて思う。

意外と世間で根強いのだった。

「本当、クールだったわよね……私とかかわった頃の阿良々木くん。今はもうまるっきり見る影もないけど」

「私のせい……かなあ」

「まあ、虎のこともあったしね——過剰に心配してしまったのは、どの道確かだわ。私としたことが取り乱してしまってごめんなさい。さ、それじゃあ行きましょうか」

「行きましょうかって、どこに？　学校？」

「私の家よ」

戦場ヶ原さんは当然のように言った。

「あらかじめ宣言しておくけれど、もしも抵抗するようだったら、口の中にホッチキスを突っ込んで、首筋に一撃食らわしてでも連れて行くわよ、羽川さん」

「…………」

かつて阿良々木くんに対して本当にそうしたことがあるという彼女の言葉に、まさか逆らえるわけがなかった。

011

本人から聞いていたとは言え、戦場ヶ原さんの住んでいるアパート、民倉荘《たみくらそう》は、戦前から建っているのではと思わせられるすさまじい外装だった。まさしく古色蒼然《こしょくそうぜん》という感じ。

しかし、以前阿良々木くんが、耐震構造という面においては廃墟よりも危ういなんて、酷いことを言っていたけれど（彼なりに戦場ヶ原さんを心配しての言葉だったのだとは思う）、外付けの階段を上ってみると、案外そんなことはなく、しっかりした作りだった。

その辺は最近のインスタントな建物より、昔の建物のほうが頑丈ということなのかもしれない。

それに安全性は桁違《けたちが》いである。

なんと部屋に鍵《かぎ》がついているのだ！

……いざこうして家というものに来てみると、あの廃墟がいかに危険だったかということを思い知る私だった。

デンジャラス。

「お父さんが今日仕事で帰ってこないから、今日は泊まっていきなさい、羽川さん」

「え……いいの？」

「実は今日ね、親、帰ってこないんだ」

「なぜラブコメ風に言い直す」

戦場ヶ原さんのジョークのセンスは、更生前も更生後も微妙なのだ。

二〇一号室。

靴を脱いで、中にお邪魔《じゃま》する。

廊下がないというのは本当だった。

六畳一間《ろくじょうひとま》のすっきりした部屋である——家具が本棚《ほんだな》と衣装箪笥《いしょうだんす》くらいしかない。部屋の広さにあわせてあまりものを増やさないようにしているというのもあるのだろうけれど、まあ戦場ヶ原さんは元々ものをあまり持たない主義のようだし。お父さんもきっと同じなのだろう。

「これでも昔は豪邸《ごうてい》に住んでいたんだけどね——その頃の私だったら、ぽーんと一部屋貸してあげれたのだけれど、今はこれが精一杯《せいいっぱい》」

「ルパン風に言わないで」

「ルパンの一番くじで、ルパンカー欲しさにあちこちのコンビニで合計九万円使った私のことをどう思う？」

「運が悪過ぎると思う」

私は腰《こし》を降ろした。

ぐるりと部屋を見渡して。

「なんだか、落ち着くな」

「そう？　阿良々木くんはいつも居心地悪そうにしているけれど」

「女の子の家にきて落ち着き払ってる男子なんていないでしょ――でも、なんかいい、ここ」

考えをまとめないまま、私は思ったままのことを言う。

「ふうん？」

「自分の家みたい」

よくわからないというような顔をする、戦場ヶ原さん。

よくわからないのだろう。

そりゃそうだ、私にもわからない。

言ってしまっただけだ。

独り言のように。

そもそも自分の家とはなんだろう――焼けてしまった羽川家は、確かに私が十五年間暮らしていた家で、定義上はもちろんのこと、理詰めで議論をすれば、私にとって『自分の家』であり、焼けるその姿を見たときに私が口にしてしまったように、『私の家』なのだろう。


だけど。

どうしてあの廊下よりも、この民倉荘の二〇一号室のほうが落ち着くのか。

心が安らぐのか。

「少なくとも私には自分の家っていう気はしないけれどねえ。ここに引っ越してきて、まだそんなに経ってないし」

戦場ヶ原さんは言う。

「まあ、前の家は前の家で、なくなっちゃったわけだけれど」

「…………」

そうだった。

戦場ヶ原さんが以前住んでいた家――豪邸と言って本当に差し支《つか》えのない、界隈《かいわい》でも有名だったあの家は、今はもう、更地《さらち》になっているのである。

いや、更地どころか。

道――だったか。

どうなのだろう。

私は家が焼けていく現場を、遠くからとは言え、はっきり見たのだけれど——知らないうちに、かつての自分の家がなくなっていたというのは、どんな気分なのだろう。

わからない。

それも、わからない。

わからないから——私は考えるのをやめた。

そう。

もう気にしない。

安らぎなど、気にしない。

「羽川さん、今日は学校を休みなさい」

戦場ヶ原さんは汗びっしょりになったTシャツを脱ぎつつ、そんなことを言う。

いやもう、女子同士とは言え、非常に脱ぎっぷりのいい彼女だ。

憧れさえ感じる。

「私も休むから」

「え?」

「眠いのよ。さすがに」

戦場ヶ原さんの目は、よく見たらぼんやりとしていた。

「今なら布団に抱かれてもいいわ」

「………」

すごい表現だ。

「元陸上部とは言えブランクが長過ぎるから、足腰もがったがただし。羽川さんだって、ベッドの出来はいいようだったけれど、あんな場所で安眠できたはずもないでしょう?」

「え。そりゃ、まあそうかもしれないけれど」

「寝癖も酷いし」

「寝癖のことは言わないで」

私は慌《あわ》てて、戦場ヶ原さんに向かう。

「でも、二学期もまだ二日目だっていうのに、学校を休むわけには」

「家が火事になった子が、次の日普通に明るく元気に学校に来るほうが異常に決まっているじゃない。

そういうところが世間ずれしてないって言うのよ、あなたは」

　戦場ヶ原さんはジーンズも脱ぎ、下着姿になったところで私のほうを向いて、厳しくそう言った。

　頑《がん》として譲らない構えだ。

　下着姿なのに勇ましいことこの上ない。

　色気の欠片もこの上ない。

「大体、あなた進学するつもりはないんでしょう？　だったらもう、出席日数とか内申書とか、そんなに気にすることないじゃない」

「まあ、そうなんだけど……」

　だけどルールは。

　ルールは守りたい。

　ルールなのだから。

「いいから休みなさい。どうしても学校に行くというのなら、私を倒していくことね」

　言って戦場ヶ原さんは中国拳法《けんぽう》の構えを取った。

　無駄に完璧《かんぺき》な蟷螂拳《とうろうけん》である。

「しゃきーん」

「自分で効果音を言わないで……わかったわかった。今日は戦場ヶ原さんの言う通りにするよ。ゆっくり休みたいのも、正直、本当だしね。そうやって強制してくれると、嬉しいわ」

「だといいけど」

　こういうお節介ってあんまり私向きじゃないし——と、照れくさそうに言う戦場ヶ原さんだったが、どうだろう、私は実に戦場ヶ原さんらしいお節介だと思うけれど。

「あ、でもでも、戦場ヶ原さんは学校休んでも大丈夫なの？」

「私？　まあ、私は推薦《すいせん》で大学に行くつもりだから、出席日数はともかく、内申書のほうは——うーん、そうね」

　一瞬悩むような素振《そぶ》りをして、すぐに戦場ヶ原さんは携帯電話を取り出した。どこに電話をするつもりなのかと思ったら、戦場ヶ原さんは鼻をつまみ、

しわがれた声を作って、

「ごほっ、ごほっ、あ、保科先生ですか？　戦場ヶ原……ごほっ、戦場ヶ原です。ど、どうやら季節はずれのインフルエンザにかかってしまったらしくって……最新型かもしれません。ごほ、はい、熱？　熱ですか？　ええ、基本的に四十二度あります。さっき私の熱でエアコンが壊れました。今年の猛暑は私が原因と見て間違いないでしょう。汗で泳げます。全身が破裂するほど痛くって……クラス全員に伝染《うつ》ると思いますけれど、学校に行っても大丈夫でしょうか？　駄目？　ああそうですか、わかりました、残念です。先生の授業を本当に受けたかったのに。ではではー」

と言って、電話を切った。

そしてけろっとした顔で、

「これでよし」

と言った。

よしくない。全然。

「インフルエンザって……なんでわざわざつかなくてもいい嘘を。普通に風邪でいいじゃない」

「大きな嘘のほうがバレにくいのよ。大丈夫。長年懇意《こんい》にしている主治医さんがいるから、カルテを偽造《ぎぞう》してもらうわ」

「してくれるはずないでしょ」

どんなドクターが、医師生命をかけてまで、女子高生のサボタージュに協力してくれるというのだろう。

戦場ヶ原さんは嘘をつくのがうまい癖に嘘をつくのが下手だった。

「て言うか、そろそろ服を着てくれないかしら、戦場ヶ原さん。下着のままでずっといられると、さすがに気まずいんだけど」

「え？　でも私、これからシャワーを浴びるつもりだし」

「あ、そうか」

「羽川さんも浴びるでしょ？」

「あ、うん。お借りするね」

言われてみれば、身体全体が埃《ほこり》っぽい。寝ている間にも随分汗をかいたようで、百円ショップで買った下着が、結構大変なことになっている模様だし。

そもそもサイズが微妙に合っていない。

「もちろん、戦場ヶ原さん、お先にどうぞ」

「何を水臭いことを言っているの。一緒に浴びましょうよ」

促したら、誘われた。

しかもすごくいい笑顔で。

阿良々木くんでも見たことはないであろうという、おひさまのような笑顔だった。

「女同士なのだから、恥ずかしがることはないでしょう」

「いやちょっと待って。いやいやすごく待って。なんだか不穏《ふおん》な空気を感じるわ」

「やあね、私に下心なんてないわよ。それとも羽川さん、友達が信じられないの？」

「この場面でその言葉を言う友達は、ちょっと信じられないかも……」

「誤解しないで。私は神原とは違うのよ」

戦場ヶ原さんは真顔《まがお》になって言う。

「私は羽川さんの裸《はだか》を見たいだけで、それ以上のことをするつもりはないわ」

「…………」

戦場ヶ原さんに新しいキャラがつきつつあった。

神原さんの嗜好のことについては先だって私も聞いているけれど、どうなんだろう、中学時代のヴァルハラコンビの関係性は、彼女からの一方的なものでは、案外なかったのかもしれない。

「お願いします、羽川さん。私と一緒にシャワーを浴びてください！」

手を合わせて懇願《こんがん》してきた。

戦場ヶ原さんの新しいキャラが斬新《ざんしん》過ぎる。

誰もついてこれないのではなかろうか。

「私と羽川さんが手を組めば、千石ちゃんを倒せるはずなのよ！」

「あなた、その子のこと、まだ知らない設定でしょう……？」

　メタ発言登場だ。

　注意しなければ。

　戦場ヶ原さんと同じくらい注意しなければ。

「……まあいいか。確かに女子同士で、そんな抵抗があるわけでもないし」

「あら。乗ってくるとは意外」

　素に戻る戦場ヶ原さん。

　本当に、どこまでが本気なのだろう。

　不明すぎる。

「誘っておいてなんだけれど、羽川さんって、たとえ友達相手でも、そういう一線みたいなところは絶対に越えない人だと思ってたわ」

「あはは。一線って、何？　部屋に誰も入れない人とか、学校の外では誰とも遊ばない人とか、そんな感じ？」

「そう」

「否定はしないけどね」

　私にはそういうところがある。

　自分から相手には、ずかずか踏み入るくせに、相手から踏み入られることを嫌う、とでも言うのだろうか——阿良々木くんとの関係が、まさしくそうだったように思う。

　だからあんな結果になったんだ。

「でも、泣きながら私を叩いてくれた子を相手に距離をとっても、今更格好つかないでしょ」

「む」

　と、戦場ヶ原さんは赤面した。

　唇《とが》を尖らせて、まるで拗《す》ねているかのようだ。

　無表情で通っていた頃の戦場ヶ原さんも素敵だったけれど、表情豊かな戦場ヶ原さんのほうが、とっても素敵だった。

　むしろこちらからお願いして、シャワーを一緒に浴びたいくらいである——というのは、さすがに言い過ぎかな？

「あ」

そのタイミングで、手にしたままだった戦場ヶ原さんの携帯電話に着信があった。保科先生が、さすがに不自然さに気付いて折り返してきたのかと思ったけれど、そうではなかったらしい。

そもそもその着信はメールだったのだから。

「誰から？」

「阿良々木くんから。ふむふむ。この内容なら、多分、羽川さんの携帯にも同じメールが届いていると思うわよ」

「え？」

「確認してみたら？　コンセントはそこのを使ってもいいから。大丈夫、電気代を請求したりしないわ」

「その台詞を加えることで逆にケチっぽくなってるけど……」

言われて、私は携帯電話を鞄から取り出し、電源を入れる。そして自然に着信するのを待たず、新着メール確認の操作をした。

新着メール——九百五十七件。

「あ、最初のほうの奴は、私が心配して送ったメールだから気にしないで」

「一晩で九百五十六件も送ったの⁉」

受信フォルダにあったメールの大半が、押し出されるようにメモリから消えてしまった。

これは私が悪いのだろうか。

さすがに謝罪を要求するべきじゃないのかな？

思いつつ、取り急ぎ最新の一件を確認する——確かに差出人は阿良々木くんだった。

『しばらく帰らない。しんぱいすれな』

件名もなく、署名もない——端的《たんてき》というにもあまりに無装飾な、そんな文面だった。それでいて、『しんぱい』の漢字変換の手間さえ惜しんだ、『するな』とさえまともに打鍵《だけん》できなかったような、その訂正する暇《ひま》さえなかったような、そんな緊急下《きんきゅうか》で打たれたそれであることを思わせる、切迫《せっぱく》したメールだった。

「予想通りとは言え、また何かやっているようね、阿良々木くん――しかも今回は、かなり深刻と見える」

同じ文面が届いているらしい戦場ヶ原さんが、ため息混じりにそう言う。

呆れてさえいるようだ。

「私はそのときのことをよく知らないけれど、文面から判断する限り、これは春休みか、それ以上って感じかしら」

「やっぱり、そう思う？」

「ええ。でもまあ、わざわざこんなメールを送ってくるようになった分だけ、成長は見えるかしら……昔は目の前のことしか、本当に見えない男だったからね」

「そうだね」

真宵ちゃん絡《がら》み――だろうか。

いや、真宵ちゃんは阿良々木くんに忘れ物のリュックサックを返してもらおうとしていただけで、それで阿良々木くんを探していただけなんだから、阿良々木くんが今かかわっていることとは無関係かもしれないけれど――

何故《なぜ》だか、そんな気がした。

確信的に。

「駄目ね。電話をかけてみたけれど繋がらないわ」

いつの間にかそんなことをしていたらしい戦場ヶ原さんが（行動に迷いが無さ過ぎる）、さして落胆した風もなく、ぱたんと閉じた携帯電話を充電スタンドに置く。

「まあ、あっちは男の子なんだし、そう心配しなくてもいいか……いいでしょう。帰ってきたら、羽川さんと一緒にシャワーを浴びたという自慢《じまん》話を聞かせてやるわ」

「嫌がらせになってないと思うよ」

「羽川さんの身体のラインはこんな感じで、ここがこうなってて、とか」

「身振り手振りをやめて」

いやらしいと言うか、なまめかしい。

「でも、これでこっちの虎には、こっちで対応するしかなくなった感じじゃね」

「虎？」

私が通学路で見た――虎。

巨大な虎。

喋る虎。

そう言えば、その件があったからこそ、戦場ヶ原さんは過剰に私のことを心配したのだと言っていたっけ――

「でも、虎って――」

「ん？　ひょっとしたら私は、その虎が火事の原因なんじゃと思ったりしたんだけれど……違うの？

火事の原因は、はっきりしてる？」

「いいえ、それはまだわからなくて――」

放火かもしれない――とか。

消防隊員の人が、そう言っていたくらいで――

虎――虎が原因――

「――わからないわ」

「そう。じゃあ、それも私の先走りかもね。元陸上部だけに」

「その程度の『だけに』をキメ顔で言わないで」

「さ、羽川さん。そろそろ、阿良々木くんの分までシャワーを浴びましょう」

「彼の分まで浴びる必要はないと思うけど」

「阿良々木くんの分まで、羽川さんの裸体《らたい》を私が見るわ」

「それはせめて戦場ヶ原さんの分だけにして」

「そう」

あっさり納得する戦場ヶ原さん。

まあ、ここで抵抗されても困る。

「そうね、大体よく考えてみれば阿良々木くんはね、今となっては女子の裸体とか下着とかじゃあ、興奮《こうふん》しなくなってるしね」

「そうなの？」

「ええ。彼はここ数ヵ月の様々な経験で、もうステージが上がってるから。今はもう、女子がスカートを穿《は》いているだけでエロいって言ってるわ」

「女子的には身を守る方法のない視点だね」

「布が風で揺れるのがたまらないって」

「めくれなくてもいいんだ……」

ステージが高い。

というか……。

うん……。

「じゃ、仲良くお胸の洗いっことかしましょうね」

「背中の流しっことかじゃないの？」

「ねえ、羽川さん」

これ以上引き伸ばしていると会話がやばいと思って、そそくさと制服を脱ぎ始めた私に、戦場ヶ原さんは唐突に訊いてきた。

笑顔とも真顔ともつかない表情で。

「阿良々木くんのこと、今でも好き？」

「うん。今でも好きだよ」

私はすぐに答えた。

012

いいタイミングなのでここで少し阿良々木くんの話をしようと思う。

阿良々木暦くんの話。

戦場ヶ原さんの彼氏で私の友達、阿良々木暦くんの話だ。

実は私は阿良々木くんのことを、春休み以前から知っていた——何でもは知らないけれど、阿良々木くんのことは知っていた。

どうやら彼にその自覚はないようだけれど、阿良々木くんは、直江津《なおえつ》高校において結構な有名人なのだ。

目立っていた、というか。

有体に言って、悪目立ちしていた。

彼は私を有名人扱いしたがるけれど、どっこいどっこいどっこい阿良々木くんにしたって、それとどっこいどっこいどっこいという感じなのだ。

怖がられているというのが正しいけれど。

そう、彼は恐れられている。

私が優等生扱いされるのを嫌っていたように、彼は不良扱いされることを嫌うけれど、しかしまあ、好き勝手に学校をサボって、授業も試験もいい加減に受けている、いや受けてさえいない生徒がいたら、そりゃあそんな風に思うのは決して私だけではないだろう。

仲良くなってから詳しく訊いてみたら、というかさりげなく探りを入れてみたら、学校をサボって、授業や試験をおざなりにして阿良々木くんが何をしていたのかと言えば、どうも、春休みやらゴールデンウィークやらと、似たり寄ったりのことをしていたようだ。

何のことはない、彼は春休みに吸血鬼になり、怪異とかかわった所為《せい》で人生が一変したわけではなく、根っこのところから、そもそもが阿良々木暦だったということなのだ。

阿良々木くんがさんざ顔を渋《しぶ》くして苦言を呈《てい》している、火憐ちゃんや月火ちゃんのファイヤーシスターズの活動だって、それと同じように何のことはない、阿良々木くんの中学時代の焼き直しに過ぎないのだった。

否、彼女たちから話を聞いてみれば、阿良々木くんの中学時代のほうがよっぽど際どい。法律ぎりぎりの課外活動、否、それどころか法律を向こうに回して戦っていたと言っても、さほど過言ではなさそうである。よくもまあ、生きて高校生になれたものだと、呆れを通り越して感心してしまう。

もっとも、中学時代の阿良々木くんと、高校時代の阿良々木くんとでは、やっていることは同じでも、そのモチベーションには大きな差異があったことは、どうやら事実のようだ。

　何があったのか、その点については春休み以上に頑なに語りたがらないし、また、私を含めた、今、彼の周囲にいる友人の誰も知らないけれど、阿良々木くんは高校一年生の頃に、何らかの精神的な転機があったらしい。

　彼曰く、『落ちこぼれる』原因とでも言うのか。

　……わざと大袈裟に言ったけれど、単に勉強についていけなくなった、というだけのことなのかもしれない。何か大きな事件がないと、人の精神に変化があってはならないという法もないし。

　それに変わろうが変わるまいが阿良々木くんは阿良々木くんなわけで。

　出会った頃はクールだった阿良々木くんが今となっては変わり果てたと言っても、それでも彼は彼であり。

　いかに変わろうと、彼は阿良々木暦。

　だからこれは、単純に、阿良々木くんは中学生の頃は、もっとテンションの高い、アッパーな熱血的コンディションの持ち主だったというだけの思い出話である——彼自身ももう忘れている、思い出話。

　その意味では、高校生になって多少は落ち着いたという、普通の出来事なのかもしれない。

　普通で。

　ありふれた。

　彼の出来事。

　あるいは、と思う。

　春休みも。ゴールデンウィークも。

　戦場ヶ原さんのことも、八九寺ちゃんのことも、神原さんのことも、千石ちゃんのことも、火憐ちゃんのことも、彼にとっては、中学時代に経験したあれこれほどのことはなかったかもしれないと、あるいはそんな風に思う。

　そして今日も今日とて何やら動いているようで。

私はそんな彼を、いつからか好きになってしまったのだ——それがいつからなのかは、もう少し後で話そう。

014

……？

章ナンバーが、またひとつ飛んでいる？

どういうことだ？

まさか13という数字は縁起《えんぎ》が悪いから飛ばしたというわけでもあるまい。昔阿良々木くんが、『13』を飛ばすのはなんとなく必然性があってわかるけれど、『死』に通じるから『4』を飛ばそうと最初に発想した奴は、そんなごろ合わせを普及《ふきゅう》させるなんて一体どれだけの発言力を持ってたんだと首を傾げていたことがあったが（彼らしい視点だ）、しかし必然性があるからと言って『13』を飛ばさなければならないわけではないだろう。

？？？

いや、特に不都合があるわけでもないので、このまま進めてしまうけれど——昼過ぎになって、私は目覚めた。

誰に起こされるともなく。

戦場ヶ原さんの言う通り、あの廃墟という環境では、どうやら安眠はできていなかったらしく、ぐっすりと深く眠れ、どこか身体の芯《しん》あたりにまとわりついていた倦怠《けんたい》感のようなものがぬるっと気持ちよく取れていた。

まあ、起きたら目の前に戦場ヶ原さんの寝顔があるという状況には、ちょっとばかりびっくりしてしまったけれど。

いや、ちょっとじゃない、かなり本気でビビった。

眼福《がんぷく》としか言いようがない。

恐ろしく端正《たんせい》な顔立ちである——目を閉じている

美人というのは、なんだろう、目を開けているときとはまるで違う味わいがある。

特に、戦場ヶ原さんの寝顔は、まるで作り物のように出来過ぎで、見るからになめらかなその様子は陶磁器《とうじき》のようでさえあり、しかし作り物ではありえないなまめかしさも確かにあって、不覚にもどきどきしてしまった。

どきどきどきどき。

身体の疲《つか》れは取れたけれど、寝起きでここまで急激に血圧が上がってしまえば、寝ぼけるも何もあったものではない。

阿良々木くんはこの寝顔をいつも独り占《じ》めにしているんだろうなあ。

なんて、ちょっぴりアダルトなことを考えたりして、一人勝手に赤面した。

馬鹿みたい。

と言うか馬鹿まるだし。

……いや、違うか。

さすがの阿良々木くんでも、今はまだ、この寝顔を独り占めはできないんだ——戦場ヶ原さんは、お父さんとふたりで暮らしているんだから。

娘の寝顔を誰よりも見てきたのは。

誰よりも見守ってきたのは。

父親であるはずなのだ。

「……あら」

と。

唐突に戦場ヶ原さんが目を開く。

それは『起きた』と言うより『生き返った』という風な感じだった。

あるいは『スイッチが入った』とか。

起動した、とか。

どうやら戦場ヶ原さんも、あまり『寝ぼける』というタイプではないらしい——低血圧っぽい彼女だけれど。

まあ寝起きと低血圧の間には、実は因果関係はないらしいしね。

どちらかと言えば関係あるのは低血糖？

「おはよう、羽川さん」

「おはよう、戦場ヶ原さん」

「と言っても、もうそんな時間じゃないでしょうけれど」

「そうだね。そんな時間じゃないね」

「今何時？」

「えっと」

首の方向を変えて、改めて衣装箪笥の上にある置き時計を確認する。

「一時半」

「午前？　午後？」

「午後に決まってるじゃない」

どれだけ寝ていたつもりなのだ。

以下回想——あれから。

あれから、本当に戦場ヶ原さんと私は、一緒にシャワーを浴びたのだった——誰かと一緒にシャワーを浴びるという体験は私にとって初めてだったので、色々と恥ずかしい不手際《ふてぎわ》があったことはここに報告しておこう。

よって主導権は完全に戦場ヶ原さんに握《にぎ》られ、実際、あちこち洗われてしまった。実に慣れた手つきであり、明らかに経験者の手際だった。

この子、女子同士でいちゃつくことに慣れている！

そう思わされた。

しかし、そこまでされては私も黙《だま》っていられなかったので、あちこち洗い返してあげた。

それほど広くないシャワールームの中で、正に裸の付き合いという感じで、どう言えばいいのかわからないけれど、結構一線を越えた気がする。

一線を画する私が一線を越えた。

転機といえば転機。

少なくとも、戦場ヶ原さん相手に変な遠慮をする意味はなくなったかな、という気がした。本音を言えば、こうして戦場ヶ原さんは強引に連れてきてくれたけれど、他人の家に泊まるということに対して、まだ私は抵抗があったのだけれど。

一日だけお世話になろうと、そんな風に素直に思えたのだから。

そんな気がした。

素直に、思う。

そう言えば、たったそれだけのことを、私は随分長い間、してこなかった。

素直ってなんだろう。

思うってなんだろう。

深く考え出すと、とりとめがなくなってしまうけれど。

考えてみれば戦場ヶ原さんも、心に強固な壁を作っていたタイプの人間だ。

間違っても『深窓の令嬢』と呼ばれていた頃の彼女なら、私を家に泊めてくれたり、一緒にシャワーを浴びたりなんてしなかっただろうし、それ以前に、一晩中私を探して、町中を駆け回ったりなんてしなかっただろう。

彼女がこの数ヵ月で乗り越えてきた色んなものの重さを思うと。

同じように色んな経験をしながらも、結局のところ何一つ乗り越えていない自分が情けなくもなってしまう。

そうだ。

私は何一つ——乗り越えていない。

ゴールデンウィークの騒動を経ても、文化祭前日のあの日を経ても。

成長してない。

変わっていない。

だから戦場ヶ原さんがとても羨ましくて——そしてとても好きで、嫌いになれないんだと思った。

素直に思ったのだった。

それから、三十分くらいシャワールームでじゃれあって（止める人がいなかったのだ）、さっぱりした気持ちで脱衣所に出た。

互いに身体を拭《ふ》きあって、下着を身につける。

「さすがに私の下着を身につけるというのは抵抗があるでしょうけれど、羽川さん、パジャマくらいは借りて頂戴よ」

と、戦場ヶ原さんは言った。

「あの、恐らくは何らかのディスカウントショップで買ったであろう、卒塔婆《そとば》が卒倒しそうなデザインのスエットは、なんだったら私がゴミに出しておくから」

「え？　あれ、駄目？」

「酷い」

濡《ぬ》れた髪を鬱陶《うっとう》しそうにしながら、戦場ヶ原さんは首を振る。

端的なコメントである。

「あの服は人が着ることを想定して作られていない……マネキン専用よ。あるいはハンガーの機能を確認するためのモックとでも言いましょうか」

「…………」

そこまで言うか。

廃墟には鏡なんてなかったので、それを着ている自分という図はついぞ確認できなかったのだけれど……、戦場ヶ原さんが手作りのベッドで眠る私を起こす際に泣いていたのは、そんな服で眠る私を見てしまったからというのもあるのかもしれない。

うーん。

参ったな。

「でもいいの？　戦場ヶ原さんのパジャマ、借りちゃって」

「いいわよ。私結構、衣装持ちだから」

「じゃ、遠慮なく」

下着は、百円ショップで買ったものを新しく下ろす。

そして戦場ヶ原さんが衣装箪笥から取ってきてくれた寝巻きに袖を通した。

人の服を着るというのは不思議な感覚だった――服を着たにもかかわらず、なんとも言えない開放感がある。

何かを許してしまった気になる。

戦場ヶ原さんは背が高いので、服のサイズが私よりも大きく、必要以上にだぼっとした感じになってしまったけれど。

「なのにバストだけはキツそうっていうのがお約束通りで素敵よね」

「いや、別にキツくないけど……」

寝巻きなんだし、普通だ。

そんな約束はしていない。

戦場ヶ原さんもパジャマになるのを待ってから、ドライヤーで互いの髪を乾かした。

これはすぐに終わった——一学期は私も戦場ヶ原さんもそれなりに髪が長かったけれど、今は二人ともおかっぱみたいな長さだし。

すぐにドライだ。

そのことに、ちょっとだけ物足りない気分になったりした。

「でも羽川さん、文化祭のあとに髪を切ってから、また伸ばしてるわよね」

「ん？　うん、まあ。あれからまだ美容院には行ってないかな」

「また長くするの？」

「うん——どうだろ。短くして初めて気付いたけど、意外とロングのほうが、手入れの手間がかからなかったりするんだよね——そう思わない？」

「ふむ。まあ、そういうところはなきにしもあらず、かも」

「でしょ？」

「寝癖とか」

「……でしょ」

引っ張るなあ。

「だから、卒業後のことを思うと、結局伸ばしておくのがいいのかな——なんて」

「卒業後のこと、ね」

戦場ヶ原さんは含みを持たせて、私の言葉を反復した。

「正直、どうかとは思うけれど。まあ、羽川さんに大学教育が必要だとは決して思わないけれど、でも、大学って勉強だけしに行く場所じゃないんだし。私に言わせれば、世界を巡るのも、大学に行くのも、同じようなものだと思うわよ」

「…………」

それはこれまでに何度も話題に上ったことではあったけれど、こういうことをはっきり言ってくれるから、私は戦場ヶ原さんが好きなんだろうなあ、と思う。

そう、私は大学に進学しない。

出席日数も内申書も関係ないのはそのためだ。

卒業したら、二年くらいかけて世界中を旅するつもりでいる――そのためのプランも、ほとんどできあがっている。あまり細かく予定表を作り込んでしまうとそれはそれでパック旅行みたいになってしまうので、あくまでざっくばらんとしたプランニングではあるけれど。

その『進路希望』を知っているのは、今のところ、阿良々木くんと戦場ヶ原さんだけだ。

阿良々木くんはああいう人だから、私を止めなかったけれど。

戦場ヶ原さんはこういう人だから、穏《おだ》やかに大反対だった。

「あんな廃墟で平気で寝泊りしてしまう無用心さを思うと、反対する気持ちはより強まったわね。強固になったと言っていいわ。日本みたいに治安のいい国ばっかりじゃないのよ？　酷い目に遭ってからじゃ遅いのよ？　世界中の男子がその肌を狙っていると思いなさい」

「肌なの？」

「熱帯地方を歩み、その肌が日に焼かれてしまうことを思うと、絶望的な気持ちになるわ」

戦場ヶ原さんは本当に絶望的な顔をする。

この子は私の肌に、どこまでの思い入れがあるのだろう。

「いっそ首輪でもつけて檻《おり》に閉じ込めて監禁したほうがいいかしら……」

「戦場ヶ原さん戦場ヶ原さん。治安のいい国で、あなたが私を酷い目に遭わそうとしている」

「意地になってない？」

私の突っ込みを無視する戦場ヶ原さん。

そう言えば阿良々木くんも、戦場ヶ原さんにはよく突っ込みを無視されると言っていた。

天然なのかもしれない。

「阿良々木くんに対してなのか、忍野さんに対してなのか、あるいは私に対してなのか——それ以外の誰か、たとえばああいうご両親だったりに対してなのか、わからないけれど」

「………」

ちょっと、黙ってしまった。

考えてしまったのだ。

そうかもしれない——いや。

「意地になんてなってないよ。意地で進路を決めたりしないって」

「そう。ならいいんだけれど」

「単に、私に足りないものを補いたいというだけ——今風に言うなら、そうだね。自分探しの旅って奴《やつ》かな」

「自分探し」

「もっとも、『自分』とはゴールデンウィークに、もう遭っちゃってるけどね——だから新たな『自分作り』というのが正しいのかな」

「ふうん。まあ、あなたの固く誓《ちか》った決意を、私に引っ繰り返せるとは思えないけれどね。私が強固ならあなたは頑固だわ。だけど」

戦場ヶ原さんは言った。

静かに。

「行きたくなくなったらいつでもやめていいのよ。旅の途中で引き返してきたっていい。それを恥ずかしいことだなんて私達は思わないわ。そう、私達。阿良々木くんだって、本当は止めたいに決まってる

「大丈夫、大丈夫、大丈夫！　安心して！　絶対何もしないから！　同じ布団で寝るだけ！　指一本触《ふ》れないから！」

信頼性を訴えかけることによって信頼を失うという、実に器用な真似をしてのける戦場ヶ原さんだった。

「羽川さんを抱き枕にしたりしません！」

「……あなたが阿良々木くんと付き合える理由がわかった気がする」

あるいは、阿良々木くんをああしてしまったのは、私ではなく戦場ヶ原さんなのではないかという疑いも、急速に頭をもたげつつあった。

そしてよく思い出してみれば、春休みの時点で阿良々木くんは割と相当だった記憶もある。

うん、だとすると私のせいじゃないや。

「いいよ、わかったわかった。言われなくとも、そんな心配してないって」

「そう？　ありがとう」

のよ」

「決まってるかな」

「鉄板《てっぱん》よ」

断言されてしまった。

でも、どうだろうな。

私には阿良々木くんが、私のことをどう思っているかが、いまいちわからないんだけど——まあ、そんなガールズトークとも言えないガールズトークをしつつ、私達は髪を乾かし終えたのだった。

そして戦場ヶ原さんは、押入れから一組、布団を取り出す。

「もう一組、お父さんの分の布団があるんだけれど、どうかしらねえ。四十過ぎの中年のおじさんが普段使っている布団に、女子高生を寝かせるというのは抵抗があるわ。うん、これは仕方ない、羽川さん、私の布団で一緒に寝ましょう」

「…………」

結論早っ。

なぜかお礼を言う戦場ヶ原さん。

不審度の非常に高い女子だった。

「じゃあ羽川さん、枕は私のを使って頂戴。私は、お父さんの枕を使うわ」

「？　あれ。そうだ、だったら戦場ヶ原さんがお父さんの布団を使うという選択肢はないの？」

家族でも、いや家族だからこそか、年頃の娘からの父親に対する拒絶感というものは厳然とあって、お父さんと同じ布団は使いたくない——という理屈でもあるのかと思っていたけれど、枕を使うというのなら、そういうわけでもなさそうだ。

「え？　だって私がお父さんの布団を使ったら、羽川さんと一緒に寝られないじゃない」

「なるほど」

非常に通った理屈だ。

くつがえし難《がた》い。

「それに私って実はファザコンだから、お父さんの布団で寝たりすると興奮して眠れなくなっちゃうのよねえ」

「戦場ヶ原さん、赤裸々《せきらら》過ぎる」

どんな家族だ。

いや——家族というものをまったく知らない私が、おいそれとしていいような突っ込みでは絶対にないけれど。

「まあ、それぞれの家にそれぞれの家族関係があるということよ——阿良々木くんのところの兄妹って、明らかに異常じゃない」

「異常だよね！」

思わず意気込んで同意。

あの兄妹関係ははっきり言って危険だ。

常に倫理と戦い続け、しかもここ最近は完全勝利を収め続けている。

戦況は極めて危うい。

「こないだ紹介されたんだけれど、火憐さんと月火さんの、お兄さんを見る目のリスペクト度と言ったら……あれに比べれば私のお父さんに対する思いなど、全然ノーマルの範囲内よ」

「ふむ」

より酷い例を出すことで己を一般化した感は否めなくもないけれど、まあ追及はよそう。

同じ家に住む、十五年間同じ家で過ごした二人と、とうとう家族になれなかった私が、追及していいことでは——やはりない。

その家さえ。

今はなくなってしまったのだから。

家がなければ——家族にはなれない。

「さ、それじゃあ寝ましょうか。羽毛布団……いえ、羽川さん」

「羽川と言おうとして羽毛布団とは、絶対に言わないよね」

共通点は最初の一文字だけで、それにしたって読み方が違う。わざととしか思えないけれど、表情豊かになったところで、戦場ヶ原さんはどこまで本気でどこまでそうじゃないのか、外側からはまったくわからず。

その時点で午前八時。

今からでもダッシュで向かえば学校に間に合わないではない時間だったけれど、私はおとなしく保科先生に欠席の旨《むね》を伝え。

戦場ヶ原さんと同衾《どうきん》したのだった。

「おやすみなさい」

「おやすみなさい」

おやすみなさいと言ったのも。

相当久し振りで、気分的には初めてみたいなものだった。ルンバが相手では、おはようを言うことはあってもおやすみを言うことはないからね。

015

回想終了。

「午後一時半か……結構、がっつり寝た感じね。羽川さんも、今起きたところ？」

「うん。そんな感じ」

「うふ。まさか羽川さんと同じ布団で目を覚ますことがあるなんてね」

「ピロートークっぽいことを言わないで」

「私、神経質だから普段、眠りは浅いほうなんだけれど、なんだかぐっすり眠れたわ。どうかしら、これは枕がよかったのかしら」

「それはお父さんの枕っていう意味？　それとも抱き枕って意味？」

どちらにしろろくなものではないけれど。

しかし、私も私で、夢も見ないほどにぐっすり眠ったわけで、やはり人のことは言えない。戦場ヶ原さんの枕がよかったのか、戦場ヶ原さんの布団がよかったのか、それとも抱き枕が……。

いやいや。

抱いてないって。


「さてと。羽川さん、おなかすかない？　朝ご飯……じゃないわね、お昼ご飯でも作ろうと思うんだけど」

「あ、いいね。ご相伴《しょうばん》にあずかります」

「苦手な食べ物ってある？」

「ありません」

「そ」

戦場ヶ原さんは布団から這い出て、脱衣所のほうへと向かった。顔を洗って、完全に目を覚ましてから包丁を握るつもりなのだろう。

出てきて、そのままキッチンに。

キッチンと言っても、六畳一間なので、同じ部屋みたいなものだけれど。

「るん、るん、るん」

鼻歌交じりにエプロンを身につける戦場ヶ原さん。

何故かテンション高し。

料理が好きなのだろうか。

以前阿良々木くんが、戦場ヶ原さんがなかなか手料理を作ってくれないと嘆《なげ》いていたのを思い出したけれど、そういえば最近、その手の話を聞かない。

つまりあれから、彼は恋人の手料理を食する機会はあったということだろうか。

「ねえ、羽川さん」

「なに？」

「ここでおもむろに私が裸エプロンになったりしたら、萌《も》える？」

「キレる」

そう、と戦場ヶ原さんは頷いて、冷蔵庫から食材を取り出しにかかる。

キレずに済んだようだった。

私はキレる方法など知らないので、これは私が助かったようなものだ。

「ところで羽川さん。もやしって、漢字で書くと『萌やし』になるのよ。それを知って以来、もやしがおいしくておいしくて仕方がなくなったわ」

「いや、私はそれで味が変わったりはしなかったけれど……」

「となると、どう？」

戦場ヶ原さんはキメ顔で振り向いた。

包丁の切っ先を私に突きつけて。

「もやしっ子って、実はすごい褒《ほ》め言葉なんじゃなくって⁉」

「萌やしっ子……」

正直、あまり面白いともうまいとも思わなかったけれど、包丁を突きつけられていたから、なまじっかな反論はできなかった。

しかし刃物の似合う女の子だなあ。

「羽川さん、コシヒカリ派？　ササニシキ派？」

「あ、もうご飯派であることは決定なんだ」

「朝ご飯、昼ご飯、夕ご飯という以上、それは当然でしょう。パンを食べるのであれば、朝ブレッド、昼ブレッド、夕ブレッドと言うべきよ」

「なんか格好いい……」

でも普通に朝食、昼食、夕食と言えばいいと思う。

どうも戦場ヶ原さんの理論には穴が多い。

「ふむ、確かに。タブレッドがタブレットと読めてしまうところが、この理論の穴よね」

「いや、もっと大きな穴が空いているのよ。で、コシヒカリもササニシキも、この家には常備されてるの？」

「まさか。謎のブランド米しかないわ」

「謎って」

「でも謎という漢字の中には、ちゃんとお米が含まれているわよね」

「だから何」

「ブランド米ならぬブレンド米かも」

「そのギャグ、十五年くらい遅いよね」

そういうことが色々問題として取り沙汰された時代もあったのだ。

別に問題がなくなったわけではなく、あまり取り沙汰されなくなっただけだけれど。

「大丈夫。お父さんが炊飯器《すいはんき》にはこだわりを見せているから。高いのよー、これ。このキッチンには不似合いだって思うでしょう？」

「うーん」

確かに。

言っては何だが、この部屋の家賃よりも高そうな一品だ。

羽川家にあった炊飯器は、相当な年代ものだったので、これは密かに期待できる。

「羽川さん、料理とかする人？」

「うん、する」

正直に答え過ぎると、羽川家の家庭環境は人を引かせてしまうので、どこまで内情を明らかにしたものかは迷うところだけれど、しかしこうしてお世話になってしまっている以上、ある程度は詳《つまび》らかにしておくべきだろうと思い、私は言う。

それに、戦場ヶ原さんは私の両親と呼ばれるべきあのふたりと会ってしまっているのだから、変に取り繕《つくろ》っても仕方あるまい。廊下で寝ていることも前に話しているのだし――

いや。

べきとか、仕方あるまいとか、そういうことじゃなくって。

普通に戦場ヶ原さんには言っておきたかった。

私のことをあんなに心配してくれた戦場ヶ原さんに、あまり隠し事をしたくなかった。

「自分が食べるものは、全部自分で作っていたわ」

「そう」

私にもそういう時期があったはあったわね、と戦場ヶ原さん。

「お母さんと不仲だったから、私」

「……離婚、したんだったよね」

「そう。以来会ってないんだけれど――今頃どこで何をしてるのかしらねえ、あの人。幸せになってくれてるといいんだけれど」

言っている割に、大して気にもしていないような口調だった――野菜を切る包丁の動きが止まりもしない。

それが自然なのか不自然なのかは、わからない。

「ま、どこの家にも色々あるわよ」

「そうだね」

ちゃんと計算して作っていたのだろう、炊飯器がお米が炊けたことを知らせる音を鳴らした辺りで、戦場ヶ原さんは鍋の火を止めて、二人分の盛り付けを始めた。

何か手伝うことはないかと訊いてみたけれど、最後までやらせて、と断られてしまった。ペースが狂うのが嫌らしい。

そして、ちゃぶ台の上にずらりと食器が並べられる――さすがに運ぶのは私も手伝ったけれど。

「いただきます」

「いただきます」

ご飯、お味噌汁、鶏肉《とりにく》入りの野菜炒《いた》め。

変に気取ってないお惣菜《そうざい》料理が妙に嬉しかったけれど、でもその感覚は相当頑張って説明しないとわかってもらえそうにないので、あえて戦場ヶ原さんには言わなかった。

食べる。

「あ、おいし」

「あらそう？」

戦場ヶ原さんは驚いたような顔をする。

「阿良々木くんにはあまり喜んでもらえなかったから、正直、酷評《こくひょう》も覚悟《かくご》していたのだけれど」

「酷評って……」

というか、阿良々木くんはあまり喜ばなかったんだ……。

うーん。

男子力が足りないなあ。

たとえ好みと合わなくっても、ちゃんと喜んでいる振りくらいすればいいのに。

彼らしさではあるのか。

「私はおいしいと思うけど。まあ味覚って、個人差あるからね」

「つまり私と羽川さんの好みは似通《にかよ》っているということね。味の好みも、男の好みも」

お味噌汁を噴き出した。

我ながら大変行儀《ぎょうぎ》が悪い。

「戦場っヶ原さん……だからあなたは、そういうことに赤裸々過ぎ……」

「いえまあ、こういう話もしていったほうがいいのかなあって思って。羽川さんと本当に打ち解けるためには」

「ひとつ間違ったら溝《みぞ》が深まりそうだけれど……」

チャレンジャーだなあ。

でもまあ、そうやって踏み入ってきてくれるのが、嬉しくもある――私のほうからは、どうしたって踏み入りがたいことではあるのだから。

「じゃあ戦場ヶ原さん、いっそ思いきって、お互いに、阿良々木くんのどこが好きかって話でもする？」

「いえ、その思い切りかたは万一この会話が外に漏れたときに、奴が調子に乗りかねないから、しないほうがいいわ」

「そうなんだ……」

彼氏に対して厳しい戦場ヶ原さんである。

褒めて伸ばす気はないらしい。

「じゃあ何の話をする？」

「そうね、阿良々木くんのどこが嫌いかという話をしましょう」

「乗った！」

その後私達は三時間にわたり、思いのたけをぶつけあった。

人の悪口で盛り上がってしまった……。

016

「もう夕食の準備をしてもいいくらいの時間になってしまったけれど、そろそろ今後の話をしましょうか、羽川さん」

宴《えん》もたけなわではございますが、とでも言いたげに、名残惜《なごり》しそうな感じで戦場ヶ原さんは話題を切った。

お互い、心なし若返ったような気がする。

つやつやしている。

なんだろう、この連帯感。

「今後の話と言うと？」

「だから羽川さんの今後よ。今晩は、私の家に泊まってもらうとして、明日からどうする？　なにかアテはあるのかしら」

「アテは——」

ここで「そうだね、じゃああの学習塾跡に戻るよ」なんて、冗談にでも言ったらまた叩かれそうだ。いや、蹴《け》られてもおかしくない。

「——ない」

「そう」

神妙そうに頷く戦場ヶ原さん。

さっきまで、彼氏の悪行を全身全霊《ぜんしんぜんれい》で批判していた人と同一人物とは思えないほどの、真面目な表情である。

表情が豊かというか、これでは二面性だ。

「本音を言えば、明日以降も泊まっていって欲しいんだけど……私の管理下においておきたいんだけれど」

「管理下？」

「監視下」

「言い直しても、あんまり……」

変わってないような気がする。

まあ、要するに心配だということを言いたいのだろうから、確かに本音なのだろうけれど。

「でも、戦場ヶ原家は見ての通りの手狭《てぜま》さだから——さすがに羽川さんに、明日帰ってくるお父さんと、同じ部屋で寝起き、お着替えしてもらうわけにはいかないわよね」

「うん、確かにそれは」

どうかと思う。

お父さんとしても、同じ部屋で娘の同級生が寝泊りするというのは、かなりありえない迷惑だと思うし。

「もしもそれでお父さんが羽川さんのことを好きになっちゃったら大変だもの」

「そんな心配をしてるの？」

「羽川さんのことをお母さんと呼ばなくてはならない日が来るかもしれない」

「来ない来ない」

「何？　私のお父さんじゃ不足だって言うの？」

結構マジな感じで私を睨む戦場ヶ原さんだった。

なんて厄介《やっかい》な性格。

ファザコンというのはどうやら本当らしい。

ふむ。

その点を含めても、まあ含めなくても、さすがに明日以降も、続けてここに泊めてもらうというわけにはいかないだろう。

　ならばどうしたものか。

「一日二日くらいなら、それでも無理は利《き》くと思うわ。着替えの間は、お父さんに部屋の外に出てもらうとか」

「よそのお父様に、まさかそんなことはさせられない……」

　どんな客だ。

「ちなみに、羽川さんの読みでは、羽川家の今後ってどうなるの？」

「あの人達も」

　戦場ヶ原さんの前で、もう無理に『お父さん』『お母さん』と呼ぶ必要はないと思って、私はあえて『あの人達』という表現を選ぶ。

「あの人達も、いつまでもホテル暮らしというわけにはいかないでしょうから、近く、借家を探すことになると思うわ。そちらのほうが絶対に安上がりだから。火災保険が降りるから、そのお金で家を建て直している間、借家で生活することになるでしょうね」

「家を建て直すのって、どれくらいかかるものなのかしら」

「同じ規模の家だとしたら、三千万円くらいかな」

「いやいや、お金じゃなくって、期間の話」

「ああ」

　恥ずかしい勘違い。

　まずお金の話をしてしまった。

「うーん。工法にもよるけれど、色々な手続きの時間も含めたら、半年ってところかな」

「半年……」

　つまり、と戦場ヶ原さん。

「その頃には羽川さんは、高校も卒業し、世界に向けて旅立っているわけね」

「――そうだね」

　間に合わない――のだ。

　いや、何に対して間に合う、間に合わない、なのかは、この場合わからない。

私が十五年暮らした家はもう燃えてしまったのだ——建て直したところで、それはもう別の家なのだから。

全《すべ》ては失われた。

それだけのこと。

間に合うも間に合わないもない——間が悪いのだ、結局。

「まあ半年後のことはともかく、取り急ぎ借家先が決まれば、羽川さんの寝泊りできる場所は確保できるわけよね？」

「うん。廊下だけど」

「廊下？　ああ、そうだっけ」

前に言ったそのことを忘れていたようで、戦場ヶ原さんはそんな反応を見せる。

しかし反応はそれだけだった。

「まあ、色々あるわよね——家には」

「そうだね。家には」

「となると」

戦場ヶ原さんはすっと手を伸ばし、携帯電話を充電スタンドから取り外し、画面にカレンダーを表示させる。

「その借家が決まるまでの間の寝泊りよね——教科書とかノートとかも燃えちゃった？」

「燃えちゃった」

頷く。

「無事なのはあの日持ち出していた、筆記具と財布くらいのものだよ。でも、教科書は、先生に言えば貸してもらえると思う」

「そう。じゃ、そっち方面の心配もさしあたってはいらない、と」

言いながら戦場ヶ原さんは、携帯電話を片手で操作している——この角度からでは見えないけれど、あの打鍵の速度から判断するに、もうカレンダー表示ではないのだろう。

メールを作っているのかな？

「羽川さん。いいアイディアがあるんだけれど、聞きたい？」

「いいアイディア？」

「秘策と言ってもいいわ。秘策士《ひさくし》ひたぎよ。世界観を越えた夢のコラボ」

「…………」

コラボというより、どちらかというと使い回しっぽかった。

「ご両親が借家先を決めるまで、かかっても一週間というところでしょう――それくらいの間なら、まあ、なんとかできると思うの」

「ふむ」

正直な気持ちを言うと、そのアイディア、秘策とやらに、そこまで心惹かれたわけではない――私の寝泊り先など、最悪を言えば、あの二人の泊まるホテルを訪ねれば、それで済んでしまうことなのだから。

つまるところ私のわがままの問題であり、戦場ヶ原さんに心労をかけ、知恵を絞ってもらうようなことではないのだから。

だから、アイディアの内容ではなく。

それを考えてくれる戦場ヶ原さんが嬉しくって、私は、

「聞きたい。是非聞かせて」

と言ったのだった。

「さあ、どうしようかな。言おうかな、言わないでおこうかな」

「…………」

更生して、淡白《たんぱく》だった性格が若干《じゃっかん》ウザくなった戦場ヶ原さんだった。

017

その後、二人で夕食を食べ（参考までに、夕食は

何故かパン食。炊飯器のみでなく、ホームベーカリーまで常設されているキッチンだった。『パンをおかずにご飯をたべているのよ』だって）、またも二人でシャワーを浴び、洗いっこをして、翌日に向けて英気を養う意味も込め、この日は夜十時を回る前に、戦場ヶ原ひたぎと羽川翼は眠りについた。

そんにゃわけでこの俺《おれ》が目覚めるわけにゃん。

俺と言うのはもちろんご存知、障《さわ》り猫を源流とするところのニュー怪異、あの不愉快にゃアロハ野郎が名付けたところのブラック羽川だにゃん。

こっそりと、音を立てにゃいように俺は布団から抜け出て（掃除機と違って、音がしにゃいように移動するのは、猫の十八番にゃん）、そして、

「んーっ、にゃっ！」

と伸びをする。

説明するまでもにゃくもうわかったと思うが、ご主人、つまり羽川翼が寝たときに章が飛んでいるのは、こうやって俺が登場していたからにゃん。

怪異の俺にはよくわからにゃいが、ご主人の知識によると、眠りというのは身体を休める意味と共に、精神を休める意味が大きいそうにゃん——ものを滅多に考えにゃい上に精神性という言葉と無縁の俺には、やっぱりよくわからにゃいが、『考える』という行為は、生物にとっちゃーかにゃりの負担ににゃるそうにゃのにゃん。

だから人は一日の三分の一もの時間を、人生の三分の一もの時間を、睡眠活動に費やさにゃいといけにゃいわけにゃ。

誰でも眠る。

ご主人も眠る。

しかし今回のことで、いわゆる一般的にゃ『眠り』だけじゃあ、ご主人の精神にとって休息として不十分にゃっちゃったんだよにゃあ——ご主人自身がどこまで意識しているかはわからにゃいが、いにゃ、こればっかりは馬鹿にゃ俺でもわかっていて、しかしご主人はとにかく『自分の痛み』に関して鈍《どん》

感《かん》過ぎるのでまったく意識していにゃいのだが、十五年間暮らした家が全焼してしまったというのは、すさまじい衝撃を、ご主人の精神、換言《かんげん》するところの心に与えてしまったのにゃ。

だから俺が出てきた。

ブラック羽川、三度《みたび》登場にゃ。

ゴールデンウィーク、それに文化祭（って、何にゃ？）前と合わせて、これで三度目の登場とにゃるわけだにゃん。

もっとも、ゴールデンウィークに出てきた俺と、文化祭前に出てきた俺と、そして今回出てきた俺は、はっきり別物と言っちまっていいんだがにゃん——人間風に言うにゃら他人と言ってもいいにゃ。

それとも他猫とでも言うのかにゃ？

もっとも、俺にとって人間が区別できにゃいように、人間からすれば、障り猫——ブラック羽川のパターン違いにゃんて、どれも似たり寄ったりの、同定する必要のにゃい個体差にゃんだろうけれどにゃあ。

要するに冠詞で言うなら、あくまでも「a」であって「the」ではにゃいということにゃん。複数形が存在しにゃいと言ったほうがわかりやすいのかにゃ？

人間は白うねりが三匹いたところで、白うねりA、白うねりB、白うねりCと区別することにゃく、単に白うねりと言うだろう。

だから俺も、ブラック羽川Cでもにゃければ、ブラック羽川スリーでもにゃい——あくまでブラック羽川にゃん。

そこんとこよろしく。

「にゃん、にゃん、にゃん」

俺は言いつつ、脱衣所に向かうにゃん。

そして鏡を見る。

真っ白に変質した髪。

頭部に生えた猫耳。

ぎょろりとした猫目。

学習塾跡の廃墟で最初に『目覚めた』ときには、そばに鏡にゃんかにゃかったし、俺もまず状況を把握するのにいっぱいいっぱいだったし（ちにゃみにスエットのセンスは、鏡を見るまでもにゃくご主人を信奉《しんぽう》する俺でもどうかと思う感じだったにゃん）、今朝『目覚めた』ときは、俺も結構眠かったので活動しにゃかった、何せ俺は夜行性だから太陽の出ている間は脳がうまく働かにゃいしにゃ。

つまり鏡を見るのは初めてだったにゃん。

「ふーむ。やっぱ髪が短くにゃってるから、猫耳の味わいが全然違うにゃん」

そんにゃ重要にゃことを確認しつつ、顔を洗う。

猫が顔を洗うと翌日雨ににゃると言われているそうだが、この場合は全然関係にゃいにゃ。

俺は脱衣所を出て、衣装簞笥の上に置かれていた鍵を手に取る。言うまでもにゃく、この部屋の、玄《げん》関《かん》の鍵にゃ。

阿良々木暦と呼ばれていたあのいかがわしい人間野郎は、俺のことを鍵も使えにゃい馬鹿だと思っていた節があるが、ふざけんにゃ、鍵くらいは使える。人ベースの怪異をにゃめんにゃ。

俺はこっそり動いて——戦場ヶ原ひたぎという、ご主人の友人であるらしいその女を起こさにゃいようにこっそり動いて、無音で玄関を開け、同じく無音で錠《じょう》を落とす。

まあ、友人つってもこいつ、ご主人の敵でもあったはずにゃんだけどにゃ。それを思うと、こうやって気を遣って出て行くのもおかしにゃ話にゃんだが、しかしまあ、その辺俺はご主人の意向《いこう》に従うだけにゃ。

少にゃくともご主人は。

この女を恨《うら》んだことは、一度もにゃいんだから。

ただの一度も。

にゃん。

靴は履かにゃかった。

あれは動きにくいにゃん。

指が使えにゃいとか、勘弁《かんべん》して欲しいにゃ。

「にゃん、にゃん、にゃん、にゃん」

ところで、ご主人が眠っている間に俺が活動してるんじゃ、ご主人が全然休めにゃいんじゃにゃいかと、心配する向きもあるんじゃにゃいだろうかにゃん。

心配してくれてありがとにゃん。

でも大丈夫。

全然平気にゃん。

俺は言うにゃれば、ご主人の精神にとってのバランサーだからにゃん——つまり俺が『出て』いるだけで、ご主人の精神にとってはむしろ癒《いや》し効果があるんだにゃん。

肉体的にゃ疲労にしても全然問題にゃいにゃん、俺は怪異であって、人間の身体を使うにしたって、人間とはまったく違う原理で肉体を動かしているんだから、ご主人の身体は、これもむしろ眠るよりも安らかにゃはずにゃん。

大体、考えてもみろよ。

いくらご主人に寝床作りの才能があったとしても、机に段ボールを巻いたものの上で寝て、節々も痛くにゃらずにぐっすり眠れるはずもにゃいだろう——あんにゃ物体はベッドというより寝癖作製機と言うべきにゃん。それに比べれば比べ物にはにゃらにゃいとは言え、自分のために泣いてくれる友達と同じ布団の中で寝れば安らかに眠れると言うのは美談だけれど、普通は慣れない枕と布団じゃあ、眠りは浅くにゃっちゃうはずだにゃん。

そうにゃらず、『すっきり』、健康優良にゃ睡眠を取れたのは、自慢じゃねーがこうして俺が出ていたからにゃのにゃん。

俺はご主人のストレスの権化《ごんげ》であり、つまり『疲れ』の象徴《しょうちょう》であり、こうして俺が切り離されるだけで、ご主人本人にとってはそれが安らぎににゃるんにゃん。

全てがそうではにゃいにしろ、ご主人が『寝ぼける』という感覚をよく知らにゃいというのは、つまり俺のお陰でもあるというわけにゃん。

俺のことを悪夢にたとえた人間野郎は、それは偶然だろうが、慧眼《けいがん》というべきにゃん——俺はご主人にとって眠りそのものってところにゃのだから。

夢にゃん。

ま、それでもカバー仕切れにゃかったゴールデンウィークにゃんかにゃ、その辺の人間を手当たり次第にエニャジードレインしまくっていたわけだが——安心しにゃ。

今回はそんにゃ傍若《ぼうじゃく》無人《ぶじん》にゃ真似をするつもりはにゃい。

する意味もにゃいしにゃ。

大体、こうして登場している俺は、あの人間野郎風に言うにゃら怪異の後遺症《こういしょう》というか、残響《ざんきょう》みたいにゃものであり——結局はただの現象でしかにゃいのだ。

エルニーニョみたいにゃもんにゃ。エルニーニャ？

俺にできることにゃんてほとんどにゃい。

夜、悪夢を見てうにゃされにゃいように。

こうして出てきてやるくらいのことしか、できにゃいのにゃん。

そうやってご主人のメンタルケアをすることが、俺にできる精々《せいぜい》のこと——そんにゃのは、にゃにもできにゃいのと同じようにゃものにゃんだけど。

けどまあ、あのアロハ野郎曰く、『怪異にはそれに相応しき理由がある』ということにゃのだから——にゃにもできにゃくとも、こうして残響として、錯覚としてあるだけで、俺に意味はあるんだと思うにゃん。

まあ、できにゃいことはできにゃいんだから。

できることをするだけにゃん。

できる限りにゃ。

……ふむ。

こうしてみると、確かに今の俺と、以前の俺とは、やっぱり別物にゃん——強引にことを進めようという気が、力ずくで物事を解決しようという気が、まったく起きにゃい。

我にゃがら、丸くにゃったもんにゃ。

まあ猫が丸くにゃるのは当たり前か。

いや、違うかにゃ。

丸くにゃったのは、ご主人か。

人間だ怪異だ言ったところで、究極的には俺とご主人は同一人物にゃのだから、ご主人が丸くにゃれば、俺も丸くにゃるのだ。

雪が降るのを待たずとも。

炬燵《こたつ》にゃんてにゃくともにゃ。

ご主人は、戦場ヶ原ひたぎというあの女の更生について、色々思うところがあるようだけれど、それに阿良々木暦というあの人間野郎を更生させることに躍起《やっき》ににゃっているようだけれど（更生プログラムとか揶揄《やゆ》されてたにゃん）、でも、ご主人だって、ちょっと前に比べれば随分と更生したように俺には思える。

更生というか、構成かにゃ？

俺はご主人を、心の内側、心の内面から観察することににゃるからにゃ――その辺は、よくわかるつもりにゃのにゃ。

まあ家庭環境が家庭環境だったからにゃあ。

グレにゃいほうが不思議ってもんにゃ。

そのグレかたが、優等生方向に向いちゃったってのが、ご主人のご主人らしいところにゃんだけどにゃ――その優等生気取りも、髪を切って眼鏡を外して、やめちゃったわけだが。

それについては周囲からは色んにゃ意見があるだろうが、俺に言わせりゃ、やっぱりよかったとしか言えにゃいにゃん。

そこは戦場ヶ原ひたぎと同意見にゃ。

いずれ俺も完全に消えるだろう。

消えていにゃくにゃるだろう。

今は過渡期《かとき》にゃのにゃ――ご主人が、ご主人として完成するためのにゃ。

俺にゃんつーのは、言うにゃら思春期の妄想みてーにゃもんにゃのだから。

遅くとも世界中を旅して、帰ってくる頃には。

誰もが子供の頃に空想していた架空《かくう》の友達のごとく、忘れ去られてしまうのだろうにゃん。

ま、寂しくにゃいと言えば嘘ににゃるけれど、最初からそれが俺の役割にゃのだから、その流れに逆らうつもりはないにゃん。

出逢いもあれば別れもある。

怪異もそれは同じだから。

俺は俺にできることをするだけ――

「にゃん、にゃん――こっちかにゃん」

階段を降りるのではなく、俺はこのアパート、民倉荘の屋根にひょいっと登り、そこで三百六十度に目を配る。

「いや――こっちかにゃん」

で。

そんにゃ俺がどうして今、布団から外に出て、部屋の外に出たのかと言えば――エニャジードレインが目的じゃにゃいと言うのにゃら何が目的にゃのかと言えば、当然それは、夜の散歩、とかじゃにゃいにゃん。

廃墟で『出た』ときや、今朝『出た』ときも、本当はすぐにでもこうして『活動』すべきだったんだけれど、俺にも準備ってもんがあるからにゃ。

さて。

「ん。んん。いたにゃん」

ほどにゃく、俺は対象を発見し――発見した瞬間、音もにゃく、飛んだ。

猫は空を飛べるのにゃん。

いや、それは嘘だが。

しかしブラック羽川の跳躍力《ちょうやくりょく》は、山をも越《こ》えるにゃん――今回は、音を立てにゃいように気をつけたので、さすがに山を越えるというわけにはいかにゃいけれど。

俺が本気で跳《と》んだら、足元のアパートが崩壊するしにゃ。

それでも五百メートルくらい跳ぶには、十分だったにゃん。

　ここまで来れば音を消す必要もにゃい、俺はアスファルトに突き刺さらんばかりに勢いよく、どかんと着地する。

　夜の、車一台通らにゃい、真っ暗にゃ道路。

　そして俺の目の前には。

　一匹の虎がいたにゃん。

018

『障り猫……いや、違う。障り猫ではない。かと言って他の何でもない。なんだお前は。お前はなんだ』

　その虎——現実の虎ではありえない、見ていて遠近感が狂いまくる巨大にゃ虎は、俺を見て不可解そうに首を捻った。

　虎が首を捻るという図というのも、にゃかにゃか珍しいにゃん。

　写メしてブログにアップしたいにゃん。

「障り猫で、まああってるにゃん——正確には細部が違うけれど、根本も違うけれど、うんまあ、そんにゃに違うわけでもにゃい」

　俺は友好の意をアピールするように、できる限りの笑顔でそう言ってみたが、

『そうか？　全然違うように思うがな——』

　虎は目を細めて、にこりともしにゃい。

　うーん。

　見た目で怪異を判断するのはよくにゃいけれど、第一印象からすると、あまりいい関係は築けそうににゃいにゃ。

『——吾輩《わがはい》の知る障り猫という怪異は、貧弱で、いるかいないかわからないような、存在感のない怪異だ。しかしお前は——』

「まあ——そういわれると一言《いちごん》もにゃいにゃん」

反論のしようもにゃい。

障り猫にゃんてものはあまりにも実体がなく、怪異と言うよりは怪談と言ったほうが正確にゃくらいだからにゃ——もっとも、そうじゃにゃくっても、こいつから見れば、大抵の怪異は、いるかいにゃいかわからにゃい、存在感のにゃい怪異ってことににゃっちまうっつー気もするんだけどにゃ。

虎は、言うまでもにゃく聖獣にゃのだから。

「色々あるんだよ。俺みたいにゃ奴にも」

『そうか』

頷く虎。

興味にゃさげにゃん。

俺のことにゃんか、如何《いか》にもどうでもいいという感じにゃん。

『まあ、お前のことなんかどうでもいい』

実際に言いやがった。

さすがにむかつくにゃん。

『しかし、何の用かは訊かねばならんな。吾輩の行く手を遮《さえぎ》る意味を、同種の怪異たるお前が、わからんはずもなかろうに』

「同種の怪異？」

今度は俺が首を捻る番だった。

俺とこいつとじゃあ、怪異としての出自《しゅつじ》は全然違うはずにゃんだが——いや、そういう意味じゃあにゃいのか。

単に、動物としての同種。

猫と虎——という意味にゃんだにゃ、きっと。

納得して、俺は、

「まあ」

と言う。

「もちろんわかっているにゃ——別にお前の行く手を遮ろうというつもりは俺にはにゃい。ちっとも、これっぽっちもにゃいにゃん。俺はあんまり頭のいい奴じゃにゃいけれど、その程度の身の程は弁《わきま》えているつもりにゃ」

『頭がいい奴ではないのは確かだろうが——身の程

を弁えているかどうかは、疑問だな』

虎は失礼にゃことを言いやがった。

しかし人型でもにゃい癖にべらべら喋る奴にゃ。

逆に不安ににゃる。

『ではお前は、どうしてそこに立っている』

「いや、単に宣言しにきただけにゃ――お前がどういうつもりでこの町に来たのか、この町にいるのか、俺はまったく興味がにゃい。好きにゃように、その本分を全《まっと》うすればいいと思う。お前の本分がにゃんにゃのかも、俺にとってはどうでもいいことにゃん。怪異ってのは、そういうもんにゃんだからよ。だがもしも」

俺は言う。

それは宣言と言うより。

宣戦布告と言うべきだったにゃん。

「もしもこれ以上お前が俺のご主人に害をにゃすようにゃことがあれば――俺はお前を殺す」

『……そうか』

俺の言葉を受け。

虎は――静かに、得心《とくしん》するように、頷いた。

噛み締めるように。

喰《く》らいついた肉でも――噛み締めるように。

頷いた。

『どこかで見覚えがあると思ったが……お前、あの娘か。あの娘に――取り憑《つ》いているのか』

「取り憑いているわけじゃにゃいにゃん――真っ当にゃ障り猫にゃら、そうにゃんだろうけどにゃ。俺は本人みたいにゃもんにゃん」

ようやく俺、というかご主人のことを思い出したらしい虎に、俺は軽く説明してやる。この辺は説明してやらにゃいと、わかりようもにゃいことにゃ――あの専門家の、アロハ野郎だって、全てをわかっていたわけじゃにゃいのだ。

怪異の真実にゃんて誰にもわからにゃい。

「同化、いや、一体化と言ったほうが正しいにゃん。俺はご主人であり、ご主人は俺にゃ――主人格はもちろんご主人にゃのだが、主導権は案外俺のほうにあったりもする。俺はご主人の精神の、原理的で原始的な根幹《こんかん》を占める部分だからにゃ」

『ふん。どうでもいい』

また言いやがった。

別にこいつに好かれたいわけでもにゃいのだが、もうちょっと俺に興味を持てと言いたくもにゃるにゃん。

『人間に肩入れする怪異か。珍し――くもない。だが、お前のような怪異こそが一番よくわかっているだろう。怪異の特性というものは、抑えられるものではない。見たほうの問題だ』

「…………」

『お前のご主人とやらが、吾輩を見た――重要なのはそれだけだ』

言って。

虎は俺を――強く睨んだ。

瞬間、俺は跳んでいたにゃん。

やばい、と思ったのにゃ――あっさりと戦闘《せんとう》に入りそうにゃ気配を感じた。

こいつは恐しく暴力的で――恐しく短絡的で――だから跳んだ。

俺は跳んだ。

飛んだ。

後ろに一歩引いた、にゃんてものじゃにゃい、もっと大胆に、全力で飛んだ――それこそ飛翔《ひしょう》でもするように、山を越えるように。

しかし。

五分以上の滞空《たいくう》時間を経て、町の外れで転がるように着地した俺の正面に、果たしてどう先回りしたのか――

虎はいた。

『無駄だ』

「…………」

『全ては無駄だ。その女――あの女は吾輩を見た。それだけが肝要《かんよう》で、それだけが重要だ。吾輩はもう

——始まっている』

俺がしたのが宣戦布告にゃら。

虎は最後通牒《つうちょう》のように、そう言った。

019

「部屋に入る前に、足を拭いてくれる？」

アパートに戻った俺を待っていたのは、濡れタオルを準備した戦場ヶ原ひたぎだったにゃん。

気配を消し、もちろん音もしにゃいように鍵をあけたつもりだったのだが、しかしそれ以前に、この女は目を覚ましていたらしい。

「寝起きはいいほうなのよ。神経質だから。そう言わなかったっけ？」

「……俺が言われたわけじゃにゃいにゃん」

「でもあなた、羽川さんなんでしょう？」

はい、と当たり前みたいに濡れタオルを俺に差し出す戦場ヶ原ひたぎ。

俺は素直に受け取った。

言われるがままに足の裏を拭く。特に意識してはいにゃかったのだけれど、にゃるほど、タオルがすぐに真っ黒ににゃったところを見ると、随分汚れていたようにゃ。

「まあ、あなたと会ったのは初めてだけれど……、ブラック羽川さんでいいんだっけ？」

「まあ、そんにゃところにゃ」

「そう」

と、戦場ヶ原ひたぎは、今度は何も持っていにゃい空手を、俺に向けて差し出してきた。

「……？　にゃんのつもりにゃ？」

「いや、初めましての握手《あくしゅ》をしようと思って」

「お前、何も聞いてにゃいのか？」

俺は呆れた気分ににゃって、教えてやった。

「障り猫としての俺の特性は常時発動型のエニャジ

ードレイン。触ったらそれだけで相手の精力を吸い上げてしまう——握手にゃんて、とんでもにゃいにゃん」

「エニャジードレイン。それは聞いてるけど」

戦場ヶ原ひたぎは普通に言った。

「でも一瞬《いっしゅん》で全てを吸い取るわけじゃないでしょう？　握手くらいできるはずよ」

「…………」

何か言おうとして——俺はやめておくことにした。

言ってどうにかにゃる相手ではにゃさそうだ。

だから無言で、俺はその手を握ってやった——一瞬だけにゃ。

「う」

と、その一瞬だけ、戦場ヶ原ひたぎは呻《うめ》いたが
——それだけだった。

膝《ひざ》をついてもおかしくにゃい倦怠感が、今全身を襲っているはずにゃのに、苦しそうにゃ素振りさえ見せにゃい。


確かに一瞬だけにゃら、それで昏倒《こんとう》してしまうほどのエニャジードレインではにゃいにしろ、普通の人間に耐えられるものではにゃい——それを含んだ上で、俺は握手してやったんだけどにゃ。

目論見は外れたというか。

それでも、これはご主人の気持ちにゃんだろうか——どこか『やっぱり』という気持ちはあるのだったにゃん。

やっぱり。

やっぱりこの女は。

「…………」

まあ。

俺は——もちろん、ご主人も。

別にこいつの苦しむ姿を見たかったわけではにゃいんだけれど。

こいつのそんにゃ無反応は、どこか俺の心を抉るものがあった。

畳み掛けるように彼女は、

「よろしくね」

むしろ笑顔で、そう言ったのだった。

「羽川さんのこと、よろしく」

020

…………。

何故だろう。

今度は一気に三章も飛んでいる。

私が寝ている間に何があったのだ……。

大丈夫だよね？

何も変なこと、起きてないよね？

「おはよう、羽川さん」

私が布団の中、身じろぎもできずにただただ混乱していると、正面の戦場ヶ原さんが、そんな風に言葉を掛けてきてくれた。

おや、と思う。

戦場ヶ原さんは、昨日とは打って変わって、なんだかぼんやりした感じの表情だったのだ——いや、ぼんやりしているとか、あるいは眠そうとか言うよりは、なんだか、普通にぐったりと疲れているかのような——

しかし寝起きでいきなり疲れているというのは、どういうコンディションなのだろう？

まさか障り猫にエナジードレインでもされたわけでもあるまいに。

「羽川さん、朝早いのね……まだ六時よ」

「うん——」

今日の目覚めこそ、体内時計に頼る形になった——戦場ヶ原さんの家は私の家より直江津高校に近いので、本当はもう少し寝坊してもよかったのだけれど。

まあ早起きして損をすることはない。

「でも、戦場ヶ原さんも起きてるじゃない」

「私は朝は、軽く走るから」

戦場ヶ原さんはゆらりと身体を起こしつつ、言う。

「このスタイルを維持《いじ》するために、これでも結構苦労しているのよ……食べたものが肉になりやすい体質なの、私って」

「食べたものが肉になりやすい体質って……」

太りやすいの婉曲《えんきょく》的表現だろうか。

まあ、戦場ヶ原さんは体重に関して一時特殊な事情を持っていたらしいので、逆にその辺りの管理に対して、それこそ神経質なのかもしれない。

モデルでもないのだし、正直、戦場ヶ原さんはもうちょっとふっくらしたほうがチャーミングだと思うけどなあ。

腕や足がそんな細い必要があるんだろうか。

見ていて、折れそうで怖い。

「羽川さんみたいに食べたものが胸になりやすい体質が羨ましいわ……」

「食べたものが胸になりやすい体質って……」

そんな体質があるか。

いや、私だって結構色々苦労してるよ。

女子は大変なんだから。

戦場ヶ原さんは顔を洗ってから、短パンとTシャツに着替えて、ランニング前のストレッチを開始する。

うわっ……。

身体柔《やわ》らかっ。

我が目を疑ってしまった。

戦場ヶ原さんの肉体が、まるで行き過ぎたCGのような、ぬるぬるした動作を見せたのだ。

すごい。軟体《なんたい》動物みたい。

「ごめん。ちょっと触っていい？」

「え？　右のおっぱいを？　左のおっぱいを？」

「いえ、背中……」

「右の肩甲骨《けんこうこつ》を？　左の肩甲骨を？」

「そんな特殊なフェティシズムを持ち合わせてはいない……」

切り返しがうまいなあ。

これは私にはないものだ。

そう思いつつ、私は戦場ヶ原さんの後ろに回って、百八十度開脚《かいきゃく》した戦場ヶ原さんの背中をぐいっと押す。

ぺったり畳に引っ付いた。

抵抗及び摩擦《まさつ》ゼロ。

背中を押す必要がまったくない。

「なんでこんなに身体柔らかいの……？　関節の可動域、おかしくない？　というか、関節が最初から外れているかのような……」

「うーん、ストレッチって嵌るのよね……マゾ的な意味で」

「後半付け加える必要あった？」

「この身体の中がぎしぎしと軋《きし》む感覚がたまらないのよ」

「軋んでないみたいだけれど」

「今はすっかり、軋むこともなくなっちゃってつまらないわ」

つまらないんだ……。

まあ、ストレッチはやればやるほど効果が出るものだし。

陸上部時代の鍛錬《たんれん》の賜物《たまもの》――というか、名残なのかもしれない。

「羽川さんも一緒に走る？」

「いえ、じゃあ私は戦場ヶ原さんが走ってる間に、朝食を作らせてもらうわ。帰ってきたら一緒に食べましょう」

「走るのは嫌なの？」

「そういうわけじゃないけれど」

むしろ運動は好きだ。

毎日ではないが、朝のランニングをすることも、習慣としてままある。

だから単に、ランニングから帰ってきたら、やっぱりまた、戦場ヶ原さんと一緒にシャワーを浴びることになるんだろうなあと展開を予想してしまうと、そんなサービスシーンばっかり挿入《そうにゅう》しなくてもいいかなと思っただけだ。

別の意味でいやらしい。

「と言うより、戦場ヶ原さんも今日はやめておいたら？　疲れてるように見えるわよ」

「疲れているときこそ走りたいのよ」

「何気《なにげ》に体育会系だね」

元陸上部。精神鍛錬もばっちりだ。

無理して引き止めるほどのこともなさそうだったので、ストレッチに協力したのちに（協力というほどのことは結局できなかったけれど）、私は彼女を見送って、キッチンに立ったのだった。

021

「むぐ」

戦場ヶ原さんはサラダのキュウリを口にするなり、何とも言えない顔をした。

人様の家の水回りをあまりいじくり回すべきではないと思ったので、私が用意した朝食は実にシンプル。

昨日の残りのバゲット、ホットミルク。生野菜のサラダと、ベーコンを下地にした目玉焼きといった感じで、ちゃぶ台に並べたときには、戦場ヶ原さんも「あらおいしそう」なんて言ってくれていたのだが。

ごくごくと牛乳を一気飲みするところまではよかったが、それからサラダを一口口にしたところで、様相が変わった。

がらっと。

「羽川さん、ちょっといいかしら」

「……なんでしょう」

「あ、いえ、待って。とりあえずこの信じられない事態に、確信を持つわ」

言って戦場ヶ原さんは更にサラダをむしゃむしゃと頬張りこむ。続いてもくもくと目玉焼き、バゲットを食べた。

その間も難しい顔つきは変わらない。

私も鈍くはないので、まあそのリアクションを見ていれば大体、今戦場ヶ原さんが思っていることはわかるのだけれど……あれ？

何か失敗したかな？

私は思って、自分の用意した食事を、おっかなびっくり食べてみるも——取り立てておかしなところはないように思う。

目玉焼きを焦がしてしまったとか、食材の中に洗剤が混ざっているとか、少なくともそういうことはなさそうだ。

では何が戦場ヶ原さんのお気に召《め》さないのだろう？

むしろ私のほうからの怪訝《けげん》な視線を受け、戦場ヶ原さんは、

「ふーむ」

と、意味ありげに言う。

「あの、戦場ヶ原さん——」

「羽川さん。ドレッシングって知ってる？」

「え？」

不意を突く質問だった。

「そりゃ、もちろん知ってるけど。たまにサラダにかかっている、あれだよね」

「なるほどなるほど」

納得する風に、深く頷く戦場ヶ原さん。

「目玉焼きにソースをかける派と、醤油《しょうゆ》をかける派、あるいはコショウをかける派の、三《み》つ巴《どもえ》の争いについて、どう思う？」

「ああ、噂ではいるらしいね。目玉焼きに何かかける人って」

「うんうん」

戦場ヶ原さんは更に頷く。

好ましい実験結果が出ているといった風だ。

「バターとかジャムとかが冷蔵庫に入ってたの、気付いてた？」

「あったけど……昨日出してもらったし。あ、ごめん、ひょっとして使った？」

「ふむ」

戦場ヶ原さんは、しかしバターを取りに席を立つでもなく、バゲットをちぎり、口に運んでもくもくと咀嚼《そしゃく》する。

黙々。

「更にいくつか質問」

「どうぞどうぞ」

「羽川さんの食生活についてね」

「私の食生活？　私の食生活なんて、とても平凡《へいぼん》なものだと思うけれど」

「お寿司《すし》に醬油は？」

「つけない」

「てんぷらにつゆは？」

「つけない」

「ヨーグルトにグラニュー糖を？」

「入れない」

「ハンバーグやオムレツにケチャップで文字を？」

「描かない」

「お好み焼きにソースは？」

「塗《ぬ》らない」

「おにぎりに塩は？」

「混ぜない」

「カキ氷のシロップは？」

「スイ」

「食後のコーヒー、お砂糖はおいくつ？」

「ブラックでお願いします」

はい、と戦場ヶ原さんは、質問を終えた。

なんだか心理テストでも受けていたみたいでおかしな気分だったが、しかしここに至って、彼女が何に不満を抱いていたのか、私は理解した。

「ああ、わかったわかった。ごめんなさい、戦場ヶ原さんは、サラダにはドレッシングをかける派だったんだね。だからあんな風におかしな顔をしていたんだ」

「いえ、私はドレッシングをかけない派の存在を、今まで認識していなかったのよ」

戦場ヶ原さんは言う。

「プレーンな目玉焼きというのも初めて見たし、パンがパンのままごろっと出てきたのも初めてだわ。……羽川さんって、あれ？　料理の味付けに対し拒絶的な人なの？　素材の味をそのまま堪能《たんのう》したいとか？」

「ん？」

言われた言葉の意味を理解するのに、少々時間を要して、そしてその後少しばかり悩んでしまったけれど、「ああいや」と、私は答える。

「そういうわけじゃないわよ。ドレッシングがかかってても同じようにおいしいと思うし、目玉焼きにソースがかかっていても醤油がかかっていてもコショウがかかっていても同じように食べられるし、きのこの山もたけのこの里も同じくらい大好きだし」

「きのこ派とたけのこ派の話はしていない」

戦場ヶ原さんが突っ込んでくれた。

やだ嬉しい。

ボケた甲斐があった。

「でも料理って、味がなくてもおいしいじゃない」

「決め手となる発言が登場したわ」

「え？　私はただ、味はあってもなくても一緒だって言ってるだけだよ？」

「問うに落ちず語るに落ちるとはこのことだわ」

問うにもとうに落ちてるけど、と戦場ヶ原さんは箸を置いた。

食事をやめたのではなく、しっかり全部食べている辺りが彼女らしい。

「ごちそうさまでした」

とりあえずそう言ってから、

「あなたと味の好みが似ているという話は全面的に取り消すわ」

と続けた。

取り消されてしまった。

「偏食《へんしょく》の逆、みたいな人なのね、羽川さん。好き嫌いがないというのとも違うわ」

「ごめん、戦場ヶ原さん。私、いまだに何を言われてるかよくわからないんだけれど」

「家庭の味、ねえ」

戦場ヶ原さんは私の質問を無視する形で、物思いにふけるようにそう言う。

「でも、そういうわけじゃなくって、羽川さんはどんな味でも受け入れてしまうってことなのかしらね……極端に言えば、食べれて栄養を取れればそれでいいって言うか。いや、栄養が取れなくとも腹にたまればいいのかしら……」

「人をそんな、戦士みたいに言わないでよ」

「味がわかる分、厄介よね。素材の味を楽しんでるってわけでもないというのなら——結局は器《うつわ》が大きいってことになるのかしら。味付けにこだわるって、よく考えたら贅沢なことかもしれないし」

しかしあっさりと私の常識を崩してくれたわ、と戦場ヶ原さんは言って、まだ食事を終えていない私をじっと見詰めてくる。

「でもねえ……羽川さん、そういう生き方ってどうかとは思うわよ。食生活に限ったことじゃなく、あなたってこう——」

言葉を選ぶ風の戦場ヶ原さん。

珍《めずら》しい。

「——なんでもかんでも、受け入れちゃうじゃない」

最終的に戦場ヶ原さんが選んだのは、さっきも使ったその言葉だった。

「嫌いなものがあるっていうのは、好きなものがあるのと同じくらい大切なことじゃない——それなのに、あなたは何でもかんでも受け入れちゃうじゃない。私のこともそうなのかもしれないし、阿良々木くんのこともそうなのかもしれない、なんて思うんだけど」

「うん？」

話が変わった？

話が逸れた？

話が大きくなった？

いや――違う。

話は変わっていないし、逸れてもいない。

大きさもそのまんま。

私の生活の話だ。

羽川翼のライフスタイル。

「味の好みは似通っているのではなく、私の好みを羽川さんの好みが包み込んでいるというだけのことだったのね――いえ、羽川さんのは好みとは言えないかもしれないわ。言わないほうがいいかもしれないわ。だって、なんでもどれでも好きなんじゃあ、どれもおなんじみたいなものだものね」

「………………」

「ねえ羽川さん」

戦場ヶ原さんが私の目を見詰めたままで言う。

「今でも阿良々木くんが好きだって、もっかい言える？」

そして重ねて問う。

「あなた本当に阿良々木くんのこと好きだったの？」

昔みたいな――平坦な口調だった。

それは少しだけ。

022

今日は私も戦場ヶ原さんもちゃんと授業に出席するつもりだったのだけれど、しかし登校する直前になって、戦場ヶ原さんは昨日余計な嘘をついてしまったがばかりに、つまりインフルエンザだと言ってしまったがばかりに、一週間は学校に行けないことに気付いた。

「策士策に溺《おぼ》れるとはこのことね」

と彼女は言ったけれど、どうだろう、私から見れば畳《たたみ》水練《すいれん》で溺れたような滑稽《こっけい》さがそこにはあるように思える。

「一週間家でおとなしくしていなくっちゃいけなくなってしまったわ……どうしてこんなことに。悪いことをしていないのに自宅謹慎を喰らってしまった気分よ」

滑稽話のような展開であるとは言え、張本人である戦場ヶ原さんにとっては深刻な事態らしく、頭を抱えていたが、しかし、嘘をつくのは十分に悪いことであり、これも自業自得《じごうじとく》の範囲内だろう。

自縄自縛《じじょうじばく》にも似ている。

「お父さんに怒られる……」

「…………」

高校三年生の彼女は、父親に怒られることを恐れているようだった。

可愛いなあ。

「でも阿良々木くんもしばらく学校に来れないみたいだし、丁度いいんじゃない？」

なんて、さして慰めるつもりもなく、むしろちょっとした皮肉のつもりで言ってみたら、

「それもそうね」

とあっさり彼女は頭を抱えるのをやめた。

恐るべきバカップル。

そして私だけが、ひとりで登校する——学校についてみると、予想通りではあったけれど、私を待っていたのは質問の嵐だった。

好奇心や野次馬《やじうま》根性がそこに多少なりとも交じっていたのは仕方のないこととして、クラスのみんながこうして心配してくれたことは、嬉しく思えたのだった。

今日から授業が開始される。

私は「どうせ一週間使えないから」と戦場ヶ原さんから借りてきた教科書をめくりながら、今朝戦場ヶ原さんに言われた台詞を反芻《はんすう》する。

「私ね、羽川さんみたいな頭のいい人から見たら、世の中っていうのはとても味気がないものだと思っ

ていたのよ——色んなことが、なんていうかわかかっちゃって、わくわくしたり、どきどきしたりすることがないんじゃないかって。でも、それは半分正解であって、半分間違いだったのかもしれないわ。『味気がない』ということに対する解釈が、私と羽川さんとで同じだという保証はなかったわ。そう、前提の立て方が間違っていた」

つまらない、とか、もっと極端に、駄目だ、ということに対して、嫌悪感を覚えない人間がいるかもしれないなんて、想像もしたことがなかった——と、戦場ヶ原さんは言ったのだ。

さすがに、私は慌てて反論した。

「いや、世の中が味気ないなんて、私は思ったことはないよ。つまらないのは嫌だし、駄目なことは悪いことだと思うよ」

「そうかしら。何か言っているだけって気がするのよね、それ——思っているだけと言うか」

しかし戦場ヶ原さんは私の釈明《しゃくめい》を受け入れてはくれなかった。

「いえ、昔から考えてはいたのよ。阿良々木くんと羽川さんの違いって、どこにあるのかって——同じように二人とも、我が身を犠牲にして他人のために躍起になるけれど、どうも私から見れば、両者はまったく別物のように思える——似てさえいないように思える。わかりやすく言えば、阿良々木くんが偽物で、羽川さんが本物に見える。やってることは同じなのに、なんでなのかなあって——でも、この手料理を食べてわかった気がするわ」

「わかった気がするって……」

「手料理を食べて相手の人となりがわかるなんて、某《ぼう》料理漫画みたいだけどね」

戦場ヶ原さんは言う。

「『美味《おい》しんぼ』みたいだけどね」

「なぜ一度伏せたタイトルを改めて」

「危うさに対する認識が違うのよ。阿良々木くんとあなたでは。たとえば道路で、クルマに轢かれて死んでいる猫がいるとして——その猫を埋葬《まいそう》してあげるという行為は、きっと正しい。羽川さんはそうするんだと思うし、阿良々木くんも、なんだかんだ言いながら、そうするかもしれない」

「…………」

「違うのは、この『なんだかんだ言う』という部分なのよね、きっと——なぜ多くの人がクルマに轢かれて死んでいる猫を無視し、まるで何も見なかったかのように通り過ぎるのかと言えば、その猫を埋葬することが『危うい』からよ。自分が『いい人』、『善人』であることを周囲に知られることは、人間社会では非常に高いリスク——つけ込まれる可能性が非常に高い」

『いいことをするのは恥ずかしい』とばかりに、子供はいつからかわざと悪ぶってみせるようになるけれど、その理由は『恥ずかしい』からではなく、その善性は、世の中に当たり前にある『悪意のようなもの』に対しては弱点、弱みにしかならないからなのよね——と、戦場ヶ原さんは訥々《とつとつ》と言う。

独特の持論《じろん》を展開する。

「悪ぶることが安全だと言うことを、阿良々木くんは、多分わかっている——自分が『いい人』であることによって、どれだけのリスクを冒《おか》しているか、わかっている。死ぬ可能性が、そうでなくとも脱落する可能性があるのをわかっていて、正義の味方みたいなことを散々繰り返していた。中学生の頃も、高校生になってからも。彼が落ちこぼれてしまった原因はそこにあって、でも、自分が落ちこぼれるリスクだって、きっと以前から把握していたはずよ。わかっていてやっている。……まあ、さすがに春休みのように、死んで生き返るリスクまでは把握してなかったでしょうけれど」

「春休み……」

あのときは——後悔していた。

阿良々木くんは、確かに、自分が取った行動を後悔していた——だけど。

確かにその後悔と向き合ってはいた。

それは間違いない、戦場ヶ原さんの言う通りだ。

対して私は。

「対して羽川さんは、その辺がまったく理解できていない——いえ、違うわ。きっとあなたにだって、そのリスクの存在はわかっているはず。だけどそのリスクを、全然大したことだと思っていない——そこなのよ、多分。あなたは何も後悔していない。悪意や駄目さを、まるでものともしていない。と言うより受け入れてしまっている。なんだかこれって、ひょっとしたらあなたの凄《すご》さを言い表しているように聞こえるかもしれないけれど、全然違うわ。私、今まで羽川さんのこと、すごく尊敬しているところあったけど——今、その気持ちがぱっと消えたように思う」

実際、言いながら戦場ヶ原さんは——まったく私を褒めている感じではなかった。

最高の褒め言葉だ、なんて、ちっとも思えない。

むしろ戦場ヶ原さんは——

怒っていた。

昨日の朝、廃墟で眠る私を発見したときと同じように——あるいはそれ以上に。

「私の手料理を、そんな感覚でおいしいと言ってくれてたなんて、何気にショックだわ。喜ぶ振りさえしない阿良々木くんより酷い」

「戦場ヶ原さん……」

「たとえば羽川さん、ねえ、私のこの暮らしをどう思う？」

言って。

戦場ヶ原さんは両手を広げて、民倉荘の二〇一号室をアピールする。

「保証の少ない父子家庭で、六畳一間のボロアパート暮らし、バスタブもなくてお湯もたまに出なくなるシャワーが唯一の救い、キッチンも実に貧弱でガスコンロも一口しかない、洗濯機を回したままドライヤーを使えばブレーカーが落ちるような私のライフスタイルをどう思う？」

「どう思うって」

「どうも思わないでしょう？　この暮らしに同情したり、引いたりしないでしょう？　うん、それはきっと立派なことだと思う。小説や漫画の中でだったらね——あるいは、歴史上の偉人の話だったりしたら、とても素敵。感動だってすると思う。でも羽川さん、あなた、現実の人間なのよ？」

戦場ヶ原さんは言った。

平坦な口調は続いてはいたものの——油断すると語気が荒くなりそうなのを、必死で抑えているような感じでもあった。

「だって、当事者である私は、こんな暮らしは最低だと思ってるわよ。両親が離婚する前、豪邸で過ごしていたときよりもずっと人間らしい暮らしで生きてるって感じがする——なんて、そんな悟《さと》ったようなことは全然思えない。貧しい暮らしのほうが人間らしいだなんて、全然思ってないわよ？　むしろ貧すれば鈍すると思っているわ。お父さんだって、借金を返して、こんな暮らしから抜け出すために必死で躍起になっているの。いつ身体を壊してもおかしくないレベルで遮二無二《しゃにむに》働いているわ——それもこれも、このままじゃ駄目だっていう危機感があるからよ」

でもその危機感があなたにはない、と戦場ヶ原さんは言った。

「今、そこにある危機を認識していながら危機感をかけらも持っていない。だからあんな廃墟で一夜を明かしたりできるのよ」

「それを言われると……」

弱い。

反論したくても、できなくなってしまう。

「たぶんあなたは白過ぎる——白無垢《むく》過ぎる。馬鹿な奴に対して馬鹿のままでいいって言う非情さが、駄目な奴に対して駄目なままでいいって言う残酷さが、きっとあなたにはわかっていない——まして欠点を美徳だと言うのは悪意でしかないことを、理解しようともしていない。マイナスを肯定する取り返しのつかなさがちっともわかっていない。すべてを受け入れちゃ駄目なのよ。それをしちゃったら、誰も努力しようとしなくなる。向上意欲がなくなってしまう——それなのにあなたは、馬鹿さや駄目さに対して、何の警戒心も持っていない。人からつけ込まれることがわかっていてもなんとも思わず善行に走り、集団の中で浮いてしまうことがわかっていても倫理的であろうとする。そんな恐ろしいことってある？　そんな崖《がけ》っぷち人生で、よく今まで五体満足で生きてこれたと、その点だけは感心するわ。結論として、あなたはいい人なんじゃなくって、聖人でも聖母でもなくって——闇に鈍いだけだわ。それじゃあ……野性として落第《らくだい》よ」

落第。

そんな言葉を言われたのは初めてだったので、ちょっぴり落ち込んでしまったりもした。

結局、登校時間が迫ってきたので、会話はその辺りで打ち切りになってしまったけれど、学校までの道々も、そして授業中の今も、ずっと私の頭の中では、戦場ヶ原さんの言葉がぐるぐると回っているのだった。

いい人なんじゃなくって、闇に鈍いだけ。

闇に鈍いだけ。

落第、落第、落第、落第——つまり。

白くて。

白過ぎて。

白無垢で。

白々——しい。

「…………」

……ただ、授業中の今に関しては、戦場ヶ原さんの教科書の空白に書かれている落書きが気になって、それらの言葉もやや空回りしている感も否めなかったけれど。

全ページにハガレンのイラストが書いてある。

しかも激ウマ。

どんな受験生なんだ、あの子。

023

きっと戦場ヶ原さんはもどかしいのだと思う。

結局私は、戦場ヶ原さんが言っていたことも、言わんとしていたことも、その半分もわかっていないのだけれど、それはなんとなく、そうなんだろうと思う。

本当になんとなくなんだけれど。

なんとなくでしかないのだけれど。

昼休みになって、私は昼食を食べるために、教室を出て食堂へと向かう——普段はお弁当を用意しているのだけれど、人の家のキッチンでさすがにそこまではできなかった。

いや、戦場ヶ原さんにあれだけ言われたあとじゃあ、たとえ自分の家のキッチンであってもお弁当を作ろうとは思えなかっただろうけれど。

自分の家。

そんなものが本当にあれば、私も味気のある料理というものを、普通に作っていたのだろうか——なんて思いつつ。

で。

「……あ」

しばらく廊下を歩いていると、正面に見覚えのある人影があった——神原駿河《するが》さんである。

神原さんは向こうからこっちに、私とは逆向きに歩を進めていたので（しかし普通に歩いているだけで、なんだか楽しそうな女子だ。この距離で鼻歌を歌っているのがわかる）、だから同じタイミングで私に気付く。

「おお！」

と、彼女はおよそ廊下で出す声とは思えない大きな声を出し、そしておよそ廊下で出す速度とは思えない速度で、私のところまで駆け寄ってきた。

瞬間移動のようなスピードだった。

髪の毛が二房《ふたふさ》、遅れて到着する。

「羽川先輩《せんぱい》ではないか！　久し振りだな、お元気そうで何よりだ！」

「……うん」

テンション高いなあ。

陽気なんてものじゃない。

私は反応に困り、頷くだけである。

この様子だと、どうやら羽川家が火事になったという情報は、彼女にはまだ入っていないようである。いや、神原さんの性格を考えると、知っていてもこのテンションという可能性は、ないでもないのだけれど。

礼儀《れいぎ》正しいけど気遣いゼロ。

神原さんの性格である。

「実は今戦場ヶ原先輩に会いに行く道中だったのだけれど」

と、礼儀正しいけれど気遣いゼロの神原さんは、言う。

「教室におられるかな？」

「えーっと」

やっぱり、という感じではある。

言われるまでもなく。

少なくとも、あんな勢いで駆け寄ってきたからといって、神原さんが私に喫緊《きっきん》の用があるとは思っていなかった——基本的に神原さんは、戦場ヶ原さんにしか興味がない。

この直江津高校にも、戦場ヶ原さんを追って入学してきたというくらいなのだ。

その恐るべき視野の狭さを、どうやら阿良々木くんが広げてあげたらしいけれど——

まあ。

その真っ直ぐさは羨ましいと思う。

直向《ひたむき》さと言うのか。

少なくとも戦場ヶ原さんは、そんな神原さんを見てもどかしいとは思わないだろう。

強い、と。

心強いと——思うのではないだろうか。

神原駿河さん——直江津高校二年生。

中学時代からの戦場ヶ原さんの後輩で（つまり私とも同じ中学校なのだけれど、私とは中学校時代には面識がない。私が一方的に評判を聞いていただけだ）、戦場ヶ原さんとふたりセットで、ヴァルハラコンビと呼ばれていた。

神原さんの『神』と戦場ヶ原さんの『戦場』、そして『原』『原』で、ヴァルハラコンビである。のちに聞いた話では、このネーミングは神原さん自身によるものだそうだ。格好いいネーミングだとは思うが、自分で名付けたと聞くと、なんだかほのかに残念な香りもする。

ちなみに彼女は直江津高校一の有名人である。私立の進学校で、スポーツ及び部活動にはまったく力を入れていない直江津高校において、女子バスケットボール部を全国区まで導いたという、瞠目《どうもく》すべきスターだ（本音の本音では、先生方は若干迷惑がっているようだ。空気読めよ、的な）。

もっとも——左腕に巻いている包帯を見ればわかるよう、彼女は既に早期引退済みだが。

猿。

神原さんは猿——だったか。

それにしても、と思う。

現役時代の神原さんは、アスリートらしく、ボーイッシュなショートカットだったけれど、今私の目の前にいる神原さんの髪の長さは、三つ編みにこそしていないが、もう昔の私くらいある。

髪が伸びるスピードが妖怪じみているのはともかくとして——神原さん。

女の子らしく、というか。

可愛らしくなったと思う。

彼女をそうしたのも——戦場ヶ原さんをそうした

のと同じように。

阿良々木くんなんだろう。

視野を広げる——か。

「戦場ヶ原さんは、今日はお休みだよ。……インフルエンザに罹《かか》って」

……嘘の共犯者になってしまった。

しかしやむを得ない。

元を糾《ただ》せば、私のために戦場ヶ原さんがついてくれた嘘である——ここは口裏《くちうら》を合わせざるを得ないのだった。

神原さんには本当のことを言ってもいいかもしれないけれど、この子、口軽そうだしなあ。

さばさばし過ぎていて、言ってはいけないことをぽろっと言っちゃいそうな雰囲気がある。しかも言ったあと反省をしそうにない。

開き直るまでもなく、開きっぱなし。

「ほう、インフルエンザか」

神原さんはちょっと驚いたように言う。

「鬼の霍乱《かくらん》とはこのことだな」

「………」

尊敬する先輩に対して酷い言い様だった。

礼儀正しいけれど気遣いゼロ——というか、阿良々木くん曰く、神原さんは『礼儀正しい失礼さ』の持ち主らしいけれど、これはわかりやすい一例となりそうだった。

まあ単なる慣用句として使っただけなのだろうけれど（神原さんが『霍乱』の意味を知っているとも思えない）。

それこそ阿良々木くんならここでずばり突っ込みを入れて、間違いを正してあげるのだろうけれど、それができるほど私は神原さんと親しくないので、沈黙《ちんもく》と曖昧《あいまい》な笑顔を返すだけである。

にこっ。

「……ああ、鬼の霍乱は違うか」

伝わった。

地味に嬉しい。

うーん、しかしどうも友達の友達（戦場ヶ原さんルートでも、阿良々木くんルートでも）というのは、距離感が難しくて困る。

この場合、相手が神原さんだからこそというのも、大いにあるのだろうけれど。

「んー、そうか。戦場ヶ原先輩はいないのか。どうしよう」

てっきり、戦場ヶ原さんがいないとわかれば、踵《きびす》を返して自分の教室に戻ると思ったのだが、神原さんはいかにも困ったように腕組みをした。

私は私で早く食堂に行かないと、食堂派の生徒達で混み合ってしまうのだけれど、しかしここにこんな神原さんを残したままで、この場を去ることはできない。

「戦場ヶ原さんに何か用事でもあったの？　私でよかったら話、聞くよ？」

「んー」

神原さんはちょっとだけ考えて、

「じゃあ、羽川先輩でいいか」

と言った。

……これは普通に失礼。

礼儀正しくもない。

さすがにこれは注意したほうがいいかと思ったけれど、

「実はついさっき、阿良々木先輩からメールが届いたのだ」

と、すぐさま携帯電話の画面を見せてきた神原さんの気勢《きせい》に、私は黙らされてしまった。

学校内での携帯電話は使用禁止だとか、電源は切っておかなくてはならないとか、ついさっきって、つまり授業中にメールを受け取ったのかとか、その手の言葉も——まとめて封殺《ふうさつ》される。

その表示されたメールの文面に。

『今晩九時二階のひとりで教室に来てくれ訊きたいことがある』

「……、これ、どういう意味だと思う？」

「どういう意味も何も……」

こんな短い文面に、解釈《かいしゃく》の幅《はば》があろうはずもない
——まして暗号の可能性など、考えるまでもないだろう。

文章がやや乱れているけれど（『ひとりで二階の』が正しいはず）、それはやはり焦《あせ》りを意味しているだけで——

「阿良々木くんが神原さんに質問があるから、今晩の九時に、ひとりで二階の教室に来てくれって意味でしょう？」

「やはりそうか」

ふうむ、と唸る神原さん。

真面目な顔だ。

「つまり察するに、阿良々木先輩も——今日はお休みなのかな？」

「うん——」

私は頷く。

変なところで鋭《するど》い——というか、不思議にピンポイントに、会話の要点を押さえてくる子だ。

あなどれない。

「——彼の場合、インフルエンザってわけじゃないんだけれど……二学期になってから、ずっと休んでいるの」

念のために保科先生に訊いてみたけれど、昨日も学校には来ていないそうだ。私と戦場ヶ原さんと阿良々木くんが同時に休んだので、クラス内ではあらぬ憶測が飛び交ったのだという。

あらぬ憶測……やめて欲しい。

飛び交わないでください。

ふうむ、ともう一度神原さんは唸る。

「阿良々木先輩にも困ったものだな。二階の教室とは、待ち合わせ場所が漠然《ばくぜん》とし過ぎている。直江津高校に、一体いくつ校舎があると思っているのだろう」

「いや、これ学校じゃなくって、例の学習塾跡って意味でしょう？」

「あ、そうなのか」

神原さんは今気付いたというように言う。

変なところで鈍い。

「でもそれなら電話してくれればいいのに。実はさっき電話をひっきりなしにかけてみたのだけれど、繋がらない」

「…………」

私がここで黙ってしまったのは、当然、神原さんの学校内での通話を咎《とが》めて——のことではない。新しい情報が入ったことで、阿良々木くんが、一体今どんな状況にあるのか、まったく予想できなくなってしまったからだ。

真宵ちゃん絡みの何かだと思っていたのだが……、神原さんを呼び出すとはどういうことだ？　らしくないというか……。

わけがわからない。

「つまりこれは……、デートの誘いということだな！　電話に出ないのは、何らかのサプライズを用意してくれているからに違いない！」

「いや、文面的にもっとシリアスなものだとは思わないの？」

サプライズって。考え方がめでた過ぎる。

これで本気だというのだから驚きだ。

会話するだけでこの疲労度！

「そうかそうか、ならば得心《とくしん》いった。今晩は読みたい本があったけれど、阿良々木先輩に呼び出されたのならば是非もない、私は万難《ばんなん》を排《はい》して阿良々木先輩の呼び出しに応じよう！」

「万難を排して……」

読みたい本があるだけのことで……。

言い方が大袈裟過ぎ、しかも時代がかり過ぎていて、下手をすれば、本気であれば本気であるほど、逆にふざけているようにさえ思える、そういう意味では損な性格の子である。

もどかしくはないだろうけれど。

この真っ直ぐさは、やはり心配である。

「あの、神原さん……」

「ん？　なんだ？」

「えっと……」

何か言おうと思ったのだけれど、結局うまく言葉にならず、私は、

「気をつけてね」

と、

「阿良々木くんによろしく」

としか言えなかった。

「わかった。では羽川先輩、色々教えてくれてありがとう！」

「いえいえ……どう致しまして」

「家が火事になったと聞いて落ち込んでいるかと思ったが、別段そんなこともないようで安心したぞ！　さすが羽川先輩だ！」

「え」

本当に知っていたのか。

知っててその対応か、ぱない。


いや。

でも、落ち込んでないって……？

「では、ご武運《ぶうん》を！」

と神原さんは片手を上げて、そして来た道を戻っていった。

走らず、歩いて。

またも廊下を走るようだったら注意しようと思ったのだけれど、別に彼女も、常に走っているというわけではないらしい。

迷惑なランダム性だった。

「………」

神原さんが去っていった以上、私は——本当ならば、遅れを取り戻す意味も込めて——急いで食堂に向かわねばならないのだけれど、しかしその場から一歩も動けなかった。

神原さんの最後の台詞が響いて——ではない。

それより、私の心に絡むのは、阿良々木くんの現状だ。

阿良々木くんが今、何らかの苦境にあるだろうことは間違いない――それはもう確定的な事実だ。なのに神原さんを呼び出したということは、きっと神原さんに『訊きたいこと』というのが、その苦境を脱するために必要不可欠なことなんだと思う。

ただ協力を要請《ようせい》しているというより。

もっともっと深刻なものを感じる。

「…………」

だから筋違いだと思うのだ。

阿良々木くんは必然性があって神原さんにメールを打ったに違いないのだから、私じゃなくて神原さんに助力を求めたことについて――物思うのは、筋違いである。

でも、どうだろう。

それをよくよくわかって、納得《なっとく》してしまうところが、戦場ヶ原さんからみれば『もどかしい』のだろうけれど――でも、これで真っ白だと言われるのは、やはり心外だ。

私は阿良々木くんからメールをもらえた神原さんを、羨ましいと思っているし。

そしてしっかり怒っている。

阿良々木くんが私にメールをくれなかったことに――怒っているのだった。

024

激しい自己嫌悪に襲われながら私は帰路につくことになった。

神原さんにお願いして一緒についていくことも考えたけれど、しかしメールの文面に『ひとりで』と書いている以上、それは控えておくべきだろう――それくらいわかっている。

だから迷うのは、戦場ヶ原さんにこのことを伝えたものかどうかということだ。真っ当に考えれば、阿良々木くんは彼女の彼氏なのだから、伝えたほうがいいのだろうけれど、絶対に心配はかけてしまうだろうし――あの子はあの子で、真っ直ぐに阿良々木くんに対して怒りそうだし。

それについては結論を出せないまま、民倉荘に到着する――

「あら、お帰りなさい。羽川さん。遅かったわね」

「うん、朝使わせてもらった食材の補充に、スーパーに寄ってたから……て」

と。

ドアを開けたところで、私は、部屋の中に戦場ヶ原さんのほかにもうひとり、人物がいるのに気付いたのだった。

総髪の、ロマンスグレーな男性である。

ぱりっとしたスーツ姿で、いかにも真面目そうというか――一昔前の表現を使えば、企業戦士という感じだった。

あるいは外見のイメージ的には弁護士とか、官《かん》僚《りょう》とか、そういうところがあるけれど――そうでないことを私は知っている。

戦場ヶ原さんから聞いている。

彼女の父親は、外資系の会社に勤めているコンサルタントなのだとか――

「初めまして」

と。

彼の方から先に私に挨拶してきた。

ちゃぶ台で座っていたのを、わざわざ立ち上がって、頭を下げて。

「ひたぎの父です」

「あ……えっと」

戸惑う。

そう言えば今日、お父さんが帰ってくるとは確かに言っていたものの、しかし、こんな早い時間に戻ってらっしゃるとは思っていなかった。

さすが外資系、時間に縛られないとわけのわからない感心をする私だった。

「羽川翼です。すみません、昨晩は泊めていただきました」

「うん」

と頷く、戦場ヶ原さんのお父さん。

そして黙ってしまう――寡黙、という感じである。

非常に沈黙が重いタイプの男性らしい、と、私が玄関で靴も脱げずにいると、彼はそんな私を一瞥《いちべつ》するようにして、それから、

「お茶を淹れよう」

とキッチンに向かった。

そして薬缶《やかん》をコンロにかける。

その言葉に、そしてその動作に、一気に緊張が解け、とりあえず私は靴を脱ぐことができた。

一息ついて。

戦場ヶ原さんのお父さんから視線を外さないままに、私は戦場ヶ原さんの隣に座った。

「ごめんなさい、羽川さん。お父さん、仕事が予定よりも早く片付いたらしくって、思ったよりも早く帰ってきちゃったのよ」

と、戦場ヶ原さんが小声で言う。

「いえ、別にいいんだけど」

勝手にお邪魔してるのはこっちだし、と私は小声で返した。

「でも、それならそうと、メールなり電話なりで教えてくれればよかったのに」

「いや、びっくりするかなーって」

「………………」

そりゃびっくりはしたけれど。

阿良々木くんは日々、こんなサプライズを仕掛けられているのかと思うと、幸せそうに見えて彼も結構大変な人生だ。

「格好いいお父さんだね」

私は言った。

お世辞でなく。

なるほど、どこまで本気なのかはともかくとして、戦場ヶ原さんがファザコンを自称するのも頷けた

——あんなお父さんと二人暮らしをしていたら、同級生の男子はみんな子供にしか見えないだろう。

その審美眼《しんびがん》を勝ち抜いた阿良々木くんは、ううん、複雑だけど大したものだと思う。

女性は父親に似た人を好きになるなんていう俗説《ぞくせつ》もあるけれど、そういう意味では、今、お茶っ葉を準備している戦場ヶ原さんのお父さんと、阿良々木くんは、まったく似ていない。

別タイプというより、最早《もはや》異質と言ってもいい。

大体阿良々木くんって、クールを気取っているつもりでいても、『不動の寡黙』と呼ばれてこそいても、実はかなりのお喋り好きだから——実際に寡黙である戦場ヶ原さんのお父さんとは、真逆《まぎゃく》と言ってよさそうだ。

それに——すごくトートロジーな物言いになってしまうけれど、戦場ヶ原さんのお父さんは、格好いいは格好いいけれど、どこかいかにも『父親』、お父さんとして格好いいという風で、いわゆる男性という感じではない。

つまりそれが何を示すかと言えば——

……いけない、いけない。

友達のお父さんを分析してどうしようと言うのか。

こういうことは、もうやめたはずなのに。

うん。

どうやら唐突に現れた『お父さん』という存在に、若干動揺してしまったらしい、私としたことが。

私としたことが、なんて言えるほど、私は大したものではないけれど。

普通の女の子——ではないにしろ。

そもそも、動揺するも何も——私は『父親』像も、『お父さん』像も、持ち合わせてはいないではないか。

父親と呼ぶべき人はいても。

父親と言うべき人を——私は知らないのだから。

何にも知らない。

「学校で何か変わったことはあった？」

戦場ヶ原さんは、お父さんがこの場にいることについての話はもうこれでおしまいと言わんばかりに、通常会話に移った。

この辺りの神経の太さは、確かに見習いたいものがある。

「変わったことって」

「阿良々木くん、来てた？」

それが訊きたかったらしい。

私は少し迷ったけれど、しかし隠しておくのもやっぱりおかしい気がしたので、学校での出来事を話しておくことにした。

「神原にメール？」

「ええ。どうやら今抱えている案件に、神原さんの助力が必要っぽくて……何分文章が短過ぎて、どうして神原さんを呼び出したのかはわからないんだけれど……」

「なんと不愉快《ふゆかい》な」

戦場ヶ原さんは思いのほか直情的に、不愉快そうな表情と共にそう言った。

真っ直ぐなんてものじゃなかった、これは激怒《げきど》だ。

しかも阿良々木くんではなく神原さんに怒っている。

矛先が彼氏ではなく後輩に向いた。

言ったことをすぐさま後悔する私である。

これがきっかけでヴァルハラコンビの間にヒビが入ったらどうしよう。

「私をさしおいて阿良々木くんに助けを求められるなど、あの女、どうしてやろうかしら。まずは内臓《ないぞう》を」

「戦場ヶ原さん、キャラが更生前に戻ってる」

「おっと」

戦場ヶ原さんは気付いて、自分でほっぺをひっぱり、笑顔を作る。

無理矢理の笑顔過ぎて痛々しい……。

「多分理由があるんだと思うよ——その点については。訊きたいことがあるっていうのもそうだろうし、だって、私や戦場ヶ原さんと違って、神原さんは左腕に怪異を残しているじゃない」

「残して——いるわね」

猿の手を。

戦場ヶ原さんは言う。

「つまり、神原と言うより——神原の左腕が必要ということなのかしら」

「まあ、推測だけれど」

そんな単純な話ではないとも思うが、大まかに考えればその可能性は高い。

「神原の戦闘力を買った、ということになれば——またぞろバトル展開ということになるのかしらね？」

「どうだろう。でも、戦闘力ってことで言うなら、今の阿良々木くんには忍ちゃんがいるからね——必ずしもバトル要員を求めてるわけじゃないと思うんだけど」

どれも推論だ。

阿良々木くんが現在どんな状況下にあるかも知らない私と戦場ヶ原さんがいくら話したところで、結論などでるはずがないのである。

「で、どうするの？　羽川さんは」

「どうするって？」

「その待ち合わせ場所に行くの？　行かないの？　彼の状況はどうあれ、そこに行けば阿良々木くんには会えるわけでしょう？」

「……考えたけど、行かないつもり。行ったら邪魔しちゃいそうな気もするし——」

「そ」

戦場ヶ原さんは私の答に頷いた。

「じゃ、私も行かない」

「そう？」

てっきり、戦場ヶ原さんは、自分は行くと主張すると思っていたので、侃々諤々《かんかんがくがく》の議論を予想していたので、これは意外というか、肩透かしを食らったような気持ちだった。

断固としてその場に乗り込むと主張するであろう

戦場ヶ原さんを如何に止めるかということを、私は考えていたというのに。

「便りがないのは元気な証拠だと思っておくことにするわ——それこそ神原の猿のときと違って、何か隠し事をしようとしているというわけでもなさそうだし。どちらかと言えば堂々としたものよね。神原にメールを打てば、私や羽川さんに伝わることくらいわかっていたでしょうから」

それはそうだ。

しかし。

「……行かないの？」

「行かないわ」

念を押すような私の問いかけに、戦場ヶ原さんは答える。

「羽川さんと同じよ。行っても邪魔しかできそうにないから——それに、私にできることは他にありそうという気もするのよね」

付け加えられた意味深な言葉の意味は、私にはまったくわからなかったけれど——とりあえず、そういうことらしい。

便りがないのは元気な証拠。

そして信頼の証《あかし》。

そういう風に、都合よい解釈をしておくことにしよう——

「……しかし、身体に怪異を残しているのは、どうやら阿良々木くんと神原だけじゃなかったみたいだけれど」

「え？　他に誰かいるの？」

その発言に、私は首を傾げる。

「私達の周りで残っている怪異って、阿良々木くんの鬼と、神原さんの猿だけでしょ？」

「その通りにゃん」

戦場ヶ原さんはなぜか猫の語尾《ごび》をつけて答えた。

もう少し問いつめたい感じだったが、しかしそのタイミングで戦場ヶ原さんのお父さんが、三人分のお茶とお茶請けを持ってきてくれたので、私達のひそひそ話は打ち切りになった。

いいや、もしも、彼がお茶を淹れるのにもう少し手間取ったとしても、この話はここで打ち切りになっていただろう。

なぜならそのとき、この民倉荘二〇一号室の扉をノックする音が聞こえたからだ――ちなみにインターホンはない。

「おっと。来たようね」

と、戦場ヶ原さんが立ち上がったところを見ると、どうやら予定通りの来客らしい。

しかし予定通りだとして、一体誰だろうと、私はやや身構えたけれど、戦場ヶ原さんがドアを開けて、その向こうにいた女の子の姿を見て、私はすべてを理解する。

戦場ヶ原さんが昨日言っていた「秘策」が、どういうものなのかも。

説明を受けるまでもない。

そして紹介されるまでもない。

ドアの向こうにいたのは阿良々木くんの妹、阿良々木火憐ちゃんと阿良々木月火ちゃんの、ファイヤーシスターズだったのだ。

025

こんな会話があったらしい。

「あらあら、これはこれは。火憐さんじゃない。こんなところで会うなんて偶然ね」

「おお、そういうあんたは戦場ヶ原さんじゃねーか。本当に偶然だな、こうして、あたしの家の前で会うだなんて」

「ええ、これじゃあまるでケータイナビであなたの帰宅ルートをきっちり調べ上げた上で、私があなたを待ち伏せしていたみたいね、うふふ」

「あはは。そんな誤解する馬鹿もいるかもなー。世の中馬鹿ばっかだからよー。あたしみてーなお利口さんってのはなかなか出てこねーんだよ、残念なことに。あれ、でも戦場ヶ原さん、学校は？」

「学校？　何それ」

「いや、知らないんならいいんだけど……」

「嘘嘘、知ってるわよ。ヶ原《がはら》ジョークよ。ちょっとのっぴきならない事情があって今日は休んでいるの。火憐さんの通う中学校は半ドンなのよね、今日までは」

「おう。でも戦場ヶ原さん、タイミングが悪かったな。どうせ偶然なら兄ちゃんに会いたいとこだっただろうけど、生憎《あいにく》兄ちゃんなら今留守にしてるんだ——新学期になった途端どっか行っちまってよー。自分探しの旅第二弾だって、あたしは踏んでるんだけど。帰ってくる頃にはかめはめ波をうてるようになってるはずだぜ」

「自分探しの旅ってそんな修行みたいなものじゃ……いえなんでもないわ」

「エヴァ破《は》を打てるようになっているかもしれない」

「阿良々木くん、そんな才能は持っていないと思う……、あ、そう言えば今唐突に、つまり不意に思い出したのだけれど、知ってる？　羽川さんの家が火事になったこと」

「え？」

「あ、ごめんごめん、愚問《ぐもん》だったわね。正義の味方、ファイヤーシスターズの実戦担当、この町の平和を一身に担《にな》う阿良々木火憐さんともあろう人が、そんな大事件を知らないはずがないわよねえ」

「ん？　あ、うんうん、もちろん。知ってる知ってる、大変だったよな。なんなら今から翼さんを訪ねて、お見舞いをお見舞いしようかと思ってたところだったぜ」

「幸い学校に行っている最中の出来事だったから、羽川さんに怪我《けが》はなかったんだけどね。でも焼け出されちゃって、彼女、今晩寝る場所もないのよ」

「え？　そうなの？」

「知らなかった？」

「いや、知ってた知ってた。今あたしのほうからその話題を振ろうと思ってたところだぜ。何で先に言っちゃうのかな、戦場ヶ原さんは」

「ごめんなさいね。でも本当、不思議よねえ。羽川さんみたいないい子が、ぐっすり眠れるベッドがこの世にないだなんて。理不尽もこれ極まれりといった感じだわ。いやもう、この世に正義があるのなら、一体何をしているのかという感じだわ」

「…………」

「まあお題目だけの正義が何もしてくれないから、実は私は今日は学校を休んで、羽川さんの寝床を探しているというわけなのよ。あ、そう言えば火憐さんは普通に学校に行ってたんだっけ？　楽しかった？　羽川さんが困ってる間に」

「…………」

「おっと、ごめんごめん、こんなこと火憐さんに話しても仕方のないことだったわね。だって火憐さんは、あの阿良々木暦の妹だっていうだけで、所詮《しょせん》はただの中学生なんだから。阿良々木くんと同じように扱っちゃあ、期待が重過ぎるわよね。お兄ちゃんはお兄ちゃん、火憐さんは火憐さんなんだから」

「…………！」

「ああ、本当にタイミングが悪いったらないわ。まったくこんなときに阿良々木くんがいてくれたら、絶対に羽川さんのことを捨ててはおかないだろうに。まあまあ、でも、ファイヤーシスターズ（笑）じゃね」

「（笑）っ⁉」

「大好きなお兄ちゃんがいなきゃ何もできない火憐さんにこんなことを話しても、迷惑だったわね、本当にごめんなさい。困らせるつもりはなかったのよ、羽川さんと違って人生を謳歌《おうか》しているあなたを。困るのは羽川さんだけで十分だものね。立ち話が長くなっちゃったけど、じゃあ、そろそろ私行くわね。羽川さんの寝床同様、この世に正義がないということもわかったことだし」

「ちょっと待ったあ！」

「え？　何、どうかしたの？」

「翼さんの寝床はある……そして正義もある！」

…………。

かように戦場ヶ原さんは火憐ちゃんを巧みに誘導し、秘策とやらを成功させたのだった——いや、巧みってほどじゃないと思うけれど。

むしろ兎が切り株に勝手にぶつかった感じである。

強いて言うなら、参謀担当の月火ちゃんではなく、シンプルな火憐ちゃんのほうを狙ったところが、策略と言えば策略だろうか。

そんなわけで。

私は阿良々木家に来ていた。

阿良々木家のリビングに……。

「まーま、自分の家だと思ってくつろいでよ、翼さん」

「そうだよー。自分の家だと思ってよー、思いまくっちゃってよー、羽川さんー」

と、お茶を淹れてくれる火憐ちゃんと月火ちゃん。

手際よく、火憐ちゃんが冷蔵庫から冷やした麦茶を取り出して、月火ちゃんが水屋《みずや》からガラスのコップを取り出すという役割分担を、打ち合わせもなくこなしていた。

ファイヤーシスターズ（笑）……じゃなく、ファイヤーシスターズのチームワークは、なるほど、大したものだ。

無言のうちに通じ合っている。

自分の家——か。

実は阿良々木家に立ち入るのは、これが初めてのことではない——今までも、何度かお邪魔はしている。阿良々木くんの家庭教師を務めている私でもあるわけだし（もっとも授業の場所は阿良々木家ではなく図書館だけれど）、特に、前に火憐ちゃんが高熱で倒れたときなどは、のうのうと夜中まで居座ったものだった。

だけど、なんというか、『お客さん』として招かれるのは、今更ながら、初めてだった。

妙に緊張してしまう、というか。

変な居心地の悪さを感じてしまう。

「…………」

阿良々木火憐ちゃんと阿良々木月火ちゃん。

阿良々木くんの妹。

見れば見るほど、よく似ている。

そっくりと言っていい。

変な比喩だけれど、歳の離れた三つ子のように。

もっともその性格、というかそのキャラ付けは、結構違っているのだけれど――火憐ちゃんは格闘技マニアの男前な女の子だし、月火ちゃんはどこかおっとりしているようで、しかし芯の通った女の子だし。

……驚いたのは、前に会ったときと、二人とも髪型が変わっちゃってることだけれど。

火憐ちゃんは、特徴的だったポニーテールを切り落として、ボブカットになっているし（前髪が、昔の戦場ヶ原さんや私のように、直線だ）、月火ちゃんはぶっとい三つ編みをマフラーのように首に巻いている（夏なのに暑くないのだろうか）。

「大体水っぽいんだよなー、翼さんは」

自分の分だけ麦茶を持ってきて、ソファに腰掛ける火憐ちゃん。

水っぽいというのは、水臭いという意味だろう。

「寝る場所がねーなら、まずいの一番にあたしを頼ってくれればよかったんだ。いやもう、あたしは翼さんが自分から言ってくれるのを待ってた。まあ言いにくいのかなって思って、こうして自分から提案したわけだけれど」

彼女は未だ戦場ヶ原さんに誘導されたことに気付いていなかった。

羽川家の火難をあらかじめ知っていたという虚言も、いまや誰よりも他ならぬ本人が信じきっているようだ。将来が心配というより、今が危険な女子中学生である。

「そうだねー。火憐ちゃんは自分から提案したんだよねー」

言いながら、自分の分と私の分の麦茶を持って、遅れてやってくる月火ちゃん。火憐ちゃんの隣に座って笑顔を浮かべている彼女は、どうやらわかっていて戦場ヶ原さんの提案に乗ったらしい。

うん。

結構腹黒いんだよ、こっちの子は。

ちなみに火憐ちゃんが中学三年生で、月火ちゃんが中学二年生である。

こうして同じ格好（栂《つが》の木《き》二中《にちゅう》の制服）を着て座っているのを見ると、本当に双生児のようではある（これが立ってしまうと、身長差があるので、双子には見えない）。

「ところで麦茶って、麦のお茶って書くけど、つまり麦茶って頑張ればビールになるわけ？」

火憐ちゃんがいきなり打ち解けた雑談を始めた。

すごい距離感の持ち主だ。

家に招いて五分でする会話ではなかろうに。

まず私の緊張をほぐして欲しい。

「元を辿れば素材は同じ大麦だけれど、麦茶は炒《い》って作るのに対し、ビールは醱酵《はっこう》させて作るって感じかな。だからまあ」

頑張れば、という表現が正しいかどうかはともかく、確かに親戚みたいな飲み物ではある。全然違う、ということを言おうと思っていたのだけれど、ううむ、意外と火憐ちゃんの疑問はことの本質をついていた。

「ふーん。道理で麦茶を飲むと、気分が高揚《こうよう》するわけだぜ」

しかし結論が残念だった。

ごくごくと、コップ一杯分の麦茶を一気飲みする火憐ちゃん——豪快《ごうかい》である。

て言うかこのコップ、よく見たらすごくいいものみたいなんだけれど。

バカラのグラス？

間違ってもコップなんて言ったら失礼なくらいな一品だ。

しかも扱いからして多分、火憐ちゃんと月火ちゃんは、このコップの値段を知らない……。

阿良々木家、何気に富裕層《ふゆうそう》？

「とにかく、羽川さん」

そんな火憐ちゃんを尻目に、月火ちゃんが言う。

火憐ちゃんの奔放《ほんぽう》さには、妹だけあって馴《な》れっこという感じだ。

「泊まる場所がないって言うなら、ウチにいくらでも泊まっていってよ。都合のいいことに、お兄ちゃんが今、お留守だからさ。お兄ちゃんの部屋を使って」

「阿良々木くんの——部屋」

「うん。無駄にスプリングの利いたベッドが無駄にあるから」

それは——知っている。

そしてそれが、戦場ヶ原さんが考えたところの秘策の、肝《きも》と言える部分なのだった。

なんというか、火憐ちゃんや月火ちゃんのいたいけな純真さ、それにファイヤーシスターズの正義感につけ込んだみたいな秘策には、若干以上の後ろめたさを感じざるを得ないけれど——しかし二人の気持ちがまるっきりの好意から生じている以上、無下《むげ》に遠慮もできない。

そんな私の気持ちの動きも読み切った上で、戦場ヶ原さんはこのアイディアを『秘策』とし、私に教えなかったのだろう。

あくまでも私は何も知らなかった、と。

悪役みたいなところを、彼女は全部自分で背負ってくれたのだ。

自分の彼氏の家に他の女（しかも他ならぬ私）の宿泊を斡旋《あっせん》するというのは、一体どういう心境なのかは謎過ぎるけれど、なんというかその辺は、昔からあり今も変わらぬ、彼女の自罰的な傾向ということかもしれない。

痛みを堪《こら》え。

そうしてくれたのだろう。

それを思うと、先ほどの火憐ちゃんの心が、遅れて私の胸に突き刺さる。

水っぽい――水臭い。

頼ってくれればよかった。

自分から言ってくれるのを待っていた――私は。

戦場ヶ原さんの家に泊めてもらったときもそうだけれど、私は自分から助けを求めるようなことがなく――これはきっと、忍野さんが言うところの『人は勝手に一人で助かるだけ』とは、全然違う理屈なんだろうなあ、と思う。

そう。

多分私は――自暴自棄なのだ。

一人で助かろうとも、思っていない。

今朝戦場ヶ原さんに言われた言葉もまた、思い出される。

私は味気のなさを受け入れていて。


闇に鈍く。

野性として落第。

「……翼さん？　どうした、ぼーっとして。馬鹿みたいな顔になってるぞ」

「…………」

言葉に容赦《ようしゃ》がないな、この子は。

馬鹿みたいな顔って。

「やっぱ家が火事ってショックなもんなのか？　あたし、そんな事例、『ちびまる子ちゃん』の永沢《ながさわ》くんくらいしか知らねーけど」

「……うん、いえ、大丈夫」

私はそう言う。

大丈夫、と言ってしまう――大丈夫なわけがないはずなのに。

「でも、そうだね、じゃあお言葉に甘えてお世話になるね――阿良々木くんが帰ってくるまでの間、ってことで」

それがいつになるかはわからないけれど、まあ、私の父親と呼ばれるべき人と私の母親と呼ばれるべき人が借家を見つけるのと、それと、どちらが早いかという具合だろう。

どちらも見当がつかないので、あまり深く考えても仕方がない。

「よろしくお願いします」

「よろしくー！」

「よろしくお願いします」

なんとなく握手をする流れに。

三人なのでむしろ円陣みたいに。

私達はこれからバレーでもするのかな。

戦場ヶ原さんが、羽川家の家庭事情をどう話したかはわからないけれど（というか、戦場ヶ原さんは羽川家の家庭事情を知らないのだけれど）、それをふたりが訊かないでいてくれるのが、素直にありがたかった。

「パジャマパーティとかしようぜ、翼さん！」

「それは遠慮しとく」

「プロレスごっことか！」

「それは拒絶しとく」

「いやー、あたしって長女だから、お姉ちゃんって憧れだったんだよなー。ウチに泊まっている間は、お姉ちゃんって呼んでもいい？」

なんだか千石ちゃんみたいなことを言い出す火憐ちゃんだった。

月火ちゃんはそんな火憐ちゃんを微笑《ほほえ》ましく見ている——これではどちらがお姉ちゃんなのか、わかったものではない。

と、そこで私は気付く。

気付くというか、最初からわかっていたことではあるけれど。

「そうだ、何日もお世話になる以上、さすがにご両親にご挨拶をしないわけにはいかないよね」

これまで阿良々木家にお邪魔したときは、阿良々木くんや火憐ちゃん、月火ちゃんの意向もあって、三人のお父さん、お母さんにはちゃんと会っていない――火憐ちゃんや月火ちゃんがいくら私を泊めてくれようとしたところで、ご両親から駄目だと言われれば、私は家を出ていかざるを得ない。

うーん、どうだろう。

良識ある大人の判断としては、まるでネットカフェ難民のごとくあっちこっちに泊まり歩いている女子高生には普通に説教をし、親元に戻るよう説得するのではないだろうか。

「それは大丈夫だと思うよ」

と、月火ちゃん。

「私達と、それにお兄ちゃんのパパとママなんだから、性格もそれなりだよ」

「えー……でもさあ」

「二人とも熱血な正義感の持ち主だから、困っている人に出て行けなんて言わないよ」

月火ちゃんはなぜか確信ありげだ。

そう言えば、阿良々木くんのご両親がどんな人なのか、私はまったく知らない。

会ったことがないから当然と言えば当然なのだけれど、阿良々木くんがあまりその辺りを語りたがらないというのが大きい――親のことについては口をつぐむのは、男子高校生としては自然な生態なので、特に気にしたことはなかったけれど……そもそも阿良々木くん、なんだかご両親を苦手としているっぽいし。

しかし、正義感？

しかも、熱血な正義感？

何か不自然だ。

「ねえ、火憐ちゃん、月火ちゃん。参考までに訊きたいんだけど、前にお父さんとお母さん、共働きだって言ってたよね」

「うん」

二人は動きを揃えて頷く。

「今日は六時くらいに帰ってくると思う」

「……お仕事は、何をされているのかな？」

二人は声を揃えて答えた。

「けーさつかん」

………………。

阿良々木くんがひた隠しにするわけだと思うと同時に、私は世も末だと思った。

026

もちろんひと悶着《もんちゃく》あった。

熱血な正義感の持ち主と娘達から評された阿良々木夫妻だったが、大人なりの（そして警察官なりの）良識も持ち合わせていて、それはどうなのか、という話にもなった。

けれど、それでも思ったよりもあっさり、「そういう事情なら仕方がない」と、決して積極的にではなかったけれど、最終的には私の宿泊にお許しを出してくれた。

火憐ちゃんや月火ちゃんの必死の説得というのもあったけれど——そこはやはり、確かに阿良々木くんの両親という感じだった。

二人とも、阿良々木くんに似ているし。

ちなみに『家族』が似るのは、遺伝子的な問題ももちろんあるけれど、生活サイクルが同じだから、という側面も大きいそうだ。一つ屋根の下で、同じペースで生活し、同じメニューを食べていれば、身体を作る材料が同じなのだから仕上がりが似た感じになるという理屈は、なるほどわかりやすい。

逆に羽川家のように、ペースもメニューもひとりひとり違えば、似ようもないというわけだ。

だから容貌や性格の似ている家族には、一定の一体感があると言ってよいそうで——その分では、阿良々木家は健全な家庭のようだった。

ご相伴させてもらった夕食の様子を見ていてもそう思った。

これが家族の会話なのか、と。

新鮮な思いで、混ぜてもらった——阿良々木くんのお母さんから、一人息子のことをさんざ、根掘《ねほ》り葉掘《はほ》り訊かれたのには、若干辟易《へきえき》したけれど。

そして入浴。

そう言えばバスタブは三日ぶりだった。

今回はそういうルールにでもなっているのか、火憐ちゃんと月火ちゃんと、一緒にお風呂に入ることになってしまった——さすがに狭い！

「翼さんって、気取らないよな」

これはそのバスタブの中での会話。

三人ぎっちり詰まった、電話ボックスの中に人は何人入れるか実験したときのような図、つまり何の色気もない窮屈さの中、火憐ちゃんが言った。

「なんっつーか、これはあたしが馬鹿だから思うのかもしんねーけど、学校で頭のいい奴と話してるとお前本当に頭いいのかよって思うことが多々あるんだよなー。妙に難しい言葉を並べたり、知りたくもねー引用をしたりよー。でも翼さんって、頭いいのに、あたしとかと同じ視点で話してくれるじゃん。そういうのって、嬉しいんだよなー」

「そうだね」

月火ちゃんも言った。

お風呂で三つ編みを解くと、かなり長い。

どうやらこの子は、髪の伸びる速度が、神原さん以上のようだ。

妖怪じみている。

「でも実際、そういうものらしいよ、火憐ちゃん。本当に頭がいい人……って言うか、スポーツでもなんでも、いわゆる『一流の人』って、話してみたら意外と普通の人だったりして、オーラとかも全然なかったりするんだよ。でもそれって、つまり本物だからこそ、飾らないってことなのかな」

「…………」

なんだか持ち上げられてむずがゆい感じだったけれど、また、『一流の人』の意外な普通さ加減については、確かに月火ちゃんの言う通り、その辺が正解なのだとは思うけれど、しかし、私の場合は、そうではないと思う。

私は普通ではない。

そして——頭がよくもない。

私ほど、装飾に満ちた見栄っ張りもいないだろう——それはゴールデンウィークや文化祭前に思い知っている。

嫌と言うほど。

嫌になるほど。

「頭のいい人から見た景色ってどんな感じなんだろうって、あたしはよく思うんだけど」

火憐ちゃんは言った。

「同じものを見ても、違うように見えるのかなって。あたしから見れば円周率ってただの羅列だけれど、アインシュタインから見れば、美しい序列だったりするのかなあって」

「どうだろうね」

私は曖昧に応える。

どうにも返しに困る疑問だ。

実際、円周率だったり、黄金比だったり、そういう数学的な機能美に価値や意義を見出す感性というのは、一部の天才達の中には存在している——だけどそれが決して、頭のよさの要件だとは、私には思えない。

実際頭のいい人の中にも、円周率がただの羅列にしか見えないという人はいるだろう。その逆もきっとあると思う。

あくまで個体差であって、条件ではない。

火憐ちゃんとアインシュタインが見る景色の差は、火憐ちゃんと月火ちゃんが見る景色の差と、そんなに大差ないだろう。

「一人称語り部の小説があったとして、それを別の視点から語れば、まったく違った小説になってしまうようなものだと思うよ。ワトソン博士が語る事件簿と、ホームズ本人が語る事件簿が、かなり違った味わいになるのと同じでね」

そう言えばシャーロック・ホームズの事件簿には、神視点の短編も存在する。

だけれどあれが客観的な、正しさを持つ世界なのかと言えば、それも違うのだろう。

神が間違わないとは限らない。

たとえば。

うっかり人間を生み出したように。

……しかし、火憐ちゃんの筋トレで鍛えて引き締まった身体の美しさや、対照的に幼い感じの月火ちゃんの可愛らしい身体と密着していると、「阿良々木くんはいつもこんな妹達と仲良くしているのか」と考えてしまい、彼が奇行に走る理由にも、一定の理解を示さざるを得なかった。

とか。

で、お風呂上り。

百円ショップで買った下着が尽きてしまったので一晩くらい着回しで我慢するかと思ったけれど、火憐ちゃんが新品のショーツを貸してくれた。

そしてパジャマも貸してくれた。

ここまできて遠慮するのもおかしな話なので、両方素直に借り受けた。

「あれ？　でもこのパジャマ、男物じゃない？」

「んー。ああそれ、兄ちゃんの」

ぐはっ。

阿良々木くんのパジャマを着てしまった……。

鏡に映る自分を見る。

なんだこの、やってしまった感。

しかし今更脱ぐと、逆に変な意識をしているっぽいので――いやこれは言い訳か。

着てしまったら、脱ぐのにもまた抵抗があったので、そのまま、

「ふうん、そうなんだ。サイズはぴったりだね」

とかなんとか普通に照れ隠しにもならないことを言いつつ、就寝前の歯磨きを始めたのだった。

これはでも、さすがに戦場ヶ原さんには言えないなあ……。

そして二人に案内されるがままに、阿良々木くんの部屋へと向かう。

よく考えたら（考えるまでもなく）、阿良々木くんには完全に無許可で阿良々木家に侵入してしまっていて、パジャマは借りるわベッドは借りるわ、やりたい放題の狼藉《ろうぜき》と言っても過言ではなかった。

家族の許可、それに彼女の許可だけでここまでされる憶えも、彼もなかろうに。

メールくらい打っておくべきかと思ったが、阿良々木くんの状況がまったくわからない現状、やっぱりそれも憚られる。

今、阿良々木くんのパジャマ着ちゃってるんだー。なんて文面を送って、仮に受信できたとしても、彼が陥っているであろうシリアスな状況を著《いちじる》しく損なう気もする。

それに時計を見れば（前に入れてもらったときにもう気付いていたが、阿良々木くんの部屋には時計が何故か四つある。そんなパンクチュアルな人じゃないと思うんだけど……）、もう九時を過ぎている。神原さんと会っている頃だと思うと、ほら、なんだか、そう——まあ。

憚られる、だ。

「じゃ、おやすみなさい、翼さん。この部屋のものは好きに使っていいから」

「おやすみなさい、羽川さん。また明日ね」

と、阿良々木姉妹が去ってしまうと、私は阿良々木くんの部屋にひとり残されて、何をしたらいいのかわからなくなる。

何をしたらも何も、もう寝るしかないんだけれど。日課の勉強をしようにも、学校の教科書くらいしか持ってないし——それだって、戦場ヶ原さんからの借り物だし。

明日、図書館に行って勉強用の本を借りてくるかなー、なんて思いつつ、阿良々木くんの本棚になんとなく目を遣《や》る。

本棚チェック。

　火憐ちゃんは「好きに使っていい」とは言ってくれたものの、やはり阿良々木くんの部屋なので好き勝手はできない。けれど本棚に並ぶ本を見るくらいは許されるだろう。

　前にこの部屋に入ったときと、随分ラインナップが変わっている――本を捨てることはないと言っていたので、阿良々木くんは、どうやら未読の本を本棚に並べ、読み終わった本は押入れにでも仕舞ってしまう派らしい。

　意外と小説が多い。

　普段の言動から、漫画ばかり読んでいるイメージがあったけれど。

　適当に一冊、海外小説を抜き取って、その後、椅子に座って机に向かい、一時間ほど読んだ。机や椅子から伝わってくる阿良々木くんの感じに、全然文章が頭に入ってこなかったけれど。

　電気を消してベッドに寝転んだのは、十一時を過ぎた頃だった。

　それにしたって、今、阿良々木くんのパジャマを着て、阿良々木くんのベッドに潜って、阿良々木くんの枕に頭を添えているのだと思うと全然寝付けず、実際に眠りについたのはてっぺんを回った頃だったと思うけれど。

　阿良々木くんのことを責められない。

　そんなことを考えてしまう私は、はしたない。

027

　十二時を過ぎた頃、やっとご主人が寝てくれたので、例によって俺の登場にゃん。

　しかしまあ、まさかこの俺があの人間野郎の部屋で目覚めることがあるだにゃんて、ゴールデンウィークには思いもしにゃかったにゃん。

　合縁奇縁《あいえんきえん》、縁は異にゃもの、味にゃもの。

それにご主人にも困ったもんにゃ。

ここを斡旋した戦場ヶ原ひたぎの真意がどこにあるのかは俺にはわかんねーでもねーんだけど、いや間違ってるかもしんねーけど、少にゃくとも俺はその辺、もどかしいと思っているにゃん。

だからって俺には何にもできねーけどにゃ。

俺は結局、他にゃらぬご主人自身にゃんだから。

ご主人以上のことはできねーんにゃ——思えば悲しい無力感だにゃん。

「さて……」

俺はベッドから身を起こし、四つん這いににゃって背筋を伸ばし——猫としての動作にゃん——そして確認するように言う。

「……しかしどうしたもんかにゃあ。こうして俺が出てきている以上、ご主人がまた、何らかのストレスを抱えていることは確かにゃんだが……その正体がはっきりわからにゃくにゃっちまったにゃ。自宅の火事が原因だと決めつけていたけど、いつまでたってもこうして俺が出てくる以上、どうも火事の件だけじゃ、にゃさそうだよにゃあ——」

どうも今回の俺は、そういうことらしい。

ゴールデンウィークのときは、俺はほとんどご主人みたいにゃものだったし、文化祭前のときだって裏人格と言っていいほどにはご主人と繋がってはいたんだが——このたびのブラック羽川は、人格的にはほとんど切り離されているようにゃん。

何度も出てくるうちに、怪異として独立性が生じてきたってことかにゃ？　俺は頭が悪いからよくわからにゃいし、あの不愉快なアロハ野郎にゃら、また別の解釈をするんだろうけれど。

「まあ出てくるたびに便利にはにゃってきてるんだけどにゃあ——ご主人が寝ている間だけ限定で登場できるというのは実にフレキシブルにゃん。前の二回は、俺を引っ込めるためだけに、あいつら随分苦労してたからにゃあ。にゃはは、あのちびっこい吸血鬼の力を借りたりにゃあ」

「誰がちびっこい吸血鬼じゃ」

「にゃん⁉」

独り言に返事があったにゃん。

見れば、いつの間にか——いつの間にか？　そんにゃものじゃにゃく、宇宙開闢《かいびゃく》以前からずっとそこにいたかのように、部屋の中、いや部屋の上、天井に体育座《たいいくずわ》りをする形で。

金髪の幼女。

忍野忍がいやがったにゃん。

前に見たときはゴーグル付きのヘルメットをかぶっていたが、それはどうやらやめたらしいにゃ。

それに。

前に見たときは、それにゴールデンウィークのときもそうだったが、無表情だった彼女は、今は——にゃんというか、凄惨《せいさん》にゃ笑みを浮かべて、この俺を見下していたにゃ。

……にゃんか、今は曲りにゃりにも笑っているのに、無表情だった前のほうが可愛げがあったように思えるのはにゃんでだろうにゃん。

「ふん」

と、吸血鬼は勝気に言う。

にゃめきった態度にゃん。

実際俺は、こいつに二戦やって二敗しているわけで、勝気ににゃるのも当たり前にゃんだがにゃん——ブラック羽川としても障り猫としても、怪異としての俺は話ににゃらにゃいほど、こいつの足元にも及ばにゃいわけだし。

「久しいのう、猫——どうしてうぬが我があるじ様の部屋におるのかは知らんが、ま、怪異に出現の理由など求めるほうが無粋《ぶすい》というものか」

あのアロハでもあるまいし、と吸血鬼。

ふむ。

『どうしてここに』は、俺が訊こうとも思っていたことだったが、まあそれはお互い様ということらしいにゃ。

「ちゅーか、あれ？　そもそもお前確か、あの人間野郎の影に閉じ込められてたんじゃにゃかったのかにゃ？」

そういうことににゃってたはずにゃ。

ご主人の記憶によれば。

だからこいつがここにいる以上、あの人間野郎もここにいにゃきゃおかしいはずにゃんだが——あいつが天井に張り付いているってことはにゃい。

そんにゃ怖い画はにゃい。

「まあ、そうなのじゃがな——ちょっとイレギュラーな事態が起こっての」

吸血鬼は天井に座ったままで言うにゃん。

「現在、儂《わし》と我があるじ様——つまり忍野忍と阿良々木暦とのペアリングは、切られておる」

「切られ——て？」

にゃん？　と俺は首を傾げるにゃん。

意味がわからにゃいにゃん。

「つまりあのアロハの小僧が消える前の状態に逆戻りというわけじゃ——いや、あの頃よりも更に悪いの。何せ儂は今、我があるじ様がどこにおるのかも、どういう状況にあるのかもわからんのじゃからな。まったくもって……」

と言いかけて、「ふん」と吸血鬼は鼻で笑うように俺を見たにゃん。

「うぬに言っても仕方ないかのう」

諦めやがったにゃん。

正しい判断だとは思うが。

俺に三行以上の会話は理解できにゃいにゃん。

とにかく、どうやらあの人間野郎は、本当に現在、苦境にあるようだにゃ——いやマジで、この吸血鬼と切り離されるというのは、あいつにとって、かにゃり深刻な事態じゃにゃいのかにゃ？

猿のことと言い。

一体今、あいつの身ににゃにが起こっているのか。

俺が心配するようにゃ筋はねーが（むしろ俺はあいつが嫌いだにゃん）、しかしご主人が知れば、これはさすがに心配するだろうにゃあ——そういう意味じゃ、俺が出てるとき、つまりご主人が眠ってるときにこいつが来たのは、いいタイミングだったと思うにゃん。

「ひょっとしたら我があるじ様は、自宅に戻っておるかとも思ったのじゃが、淡い期待じゃったようじゃのう。どころかうぬがおったというのじゃから、こりゃあ江戸《えど》の仇《かたき》を長崎《ながさき》で討ったような気分じゃわい」

「…………」

その諺《ことわざ》の使い方が間違っているのは、俺でもわかるにゃん。

言いたい意味もわかるけどにゃ。

まあ、それも筋はねーんだが、教えておいてやるかにゃ。

諺の正誤じゃにゃく、人間野郎のことを。

「お前のあるじ様にゃら、今晩の九時の段階で、例の学習塾跡にいたはずにゃ。例の猿の女と、待ち合わせでにゃ」

「待ち合わせ？　しかし猿など今更――ああ、そうか。なるほどのう、我があるじ様にしては考えたようじゃな。怪異よりも、あの小娘の場合は血統の意識があった」

「血統の意識？」

「いや――よい情報を教えてくれた。これで無駄足にならずに済んだ。褒めてつかわすぞ。気晴らしにうぬの血を吸ってやろうかと思っておったが、礼としてそれはやめておくことにする」

とんでもねーこと思ってやがったにゃ。

危にゃい危にゃい。

「それとも、礼として血を吸ってやったほうがよいのじゃったかな？　うぬはその女のストレスであり、うぬを吸い取ってしまえば、その女はいくらか楽になる――はずなのじゃから」

「はっ。まあ遠慮しておくにゃ」

言われてみればその通りで、実際前の二回は、こいつに吸ってもらうことでご主人は『助かっ』ちゃあいるんにゃ——ただ、今回はちょっと事情が違うにゃ。

今回の俺が前回までの俺とは違うのは。

きっとれっきとした使命があるはずにゃのだ——怪異に相応しき理由ではにゃく、怪異らしからぬ、使命。それがにゃんにゃのかはわからにゃいけれど。

あるはずにゃのだ。

「ふむ。なるほどな。うぬは新種の怪異のようなものじゃから、儂にもよくはわからんし、アロハの小僧にもよくわかっておらんところがあったから——その辺は軽々《けいけい》に判断すべきではないか。言うなれば前回までのうぬと今回のうぬは、『ターミネーター』と『ターミネーター2』みたいなものなのじゃな」

「その例えは理解しやすいが、しかし吸血鬼のお前が使っていいものにゃのか……？」

意外とミーハーにゃ奴にゃ。

あの人間野郎に見せてもらったのかにゃ？

「ま、どっちにしても儂がうぬの血を吸うというのは、姑息療法《こそくりょうほう》というか、所詮はその場しのぎにしか過ぎんからのう。あまり何度も繰り返して使うべき手法ではなかろう」

「そうにゃ」

同意する俺にゃん。

姑息療法、つまるところ力技での解決の無意味さは、他にゃらぬ俺が一番よく知っているにゃん。

それに——忘れちゃいけにゃいにゃ。

こうやって当たり前みたいに堂々と表に出てきちゃあいるが、俺はあくまでもご主人の裏人格であり、堂々とにゃどしていたらいけにゃいのだ。

細々と。

ひそひそとしているべきにゃのにゃん。

「表とか裏とか……そんなもんは表裏一体みたいなもんなのじゃがのう。それは言い過ぎにしても、せめてリバーシブルか。我があるじ様も大概《たいがい》じゃが、どうもうぬもうぬで、いらんところで空回りというか、空転しておる印象があるの」

「ん？」

「まあ、うぬのご主人のデータバンクには当然あるようなありふれた話じゃろうが、これは五百年生きた儂の含蓄ある思い出話として黙って聞け。ナポレオン皇帝の逸話《いつわ》なのじゃが——奴は一日にたった三時間しか眠らなかったそうじゃな」

「ああ」

確かにその話にゃら、ご主人の知識の中にある。と言うより、有名過ぎて、本当に誰でも知っているようにゃ話にゃん——あの無学にゃ人間野郎でも知っているくらいだろうにゃ。

それが思い出話だっちゅーのは、すげーとんでもねー話だがにゃん。

「それがどうしたにゃん？　俺がこうして、ご主人が眠っている間に起きていることと、何か関係がある話にゃのか？」

「いや、別にそのことと絡めるつもりはない。だから、まあ聞け」

「聞くにゃん」

「一方でかの皇帝は、風呂好きで有名でな。一日に六時間以上風呂に入っておったという話じゃ。今の時代で言えばしずかちゃんじゃな」

「…………」

『ターミネーター』の次は『ドラえもん』と来たにゃ……。

こいつの知識の偏《かたよ》り方は問題があるにゃ。

「色々言われておるが、しずかちゃんもいずれは規制されるのかのう……、と言うか、現実的にはもう規制されておるようなもんじゃよなあ。そう言えばじゃが、懐かしき『パーマン』のエンディングテーマとか、今から思えば激ヤバじゃよな。パー子が常にパンツを丸出しにしておるという……しかしもう、この『今から思えば』というところが、やはり同様に、既に規制は条例の制定を待つまでもなく、あちこちで始まっておるということなのじゃろうか。悲しい話じゃのう」

「他人事のように喋ってるところ悪いが、条例が制定されて誰よりも規制されるのは他にゃらぬお前だにゃん」

恐れ多くも藤子不二雄《ふじこふじお》先生の心配をしている場合じゃにゃいにゃん。

「そうじゃのう。おっと話が逸れたの」

「うん。今のが俺を黙らしてまで聞かせたいことだったんだとするにゃら、間違いにゃくここはゲラでカットされるくだりにゃん」

しかし、だとすればこの吸血鬼がにゃにが言いたいのかは、まだわからにゃいにゃん。

？？？にゃん。

睡眠時間の短さと同様、あの皇帝の入浴時間の長さも、有名にゃ話にゃ――強いて逸話と言うほどのこともにゃい。

「でな。儂はこの二つの話を知ったとき、思ったんじゃよ」

吸血鬼は言った。

芝居がかった口調で。

「いやいや、それ絶対風呂の中で寝てたじゃろ」

「…………」

ああ。

にゃるほど、逸話と逸話を、繋げるとそうにゃるわけか――真実がどうかはともかく（ご主人の知識によれば、あの皇帝は風呂の中でも政務に勤しんでいたとも言うし）、しかし一つのものの見方ではあるにゃん。

「このように、ある意味異常とも言える二つの性癖を、繋ぎ合わせて考えてみると、至極《しごく》常識的な結論に落ち着いてしまうということもある。マイナスとマイナスを掛ければプラスになるように、不思議と不思議を掛け合わせれば、真っ当に落ち着く、とかな。つまるところ、別々の事柄のように思えることでも、案外繋がっておるのかもしれんと儂は言いたいわけじゃ――表と裏を分離して考えることなど、意味はない。うぬは確かに羽川翼から人格的に切り離されたブラック羽川なのかもしれんが——しかしその両者に確たる違いなどない」

と、儂は思う。

吸血鬼はそう言って——凄惨に笑う。

「儂から見れば、怪異も人間も、どっちも似たようなもんじゃしな」

「……そうか」

そう言われると。

少しだけ気が楽ににゃるようで——そしてとても気が重くもにゃるにゃ。

俺とご主人が——同じか。

わかっていて、認識していて、自称していることでもあるけれど——改めて、そう言われると。

「しかし……だとすれば、ますますお前に血を吸われるわけにはいかんということににゃるにゃ」

「そうなるのう。自然消滅が、実は一番いいのじゃ。専門家的にももちろん、怪異的にものう」

「だから吸血鬼」

俺は言った。

一つ思いついて——さっきの吸血鬼の発言から、一つ思いついて。

「礼と言うにゃら、俺の質問に一つ、答えてくれにゃいか？」

「うん？　まあ構わぬが——手早く頼むぞ。儂は早く我があるじ様の下《もと》に向かわねばならぬ。午後九時と言うのなら、同じ場所におらんとも限らんしな——早くせんと、あの甲斐性なしは今度こそ殺されてしまう」

暢気にゃようで、こいつもこいつで切羽詰ってるらしいにゃ。

だから言われるがまま、俺は端的に訊く。

「虎の怪異を知ってるか？」

「虎？」

「ああ、虎にゃ——」

虎。

食肉目ネコ科の哺乳類。

「——今、この町をうろついているのにゃん」

「虎の怪異など、いくらでもおるぞ。儂が知っておるだけでも相当数じゃし、ましてあのアロハ小僧の知識も合わせるとなれば——」

優に五十は超える、と吸血鬼。

にゃあ。

それは困ったにゃあ。

五十にゃんて数は俺には認識できんにゃ。

「まあ、俺にもご主人の知識はあるんだが——しかし、それじゃあ特定ができにゃいんだにゃ。やばい怪異だってのはわかるんだが、その正体とにゃるとこれがまったく思い当たらず——」

「ま、名付けというのは、正体を固定するために行うものじゃからなあ——儂の忍野忍にせよ、うぬのブラック羽川にせよ。名前がわからず、正体が見えないからこそ、恐ろしく怖い——そういうもんじゃ。誰でもない奴が誰より怖い。匿名《とくめい》社会の恐怖は今に始まったことではないわ。虎という以外に、何か手掛かりはないのか？」

「でっかい虎にゃ」

「虎は大概でかい。小さい虎というのならまだしも」

「うーん。すげー速いにゃ。あっちゅう間に先回りされたにゃ」

「虎は大概速い。動かぬ虎というのならまだしも」

「うーん。あと喋るにゃ」

「喋る？」

これには吸血鬼は、反応したにゃん。

しかも結構露骨にだにゃ。

「動物型なのに喋る怪異か——それはなんというか、珍しいのう。しかし、それを聞くとより正体がわからなくなってしまった感があるぞ」

吸血鬼は、言って立ち上がったにゃ。

天井に足をつけているので、立ち上がったという表現はおかしいがにゃ。

ワンピースの裾《すそ》がまくれ落ちないように、器用に太ももで挟《はさ》んでいるあたり、おしとやかにゃんだかにゃんにゃんだか。

金髪は全部引っ繰り返ってるけどにゃ。

「大体、そんな正体不明の怪異が町をうろついておれば、儂が気付かぬはずがないのじゃが」

「うん？」

言われてみればそうにゃ。

俺みたいにゃ雑魚《ざこ》が好き勝手やってる分にはともかく、あんな如何にも強力にゃ怪異が徘徊していれば、この怪異の王《ノーライフキング》の目に止まらにゃいはずがにゃいにゃん。

鉄血にして熱血にして冷血の吸血鬼。

全ての怪異は、こいつの食糧《しょくりょう》にゃのだから。

「……いやでも、お前は今それどころじゃにゃいんだろう？　よくわからにゃいけれど、あの人間野郎が大変にゃ状況にあって、ペアリングも切られ――」

「だからこそじゃよ。この状況下で、儂が怪異を見逃すものか――青天の霹靂《へきれき》じゃぞ？　えーと、つまりうぬがその虎を見たということなのか？」

「そうにゃ」

いや、違う。

俺も見たが、それ以前に――

「俺のご主人が、見たんにゃ。だから、俺も見た」

「とすると――その辺が焦点《しょうてん》なのかもしれんぞ。つまり、うぬ達にしか見えん怪異――うぬ達にしか見えん虎」

「…………」

「可能性じゃがの。力になれなくて済まんな」

礼はまた考えておく、と悠然と天井を歩み、窓から部屋を出て行こうとする吸血鬼。例の学習塾跡の廃墟へと向かうのだろうにゃ。

……ふん、と俺は思う。

まあ怪異の正体も教えてくれにゃかったこいつに、これ以上親切にしてやる理由もにゃいのだが、しかし――無駄にゃ時間を使わせちまったのは確かだかにゃ。

その分はちゃんと返しておいてやるか。

別に人間野郎のためじゃにゃく。

「おい、吸血鬼」

「なんじゃ、猫」

「送っていってやるにゃ。俺にゃらあの廃墟までひとっとびにゃん」

「…………」

「警戒するにゃよ。今のお前じゃ空は飛べにゃいだろう——それに、飛ぶように跳ぶこともできにゃいだろう。俺にとっては大した手間じゃにゃい。でも三十分は短縮できるぞ」

「……ふん」

吸血鬼は。

一瞬だけ逡巡するようにゃ（というか嫌そうにゃ）顔をしはしたものの、ひらりと天井から床へ、いやベッドの上へと降りてきた。スプリングの強いベッドなので、無駄に跳ね上がって一回転する羽目ににゃってはいたが、ちゃんと着地するあたりはさすがにゃ。

「頼んでよいか」

ひょっとしたら、というよりかにゃり高い確率で、このプライドの高い吸血鬼は俺の提案を断ってくるかと思ったのだが、しかしほとんど即断即決だったと言っていいにゃん。

それほど事態は深刻にゃのか。

そうだにゃん。

考えてみれば——あっさり言ってくれたものの、あの人間野郎とのペアリングがこうして切られているというのは、大変どころか、とんでもなくやばいことにゃんじゃねーかよ。

だって、それはつまり、あの人間野郎が、不死身さを喪失しているということにゃんだろう？

天井に座ったり立ったりしていたところを見ると、逆にこの吸血鬼には吸血鬼性が戻っているのかもしれにゃいが——あいつから不死身性が消えているというのは非常にまずいにゃん。

あいつは不死身だったから、これまで生き残ってこれたようにゃもんじゃねーか。

それにゃのに。

「……もちろん、頼んでいいにゃん」

俺は頷いた。

「その代わり、あくまで近くまでだぞ——俺のご主人の意向でにゃ。苦境にあるであろう人間野郎の、邪魔はしたくにゃいそうだ」

「ほう——まあ、あの女らしいとは言えんが、よい判断じゃな。ああそうか、そいつは春休みに、一度か二度か、痛い目を見ておったな——一人よがりの軽率な行動で、我があるじ様をより深い苦境に陥れておったわ」

「んー」

その記憶は俺にもあるにゃん。

当時俺という俺は存在してにゃかったけれど——

その記憶はあるにゃん。

俺に言わせれば、単純に苦境に陥れたとは言えにゃいようにゃ気もするが、しかしまあ、概《おおむ》ねそんにゃ感じだにゃん。

「懲《こ》りたというなら是非もない。いいようにせよ。それで十分に助かるわ」

「おっけーにゃん」

俺は吸血鬼を抱えた。

お姫さま抱っこの形にゃん。

俺がこの吸血鬼に触れた時点でエニャジードレインが発動しているけれど、吸血鬼はそんにゃもん気にもしにゃい。

図太いもんにゃ。

俺は窓の鍵を開けて、サッシに足をかける。例によって裸足だけれど、まあ帰ってきてから拭けばいいにゃん。幸い、この部屋には、人間野郎が掃除に使っているらしいウエットティッシュがあるみたいだしにゃん（掃除好きにゃん）。

そう言えばこの吸血鬼はどこから部屋に入ってきたんだろうにゃん？　にゃんてふと考えてみるも、

怪異相手にそんにゃことを考えてもしょうがにゃいので——俺は何も考えず、跳んだ。

飛んだ。

叡考塾跡を目指して——しかし。

俺と吸血鬼は、その建物を目指すことはできなかったにゃん——いや、その場所を目指すこと自体はできたんにゃん。

事実俺は、そこを目指して、狙いを定めてジャンプしたんだからにゃ。

ただ。

ただ——辿り着けにゃかった。

俺達が着地し、到着したそこには——あるべきその建造物、学習塾跡の廃墟がにゃかったということにゃのだ。

あったのは、燃えカスだった。

かつて阿良々木暦と忍野忍が隠れ家とし、忍野メメが数ヵ月にわたって生活し、ご主人や戦場ヶ原ひたぎ、神原駿河や千石撫子にとっても思い出深い学習塾跡の廃墟が——全焼していたのにゃん。

052

なにがあったーっ！

052って！

一晩でダブルスコア的に章が飛んでる！

これはさすがに気になるって！

流せない流せない流せない！

私が寝ている間に一体何が！

どれだけの大冒険を展開すれば章が25個も飛んじゃうんだ！

小説一冊分相当の物語が語られていない！

「…………」

とかね。

まあ、そういうおふざけたメタ視点はともかくとして——さすがにここに至れば、私だってさすがに不自然に思う。

廃墟のベッドは、まあいいだろう。

自分で苦心してこしらえた手作り感溢れる寝床には、人並みに愛着が湧くから、そこでフィーリングが補正されてぐっすり眠れる、少なくともそんな気がするということは確かにあるかもしれない——そして戦場ヶ原さんの家でぐっすり眠れたことについても、前日廃墟で野宿という過酷なことをしたから、その反動で補正されたという風に考えることはできる。

前者と後者で矛盾しているようにも見えるが、しかし合わせて考えれば、両方納得できなくもないというところだ。

丁度、ナポレオンの二つの挿話《そうわ》のように。

……そんな皇帝のエピソードを私がいつ考えたかはともかくとして（私の発想ではありえない気がする——）、しかしだ。

阿良々木くんのベッドで熟睡する？

私が？

一日の疲れがすっかり取れて。

精神的にも落ち着いている？

そんなわけ——あるか。

こう言っちゃなんだけれど、布団に入ってから、緊張してしまって——恥知らずな言い方をすれば著しく興奮してしまって、全然眠れたものじゃなかった。

父親の布団では眠れないという戦場ヶ原さんの言葉を体感した形で、そういう意味での寝心地は最悪だったと言っていいはずだ——しかも今私は、阿良々木くんのパジャマに袖を通している。

言わば全身で阿良々木くんを感じているようなものだ。

これでぐっすり眠れたら、私は女子として永眠している。

一睡もできないというのは大袈裟にしたって、それでも相当眠りは浅くてしかるべきである。

なのに——この爽快感。

爽やかな朝。

明らかに——異常である。

明らかに、怪しくて、異なっている。

怪異である。

「……ふうん」

私はゆっくりと身を起こし、自分の身体を検分する——もしも私に何かがあったならば、その痕跡は絶対に残っているはずだ。

気のせいなのか。

単に私が、自分で考えている以上に図太い人間なのか、それともそうではないのか——はっきりさせる、証拠のような何かが。

残っているはずなのだ。

そしてそれはすぐに見つかった。

まずは、借りている阿良々木くんのパジャマである——私の寝汗が染み付いているのはともかくとして、かすかに土の匂いを感じる。

土の匂いというのでわかりづらければ、外の匂いと言ったほうがわかりやすいか。

「……寝ている間に屋外に出た？」

夢遊病者《むゆうびょうしゃ》のように？

私は呟きつつ、身体を折り曲げ、行儀悪く胡坐《あぐら》をかくようにして、ランニング前の柔軟体操さながらに、今度は足を調べる——主に足の裏だ。

ただ、足の裏には何もなかった。

23・5の足。

奇麗《きれい》なものである。

「……でも」

と、私は阿良々木くんの勉強机（と言っても、その机が勉強目的で使われ始めたのはごく最近のことだろうが）の上にある、ウエットティッシュの箱へと目をやる。

やはり、昨日と位置がずれている。

三ミリほど。

私はベッドから降りて、勉強机の脇《わき》のゴミ箱を覗《のぞ》き込む。案の定、数枚の、使用済みのウエットティッシュが捨てられていて――それらは土やら砂利やらで汚《よご》れていた。

ということは、と私は自分の手を見る。

手も、足の裏と同じく奇麗なものだったけれど、しかし――爪の隙間までそうかと言えば、そうは行かない。

僅《わず》かな汚れが付着している。

えらく野性的なネイルアートだ。

「犯罪者の証拠は爪の隙間に残るって言うけれど……、洒落《しゃれ》にならないなあ」

言いながら、今度は私は窓へと向かう。

まあ、窓から外に出たとは限らないんだけれど――ゴ、ー、ル、デ、ン、ウ、ィ、ー、ク、の、こ、と、を、思、え、ば、わざわざ律儀《りちぎ》に廊下に出て、一階に降り、玄関を開けて出て行ったとは思えない。

一番近い出口である窓を、合理的にルートとして選びそうなものだ――そしてその読みは、まぐれ当たりだけれど当たっていて、窓のクレッセント錠が開いたままになっていた。

昨日の夜、ベッドに入る前に、もちろん戸締りは確認している。

戦場ヶ原さんにあれだけ怒られた身として、当然の用心だ――なのに。

つまり――私が寝ている間に、誰かがこの窓の鍵を開けたということで、そしてこの部屋の中には私しかいなかった以上、その誰かは私でしかありえない。

「犯罪者かどうかはともかく、名探偵に追い詰められていく犯人みたいだなあ」

もっとも、推理小説に登場する犯人は、こんな露骨な証拠をぼろぼろ残してはいかないだろうけれど――これでは名探偵もやる気を出すまい。スコットランドヤードの諸君に丸投げしてしまいそうだ――

もっとも。

犯人が化け猫だという事件は、案外、古きよき時代の名探偵向きなのかもしれない——そんな風に思う。

とどめとばかりに、私はベッドに戻って枕を持ち上げる。

阿良々木くんの枕——であることは、この場合関係なく。

私がそうなっている間に、ほんの少しでもこのベッドに横たわったのだとしたら——

「……あった。決定的証拠」

私は枕から、一本の髪の毛を摘《つま》み取る。

髪の毛っていうのは男女問わず頻繁に生え替わるものだから、寝ている間に何本かは抜け落ちるものだけれど——それは当然なのだけれど、問題は、その髪の毛が『白い』ということだ。

白髪《はくはつ》。

ではなく——これは白毛と言うべきか？

そう、人間の髪の毛ではなく、動物の体毛のようで——

「そっか……私、またなってるんだ。障り猫……ブラック羽川に」

信じたくはないが——考えたくもないけれど、ここまで状況が固まってしまえば、現実逃避をする意味がない。

まさか文化祭前のあの日のように、自分の頭から直接猫耳が生えるまでは否認を続けるというわけにもいくまい——と考えたところで、まさかと思い至り、私は勉強机の上の鏡を確認する。

大丈夫、生えてない。

まだ、生えてない。

……しかし、今の状況にまったく関係のない横道だけれど、机の上に鏡を常備している阿良々木くんは、案外ナルシストなのかもしれないと思ったりした。

変な子だなあ。

さて、さておき。

「ただし、整理して考えてみれば——猫耳のことだけじゃなくって、色々と前のとき、その前のときとは違うみたいね。前兆としての頭痛もないし、阿良々木くんが不在なのに、こうして元に戻れているところをみると……」

ここから先は単なる推測になってしまうけれど、多分廃墟で一夜を明かしたときも、戦場ヶ原さんの家で泊まらせてもらったときも、きっと『ブラック羽川化』を、私はしていたのだろう——単なる推測だけれど、九割がたそう考えて間違いない。

そう考えてこそようやく、この『すっきり感』に説明がつくからだ。

なのに——戻れている。

私は私に戻れている。

「ブラック羽川に、なり慣れてきたということなのかな……阿良々木くんが吸血鬼の不死身性を使いこなしてきているように」

不死身性……。

なんだろう、その言葉も、少し頭のどこかに、引っかかるような気がするんだけれど——ううん、はっきりしない。

私が寝ている間に——本当に何があったんだ。

何かがあったことは確か。

何か、とても重大なことが……。

「……でも、どうして私がまたブラック羽川になったのかっていうのは、想像がつくよね——」

自宅の火事。

それしかない。

ブラック羽川は、私のストレスの権化なのだから——私の抱えきれない気持ちを抱えてくれる、私の裏人格なのだから。

「またストレスを発散するために暴れている、とかじゃないよね……それだったら、もっと派手に痕跡が残っていそうなものだし」

しかしそれは希望的観測という気もする。

なんにせよ、自分の記憶に空白があるというのは気持ちの悪いものだ。

「参ったなあ……このストレスも、ブラック羽川ちゃんは引き受けてくれるのかしらん」

おどけて言いつつ、私は着替えを開始する。

現実逃避をする意味がないというのなら、ブラック羽川化の事実が判明したからといって、現状打つ手がないのもまた揺るぎない現実であって、私は学校に行かねばならないのだった。

相談すべき阿良々木くんも忍野さんもいない。

家が火事になった心労で、再び欠席する——というのも考えないではなかったが、ただ、その心労を自分以外に押し付けていることが判明した今、それも難しい。

それに、本音を言えば、神原さんに、昨日ちゃんと阿良々木くんと会えたか、そして阿良々木くんは無事だったかを訊いてみたいというのもあった——私は彼女の電話番号もメルアドも知らないから、訊きたければ直接接触するしかない。

「戦場ヶ原さん経由で訊くという手もないじゃないんだけどな……でも、戦場ヶ原さんって鋭いから、私のブラック羽川化のこと、勘付いちゃうかもしれないし」

いいや。

彼女のことだ、案外もう勘付いているのかも。

なんだか思わせぶりなことを言っていたような気もするし……。

と。

制服に着替え終えたところで、

「羽川さーん」

と、月火ちゃんの声がドアの向こうからしたので、私はびくっとなる。

まずい。

人の家だというのに、独り言が大き過ぎたかな？

聞かれた？

しかし幸いそういうことではなかったようで、月火ちゃんは、

「起きてるー？　起きてなかったら起きてー。ご飯の時間だよー」

と続けた。

「阿良々木家では朝ご飯はみんなで一緒に食べる決まりなんだよー」

「……うん、わかったー」

私は返事をする。

「大丈夫、起きてるから。すぐ行くね」

「はーい」

可愛らしい声がして、廊下を歩いて去っていく足音がする。

なんだ。

拍子抜けというか。

阿良々木くんは、毎朝妹さん達から起こされることを、『たたき起こされる』なんて表現して、随分と迷惑みたいに言っていたけれど、こんな可愛らしい起こし方の、一体どこが迷惑なんだろう。

まったく、よくないなあ。

阿良々木くんの言い方じゃ、まるでバールで寝込みを襲われるみたいな誤解を招くぞ。

そんなことを思いながら私は、もう一度鏡を確認して、リビングに行く前に洗面所に寄ろうとコンタクトレンズを片手に、阿良々木くんの部屋を後にした。

にゃん。

053

一緒にご飯を食べる決まり。

……を、私の知る限り、阿良々木くんは破りまくっているような気がするけれど、それはまあ今は問うまい。

私に言われたくはないだろうが、そして私も言いたくはないけれど、彼はどうも、家族との距離感をうまく取れずにいるようだから——火憐ちゃんと月火ちゃんとの距離感については言うまでもなく、お父さんやお母さんとの距離感も。

まあ、両親が共に警察官という情報を加味して考えてみると、そこにはちょっと違った意味合いが出てきそうな気もするけれど。

で、そのお母さんのほうに。

学校に行く前——火憐ちゃんと月火ちゃんの通う中学校のほうが遠いので、彼女達は三十分ほど先に出た——、玄関のところで、「いってきます」と私が言い、扉のノブに手をかけたところで、

「羽川ちゃん」

と。

声をかけられた。

「きみの家庭にどういう事情があるのか知らないし、今のところ訊こうとも思わないけれど、今こうして、両親の元を離れて私達の家から『いってきます』を言う状態が正常だとは思わないでね。そんなことだけは思わないで」

「…………」

「私達はきみをもてなしてあげることはできるけれど、きみの家族になってあげられるわけじゃないんだ。火憐や月火がいくらきみを姉のように慕っていたとしても。ああ、誤解しないでね——迷惑ってことじゃないんだよ。火憐と月火も喜んでるし——暦の友達である羽川ちゃんには、できる限りよくしてあげたいし。暦が勉強に精を出すようになったのも、聞けばきみのお陰だって言うしね」

「……そんなことは」

ないです、と私は答える。

なんというか、阿良々木くんのお母さんは——阿良々木くんに似てはいるんだけれど、どこか悟ったような目をした人で。

達感《たっかん》しているような人で。

なるほど、警察官であることを差し引いても、彼が母親を苦手としている理由がわかったような気が

した。

「すみません。何か変な心配をかけてしまったみたいで――でも、私の家庭の事情なんて、そんな大したことはないんです。なんでしょう、ちょっと不仲というか……」

不和というか。

歪みというか。

「……それだけのことで」

「親が子供と仲が悪いというのはね、もうそれだけで虐待《ぎゃくたい》みたいなものなんだよ」

だから、と。

阿良々木くんのお母さんは言った。

「困ったときはいつでも助けを求めなさい。公共の機関でもいいし、なんなら厝に求めたっていい。あいつはあれで頼りになったりする」

「はい……」

それは――知っている。

阿良々木くんがどれほど頼れる人なのか、よく。

私はずっと知っていて――それなのに。

できる限り、彼に頼らないでいる。

頼れずにいる。

「家族はいなきゃいけないものじゃないけれど、いたら嬉しいものであるべきなんだ。私はそう思うよ。母親としては」

「母親――として」

「羽川ちゃん。人は嫌なことがあったらどんどん逃げていいんだけれど、目を逸らしているだけじゃ、逃げたことにはならないんだよ。きみが現状をよしとしている限り、外からは手出しができないんだから――まずはその辺から『いってくれば』いいんじゃないかな」

そんな言葉で、阿良々木くんのお母さんは私を送り出してくれた――随分と長い『いってらっしゃい』もあったものである。

いやはや。

母親っていうのは、強いなあ――なんて、とぼけた感想を持ってしまった。

コテンパンという感じだったけれど。

それでも嫌な気分ではなかった。

……『母親』か。

それも私は――この歳になるまで、どういうものなのか知らないいんだ。

私は一体。

今まで何をしてきたんだろう。

夜だけでなく――昼も朝も。

「目を逸らしているだけじゃ逃げたことにはならない――か。含蓄《がんちく》のある言葉だなあ」

心底、感服してしまった。

阿良々木くんよりも、むしろ忍野さんのほうが言いそうな言葉だ。

だから私はその言葉を嚙み締めながら、学校に向かったのだが――しかし、その道中、いみじくも『目を逸らしたく』なるような光景を正面に見ることになる。

いや、本当に、その場でくるりと一回転して、来た道を戻りたくなったくらいなのだから。

私の行く手から、金髪金眼の少年が歩いてきていたのだ――背格好からすると私と同世代なのだが、童顔という表現ではまだ弱い、はっきりと幼さを残すそのベビーフェイスから、中学生くらいに見えてしまう。

ただ、男子中学生と言うには――常に前方を睨みつけているかのような金色のその瞳を宿す目つきが、限りなく悪過ぎる。

もっとも――それでも春休みのように。

銀でできた巨大な十字架をその肩に担いでいないだけ、外観としてはマシかもしれない。

「……えっと」

本当に私は方向転換をしようと思ったくらいだったのだけれど、しかしその決断をする直前に、向こうがこっちに気付いてしまった。

ん、と。

悪過ぎる目つきの金色の瞳が、私を捉える。

目と目が合った。

ばっちりと。

「おー、おー、お前——えっと、なんだったたっけ——こないだ俺にぶっ殺されかけた奴だよなあ。くくく——超ウケる」

彼。

ヴァンパイア・ハーフにしてヴァンパイア・ハンターでもある彼——エピソードはそう言って、心底愉快そうに私を指さしたのだった。

「……どうも」

私はぺこりと頭を下げる。

「お久し振りです……エピソードさん」

彼のほうには、どうやらそんな葛藤《かっとう》はないようだけれど——私としては、どうにも気まずい感じで、台詞の響きにもろにそれが出てしまった。

だが、さもありなん。

彼の言うとおり、私はついこの間——春休みに、彼に殺されかけているのだから。

否、実際に殺されたと言ってしまっても過言にはなるまい——なにせおなかの中の内臓を半分ほど吹っ飛ばされてしまったのだから。

元々彼は、伝説の吸血鬼である忍ちゃんを追ってこの町に来て、忍ちゃんを退治するために、忍ちゃんの眷属《けんぞく》にされた阿良々木くんと決闘をする運びになったのだけれど——その際の痛ましい出来事である。

男同士の決闘に、勝手に首を突っ込んだ私が悪いのだが、しかし彼の悪びれなさったら、ないという感じだ。

「あれからあなたはすぐに故国に帰ったという話でしたけれど……、どうしてまた、この町に来たんですか？　エピソードさん」

私は恐る恐る、訊く。

まさか、また阿良々木くんや忍ちゃんを『退治』するために、舞い戻ってきたのではないかと思ったからだ——ひょっとすると阿良々木くんが今巻き込まれているトラブルというのも、それに起因するものではないのか、と。

確か忍野さんが、専門家としてその辺はうまく取り計らってくれたはずだけれど——忍野さんだって万能ではない。

何か手抜かりがあって、二人のことが露見《ろけん》したという可能性も——しかし私からの問いかけに対し、このヴァンパイア・ハーフ（太陽の下でも平気だし、早朝から活動可能）は、にやりと、凶悪そうに笑って、

「超ウケる」

と言う。

「エピソードさんとか言ってんじゃねえよ——俺はそんな、さん付けされるような歳じゃねえし、丁寧語を使われるような立場でもねえ」

「え？」

でも、ハーフとは言えヴァンパイアだし……、寿命はそれなりに長いはずでは？

「寿命が長いからって年寄りだとは限らねーだろ、超ウケる。本当は内緒なんだがおもしれーから教えてやるけど、実は俺よりもあんたのほうがよっぽど年上なんだぜ——俺は今日、この時点じゃ六歳なんだからよ」

「六歳⁉」

露骨に驚いてしまった。

それが期待通りの反応だったのか、エピソードさんは……いや、エピソードくんは嬉しそうな表情をする。

「来月誕生日だから、そうなれば七歳だけどよ——俺の吸血鬼側の親って奴は、成長が早いタイプの怪異だったらしいんで、俺にはその名残が出てるってわけさ」

「…………」

「ま、人を見かけで判断するなってことさ——俺は人じゃあねーけどな」

それでエピソードくんが話を打ち切ってしまった

ので、ことの真偽《しんぎ》を確かめる手段がなくなってしまった。

単にからかわれただけとも思えるが。

しかし見かけで判断するなと言うならば、年齢よりももっと説明して欲しいのが、どうして彼は、太陽照りつける八月だというのに、春休みと同じく白ランを着ているのかというのは疑問だった。

ヴァンパイア・ハーフだから暑さを感じないのかもしれないが。

そうか……。

高校生でもなく中学生でもなく、年齢的には小学生、忍ちゃんや真宵ちゃんよりも年下ということになるのか……。

エピソードくんどころか、下手をすればエピソードちゃんと呼んでもおかしくないくらいで、つまりはベビーフェイスどころではなく、むしろ老《ふ》けている部類なのか。

今更そんな裏設定が明らかにされてもという感は否めない。

とんだ非実在青少年である。

「て言うかあの十字架は持ってないの？」

「ん？　ああ。たりめーだろ。あんなもん持って歩いてたら目立ってしょうがないだろうが」

ふむ。

その辺の気遣いは、やっぱり一応あるらしい。

「……で、なんでこの町に再びやってきたのかっていう質問には、私は答えてもらえるのかな？」

「あー？　やけにこだわるじゃねーか。まあお前には貸しがあるからな、答えてやりてーとこなんだけど」

と、エピソードくん。

どうやら私を殺しかけたことを、『貸し』程度には考えてくれているようだ。

軽くほっとする。

「けど俺も自分が何のためにこの町に来たのかはまだわかんねーんだわ。いきなり呼び出されて、今朝夜行バスで到着したばっかでよ——」

「夜行バスって……」

妙に庶民派だ。

観光客か、と言いたくなる。

「それに、呼び出されてって」

「呼び出されもするさ。俺は基本的にフリーのヴァンパイア・ハンターなんだから。ドラマツルギーやギロチンカッターとは違う。金払いさえよきゃ誰にでも雇《やと》われる、私情で動く傭兵《ようへい》さ」

「用件も聞かずに雇われるの？」

「前払いだったからな。それに、引き受けなきゃなんねー事情もあった。まあ用件なんざ何でもいいさ。俺に任せてくれりゃあ、どいつもこいつも、後遺症の残らねー程度に殺してやれるんだからな」

「……じゃあ、ひょっとして、虎退治とかでも請《う》け負《お》うのかな？」

「虎退治？」

きょとんと、素朴な顔をするエピソードくん。

「えっと……いや、俺は吸血鬼専門の狩人《かりゅうど》だから、虎とかはちょっと……、なんだそりゃ、将軍様が無茶を言ったのか？」

「将軍様って……」

なぜ一休宗純《いっきゅうそうじゅん》の話を知っている。

文部省推薦のかのアニメは、海外でも大人気なのだろうか。

ふうん。

結局、質問に答は返って来なかったが（なんとしても聞き出したいところだったけれど、知らないんじゃあどうしようもない）、しかし、意外と話せるものだな、と私は思う。

春休みに、阿良々木くんと絡んで色々あったから、実際に接触したのはほんの数時間ほどだったのに、エピソードくんについては色々とイメージが先行していたけれど——太陽の出ている時間に会ってみれば、こんなものか。

幽霊の正体見たり枯《か》れ尾花《おばな》、と言うが。

拍子抜けするほど普通の子だった。

さすがに六歳とか七歳とかには見えないにしたって、こうして道端《みちばた》で話している分には、本当に年下の男の子を相手にしている風にしか思えない。

白ランはあくまで自意識の産物としてのファッションで――

「しかし、お前。羽川翼だっけ？」

が。

私が思ったのと、ほとんど同じような感想を、彼も彼で――抱いたらしい。

「なんかこの前と比べて――すげー普通になっちまったな」

「……え？」

真っ直ぐに飾りなく言われてしまったので、その言葉はえらく私の心に反響した。

「だってさっきもこの俺が――この俺のヴァンパイアの『視力』が、一瞬、お前なのかどうかわかんなかった具合だしよ。いや、髪を切ったとか、眼鏡じゃなくなったとか、そういうところじゃなくてもっと本質的なところで――この前のお前から感じた、なんつーか、凄み、みたいなものが、奇麗さっぱり消え失せてるぜ。消え失せてると言うよりは、切り離されたかのように、何の痕跡もなく――」

「………………」

言わんとすることはわかった。

言われてみるまでは考えもしなかったことだけれど――だって、エピソードくんが知っている私というのは、春休みの私なのだ。

まだブラック羽川が私の中で生まれていない頃の私――私の中の黒い部分を、怪異として私から切り離す前の私。

だから――いや。

でも待って欲しい。

普通になったとか、凄みがなくなったとか、それってまるで――

そう言えば、と、私は昨日お風呂で火憐ちゃんに言われた言葉を思い出す。

　翼さんって、気取らないよな——でも。

　それは気取らないんじゃなくて、今の私は気取れないだけなんじゃ——気取るも何も、自分の個性を自分から切り離してしまっているんだから、それが理の当然と言うべきで——

　いやいや。

　違う。更に違う。

　この思考の先は——多分まずい。

　多分——目を覆いたくなるような真実が——この先には——

「お」

　私にとっては衝撃のひと言も、エピソードくんにとっては何となく言っただけの一言に過ぎなかったようで、彼はもうそのことには興味をなくした素振りで、そして私の肩越しに、何かを発見する。

　吸血鬼の視力とやらで、何かを。

　私の後ろの誰かを発見する。

「あいつだよ、あいつ——用件も言わずに俺を呼び出しやがった奴はよ。いや、なんでも聞いてみれば、あの忍野メメってアロハ野郎の大学時代の先輩らしいんだけど——だからこそ縁もゆかりもある俺は引き受けざるを得なかったわけだが——」

　私は——振り向いた。

054

臥《が》煙《えん》伊《い》豆《ず》湖《こ》、とその人は名乗った。

　小さな身体に大きな服を、いい加減に着《き》崩《くず》したお姉さんである——もっとも、『お姉さん』とは言ったものの、エピソードくんの年齢をまったく読めなかった直後なので、年の頃の推測については、あまり自信が持てない。

　二十代と言われれば二十代に見えるけれど、忍野さんの先輩というのが本当ならば、少なくとも三十は越えてなければおかしな話で、でも正直なことを言えば十代にも見える。

と言うか、ここまで言っておいてなんだけれど、年齢を特定することにあんまり意味がなさそうな、泰然《たいぜん》とした——超然とした雰囲気がその人にはあった。

それはたとえば、すぐれた芸術作品をぽんと目の前に置かれたとき、いつ、どの時代でどの地域で作られたかなんてことを、あるいは作者が誰かなんてことを考えることが野暮《やぼ》で無意味なことのように——そんな問答無用感が、彼女にはあった。

そういう意味では服の着崩しかたも、えらく様になっていた——Sサイズの体軀《たいく》にXLの服を着ているのは、普通の人間がすればむしろただ『だらしない』という印象を与えかねないファッションだろうに、それが有体に言えば、粋《いき》である。

野球帽を横向きにかぶり、思いっきりスニーカーのかかとを潰して履いちゃっているけれど、そんな無作法も無粋ではなく、見事にファッションの一部に取り込まれているかのようだった。

「やあ、ソード——いつまで経っても待ち合わせ場所に来てくれないからこちらから迎えに来たよ。するとどうやらナンパの最中だったようで、お邪魔をしてしまったのだったら悪かった」

そんな言葉が第一声。

人好きのする笑顔で彼女は言った。

なんだか、自分で自分の行動を逐一《ちくいち》解説するような——そんな違和感のある喋り方だった。

違和感を笑顔で誤魔化《ごまか》しているような感じだ。

「んー？　おや、そちらのお嬢さんは……」

そして私を見る。

「……羽川、翼さん——かい？」

「あ、はい——」

名乗る前にそう言われ——私は面食らう。

ただでさえ、エピソードくんが忍野さんの先輩だなんて言うから、驚いているところだったこともある——仮にエピソードくんや忍野さんから話を聞いていたとしても、それこそ『吸血鬼の視力』でもない限り、髪を切った私を羽川翼だとは、わかりっこないのに。

「——そうですけれど」

「これはこれは、偶然だな。たまたま私が気まぐれを起こし自分から動いたお陰できみに会えて嬉しいよ、翼ちゃん。メメから聞いていないと思うけれど、私は彼の先輩で臥煙伊豆湖という人間だ。彼からは臥煙先輩と呼ばれていた。多くの場合先輩と呼ばれるケースが多い私なんだ」

彼女は言った。

やはり変な喋り方というか。

これもなんだか変な自己紹介である。

「ナンパとか言うなよ、臥煙さん——俺は懐かしい顔に会ったから、思い出話に花を咲かせていただけだぜ」

エピソードくんが不満ありげに言うと（しかし、そんな『だけ』のつもりだったとは驚きだ）、臥煙さんは「まあどうでもいいのさ、そんなことは」と言った。

本当にどうでもよさそうである。

「その思い出話とやらが終わったのなら、行こうじゃないか——ことは刻一刻と一刻を争うんだ。追っ付け余接《よつぎ》も来るだろうが、それを待ってもいられない」

「余接？　誰だよそりゃ」

「誰でもいいんだ、ソードにとっては。そうでない奴もいるというだけで、たとえば私にとってはそうではない。いや、本当を言えばメメか泥舟のどちらかがいてくれたらとは思うよ。ただ、あの二人はどうにも風来坊《ふうらいぼう》だからね。ちなみに余弦《よづる》にはいてほしくない、ちっともだ」

「本当、あんた自分の都合でしか喋らねーよな——自分の知ってることを相手が知ってる前提で喋るっつーかよ」

　エピソードくんは呆れを隠そうともしないが、臥煙さんはそんなリアクションをどこ吹く風という感じで、

「翼ちゃん」

　と私に言う。

　喋り方が自由過ぎる。

「本来ならば、ソードときみとのお喋りに混ぜてもらって、なんなら大人としてきみ達ふたりに自動販売機でジュースでもおごってあげるのがあるべき私なのだけれど、今話したような事情でね。悪いけどソードは連れて行くよ」

「あ……はい」

　それは構わない。

　と言うより、連れて行ってくれるというのなら、内心、胸を撫で下ろしたいくらいではあった──なんだかんだ言って彼は怖いし（実際には私は、殺されかけたときの記憶が飛んでいるけれど、身体は憶えているのだろう。おなかが疼《うず》く）、私は登校中で、学校に行かなくてはいけないわけだし。

　ジュースをおごられても、むしろ困る。

「だからきみが今抱えている虎の問題についても、手伝ってあげるわけにはいかない。それは自分ひとりでなんとかしてくれ」

「え？」

　虎の──問題？

　って……、この人はどうしてそんなことを？

　さっきエピソードくんにちらっと言ったのを聞かれていたのか──いや、距離的にそれは不自然だろう。

　それは、さっき私の名前を言い当てたのとは、まるで別次元の──不自然。

　心を読まれたというのとも違う。

　私は臥煙さんに向かってからはそんなこと、全然考えていなかったのだから。

「ん？　なんだい変な顔をして。虎のことを知って

いた程度のことで、そんな驚くことはないだろう。

私に知らないことはないんだよ」

「知らないことは――ない」

「ああ」

彼女は言った。

「私は何でも知っている」

自信たっぷりに。

本当に全てを知っているがごとく――

物語の全てを掌握《しょうあく》しているがごとく。

言った。

「まあきみはきっと今日明日中にその虎と向き合うことになるのだろう。きみ自身がもうすぐ『苛虎《かこ》』と名付けることになる、その古今無比《ここんむひ》に強力な怪異とね。だけどそれは誰にも手伝えない。きみは誰にも助けてもらえない。何故ならそれはきみ自身の問題なのだから。それは私の問題ではないし、もちろんきみが恋する男の子の問題でもない」

「な――」

何を、と私は言葉を失う。

恋する男の子？

「阿良々木暦くんだよ。まさか知らないのかい？」

臥煙さんは、ごく当然の、それが常識のように言う――私以外の人間ならば、誰でも知っていることであるかのように。

実際に、

「きみは何も知らないんだねえ、翼ちゃん――」

と、見下げるように、見下げ果てるように、言った。

哀《あわ》れむように――同情するように。

可哀想な子を見るように。

そう言った。

「自分が何も知らないということさえ、知らない。無知の知ならぬ無知の無知ということかな。あっはっは、無知の無知なんて言うと、なんだかむっちむっちの豊満なボディみたいでいやらしいよね。私は痩《や》せ型だから、羨ましいものだ」

「…………」

「とは言え、無知の知なんて、知らないほうがいいんだろうけれどね——自分が馬鹿だって事実ほどたまらないものはないと、脳を持たないかかしも嘆いていたことだし」

「……あなたは」

私は言う。震《ふる》える声で。

どうして声が震えているのかはわからない。

それこそ、エピソードくんと向き合った春休みでも——こんな風に、声が震えたことなんて、身体が震えたことなんてなかったのに。

「あなたは——私の何を知っているんですか」

「何でも知っているよ。だからね」

私は何でも知っている、と臥煙さんは繰り返す。

何度も何度も。

これまでその台詞を、延々繰り返してきたかのように。

『おはよう』や『おやすみ』や『いただきます』や『ごちそうさま』のように。

繰り返す。

繰り返し。

繰り返す。

「きみが何も知らないことも、私は知っている。しかしそれは恥じるべきことじゃないよ、世の中の人間って奴はみんな何も知らないんだから。知らず知らずのうちに騙《だま》し騙し、生きているんだ。きみは例外じゃない、きみは特別じゃない」

「例外じゃなく——特別じゃない」

「そう言われると嬉しいんだろう？」

臥煙さんは言った。

やはり、見下すように。

「知っているよ」

「…………」

「もちろん、昨日の夜、メメを含む君達にとっては思い出の場所とも言うべきあの学習塾跡の廃墟が燃えてしまったことだって、私はちゃんと知っているさ。……ああ、これもまた、まだきみが知らない情報だったっけ？　何でもは知らない翼ちゃん」

055

神原さんは欠席していた。

結局、始業ベルぎりぎりに教室に駆け込む形になってしまったので（もちろんこれは比喩で、私は廊下を走ったりなんかしない。競歩のような歩き方で、それはそれで不審——否、それはそれは不審な挙動ではあったが）、二年生の神原さんの教室を訪ねたのは、一時間目が終わったあとの休み時間のことだった。

「お、羽川さんだ」「羽川先輩だ」「本当だ、羽川先輩よ」「神原さんがよく話してる羽川先輩だ」「戦場ヶ原さんのクラスメイトの羽川さんだ」「いや、阿良々木先輩の恩人の羽川さんだぞ」

……なぜか抜群の知名度だった。

顔を隠して逃げ出したくなったが、そこはぐっと我慢して、神原さんのことを訊いてみる——そして返事は先述の通り。

担任の先生にも、クラスの仲のよい友達にも（考えてみれば当たり前とは言え、神原さんにちゃんと同級生の友達がいることに安心してしまった）、何の連絡もないという。

「神原さんって、すごく真面目な子だから、無断欠席なんて本当に珍しくって……みんな心配してるんです」

「…………」

ある人間が違うコミュニティでは違う評判を得ていることはよくあることだけれど、神原さんのイメージは中でも私達のそれとは落差が激しいようだった。

……いや。

やっぱりそれは正しいのか。

私みたいに――誰から見ても判で押したように同じ、みたいな人間のほうがおかしいのだ。

当たり前でなく。

普通ではないのだ。

誰から見ても優等生――が、異常なように。

「羽川さん、何か知ってますか？」

そう訊かれ、私は、

「いえ」

としか言えない。

「ごめん、何にも知らない」

その言葉はどうやら冷たく響いてしまったようで、その子から思い切り怪訝な顔をされてしまい、恥ずかしくなって、私は逃げるように、神原さんのクラスから立ち去った。

そんなことがあったので、授業をしてくださっている先生には申し訳のない限りではあるけれど、二時間目からの授業にはまったく身が入らなかったと言っていい――さすがに心配だ。

阿良々木くんも、やっぱり今日は休んでいるし、昨日の夜、一体何があったと言うのか。

いや、本当のことを言えば一時間目だって身は入っていなかったのだ――臥煙さんから、叡考塾が全焼したという情報を聞かされ、それで冷静でいられる私ではない。

私達にとって思い入れのあるというだけではなく、阿良々木くんと神原さんが待ち合わせをした場所が火災に遭ったなんて。

もちろん、臥煙さんとエピソードくんと別れた後、私は携帯電話でネットニュースを検索し、それが嘘でないことを確認している。

ご丁寧に画像まで添付されていて。

コンクリート打ちっ放しのかの建物が文字通り無惨に崩れ落ちている写真を、私は目の当たりにすることになった――数々の出来事があった思い出の地は。

見事、この世からなくなってしまったのだ。

戦場ヶ原さんはこのことを知ったらどう思うのだろうかと思う反面で、また私も何とも言えない無常観にとらわれる反面で、しかし現状を鑑《かんが》みると、そんな感傷的な気分になっている場合ではないのも確かだった。

一体、昨夜――何があったと言うのか。

阿良々木くんと神原さんは無事なのか。

心配で心配で、この日は授業中も休み時間も、いても立ってもいられなかった。

……ただそれでも――早退することもなく一日、授業を受け続けることができたのは、どこかで私は、二人の無事を確信していたからに他ならない。

その火事によって二人は何の被害も受けていないと断言できる自分を、自分の中のどこかに見つけている。

最初、私はその気持ちを信頼なのかと思った。

阿良々木くんや神原さんなら心配はいらない、あの二人ならばどんな苦境だろうと乗り切ってみせるに違いないと、私は信じているのかと。

ただ、熟考《じゅっこう》するまでもなく、それは違う。

阿良々木くんは、そういう意味ではまったく安心して見守ることのできない、いつ死んでもおかしくない危うさを持つ男の子であり、自己犠牲的というよりは、ほとんど自罰的な傾向さえある。彼をよく知っているからこそ、こうなってしまえば彼の無事を信じることは私にとっては難しい。

そして神原さんについては、残念ながら私は、彼女の無事を無邪気《むじゃき》に信じられるほどには、彼女と親しくさせてもらってはいない（戦場ヶ原さんのことがあるので、下手をすれば敵視されている可能性もある）。

なのにどうして私が、あのふたりが大丈夫だと――少なくともその火災で被害を受けていないことを確信できるかと言えば。

「……知っているからだ」

私は呟く。

学校からの帰り道。

いや、これは帰り道とは言えない——私は阿良々木家に直接帰らず、寄り道をするつもりでいるのだから。

「そう、私は知っている——その火事が、阿良々木くんや神原さんとは何の関係もなく起きたものであることを」

知っている。

私は知らないけれど。

私じゃない私が、知っている。

多分昨夜——私がブラック羽川となったときに、見て、知っている。彼ら二人の無事を知っている。阿良々木くんと神原さんは、きっと合流したあとで、場所を他に移したのであろうことを知っている——それと火事とは、ほぼ別問題であることを知っている。

だから臥煙さんの言う通り。

これは——私の事件だ。

「……大体、火事っていうのがもう——私だ」

羽川家が全焼したのがつい三日前。

そして叡考塾跡が燃えたのが一日前。

わずか三日の間に——私が深くかかわる建物が二軒、全焼している。

これを関連付けて考えないのは、どうかしているだろう。

しかも両事件とも、私が虎を見た直後に起こっているのである——そこを気に掛けないわけにはいくまい。

羽川家の火災の原因はわからないということだったし、ネットニュースを見る限り、学習塾跡の火災も、同じく原因不明とのことだった。火の気のない場所であるだけに、やっぱり放火を疑われてはいるものの——

「放火……か」

最悪の可能性が頭を過《よ》ぎる。

ブラック羽川となった私が犯人、つまり放火犯という可能性だ。

ゴールデンウィークにブラック羽川がやった傍若無人な狼藉を思えば、それは実に現実的な可能性である。

実際、私は羽川家について、何度も『あんな家、なくなってしまえばいい』と願ったことがないわけじゃない――今の状況は、その願いが叶ったと言えなくもないのだから。

可能性は高いと言っていい。

ただ、これは違う気がする。

このパターンが起こりえないということではなく――最悪、という部分が違うのだ。

うまく言えないけれど、更に最悪な結論が、この物語の先には用意されている気がする。私が目を逸らしている結論が――ぽっかりと大きな口を開けて、容赦なく待ち構えているような。

そう、真実が。

不都合な真実が――待ち構えている。

この道は、そんな道だ。

「引き返すなら――今なんだろう」

今。

ほんの少しの間目を閉じれば――目を逸らせば。

きっと明日になれば、私はその真実と遭遇せずに済む。

いつも通り。

これまで通りの羽川翼でい続けられる。

阿良々木くんの一番の友達の、羽川翼のままで――私のままで。

私は私でいられる。

なんにも変わらず。

「……だけど」

だけど。

だけど、だけど。

阿良々木くんが今、何を戦っているのかはわからない。

けれど間違いなく、何かと戦っているのだろう

──真宵ちゃんや神原さんと共に、きっと忍ちゃんの助けも借りながら、いつもみたいに命懸《いのちが》けで。

だったら私も戦う。

逃げたことにならないというのなら、目も逸らさない。

今こそ向き合おう──私と。

切り離してきた私の心と。

多分これは──そういう物語だ。

「そう……あの虎だ」

あの日、新学期が始まるあの日。

登校中に私が見た──巨大な虎。

「私があの虎を見てから今回のことは始まった」

ような、気がする。

そこに確信などない。

だけどそうだと、私にはわかる。

私は、知っている。

「苛虎……って言ってたっけ。臥煙さんは」

まずアプローチするならその辺りからだ、と。


私は図書館に到着した。

056

我が町自慢になってしまうけれど、私達の住むこの町の図書館は非常に充実している。建物の規模の割にはかなりの蔵書量を誇り、しかもそれは司書さんの好みなのか伝統的な傾向なのか、ベストセラーよりはマニアックな書籍を本棚に並べることに力を入れており、どこか図書館というよりは博物館という様相を呈している風もある。

余談ではあるが、忍野さんが滞在中、何度か頼まれて、ここの本を借りてさし上げたことがある（忍野さんはここの町民ではないので、カードを作れないのだ）。

日曜日に休みになってしまうのが玉に瑕《きず》だけれど、

私は子供の頃からずっとこの図書館に通っている。塾に行ったり、習い事をしたりしたことはないのだが、人生において必要なことは、全てこの図書館で学んできたと言っていい。

両親に教えてもらえなかったことを。

私はこの図書館で学んだ。

一人で。

最近は、阿良々木くんとの勉強場所として使用することが多いけれど、阿良々木くんの家庭教師を戦場ヶ原さんが担当しているときも、やはり私はひとりで通っている。

実を言うと、収められている蔵書は十五歳までに大体読んでしまったのだが、この施設の雰囲気、この施設の空気が好きで、用もないのに来てしまうのだ。

勉強するには丁度いい場所だし。

私にとって『我が家』ではないにしても、心落ち着く場所のひとつなのである。

もちろん今日は、『用もないのに来てしま』ったわけではなく——調べものに来たのだ。

「いらっしゃい、翼ちゃん」

「こんにちは。お邪魔しますね」

顔見知りの職員のかたに挨拶をしてから、あらかじめアテをつけておいた本をまずは五冊ほどピックアップし、ほとんど指定席になっている窓際の椅子に腰掛ける。

現在あちこちの図書館で進んでいるという書籍の全文データベース化作業は、ここではしかし行われていないので、こうして地道に一冊一冊調査してみるしかない。

どれも一度読んだことのある本ではあるけれど、私の記憶力だって完璧ではないし、それ以前に、この件に関して私の記憶力は頼りにならない。

私は、私にとって都合の悪いことを、心から切り離すことができるのだから。

できてしまうのだ。

阿良々木くんのお母さんの物言いにかぶせて言うなら、私は物事から好きなように目を逸らせる。

ゴールデンウィークの出来事にしたって、あれだけのことをしておいてすっかり忘れていたし、今に至っても、完全には思い出せていない――違う、思い出したくもないと思っている。

つらい思い出や、泣きたくなるようなストレスを、自分以外に押し付けている。

ブラック羽川に――押し付けている。

……だから私の記憶、私の知識、更に言うなら私の思考も、何の頼りにもならないのだ――それでも何かしようと、何とかしようと悪足掻《わるあが》きをするなら、こうして総ざらいしてみるしかない。

一行一行、一文字一文字を。

目を逸らさず。

目に焼き付けるように読むしかないのだった。

「……うーん」

しかし、閉館時刻間近まで粘《ねば》ってみたものの――始めの五冊のみならず、最終的には十五冊の専門書を読み漁《あさ》ってみたものの、苛虎なる怪異、妖怪変化について記述してある書籍はなかった。

私の聞き違いだった可能性も考えて、似たような名前の妖怪もいないか注意して見たものの――たとえば漢字が違っていて『火虎』なんて、事象として火災が起こっている以上、ありそうじゃないか――、それも空振りだった(その関連で『水虎《すいこ》』という怪異を見つけはしたものの、それは河童《かっぱ》なので、まず関係はあるまい)。

ふむ。

どうも志はよかったけれど、結果がこれではいかにも格好がつかない。

てっきり、この辺で忍野さんよろしくの適当な博《はく》引旁証《いんぼうしょう》ができると思ったのだけれど……そううまくは運ばないようだ。

というか、ひょっとしたら本当はちゃんと、それについての記述はあるのに、私が読み落としているという可能性はないだろうか？　書いてあるけれど、それを知りたくないから目を逸らしてしまっている可能性——

「……でも、それを言い始めたら何も信用できなくなっちゃう」

いや。

私が私である以上、元々、何も信用できない状況なのだ。その中で何ができるかということ——何をしようとするかということである。

何も信用できないというのなら、その信頼性のなさを逆手に取れるはずなのだ。

図書館で駄目なら、インターネットで調べるということになるが、そちらからのアプローチは正直あまり気が進まない。インターネットは今何が起きているかを蒐集《しゅうしゅう》する上ではとても優れたメディアだけれど、過去の情報を調査する上では、誤報があまりに多過ぎる。

有体に言って怪異譚《かいいたん》には弱い。

とは言え何らかの手掛かりくらいはつかめるかもしれないのだから、他に手立てがない以上、いたずらに電子情報を毛嫌いするわけにもいくまい——それは機械が苦手だった忍野さんにはできないアプローチ、手法ではあるわけだし。

館内なので携帯電話の電源は切っているけれど、外に出たら検索してみるか。

そう決意して、私はピックアップした本を、全て元の場所にしまい直して行く。私の記憶がどこまで正しいかはわからないけれど、少なくともこの図書館の本の場所は全て記憶できているようで、その作業は容易だった。

「翼ちゃん、今日はひとりなの？」

と、その途中、最初に挨拶したのとは別の職員さんに声をかけられる。この人には阿良々木くんと一緒にいるところを何度も見られているので、それを含んでの問いだろう。どうやら私と阿良々木くんをカップルだと思っている節があり、まあ阿良々木くんはそのことに気付いていないようなので、私もあえてそれを訂正しないでいる。

「はい、今日はひとりです」

先述の通り、今でも私はひとりでここに来ることも多いのだけれど、そのときはあまり（この人の）目に付かないんだろうなあ。

「ふうん。もうすぐ閉館時間だけれど、調べ物はもう終わった？」

「終わりました」

結果は出なかったけれど、調べられる限りのことは終わった。

職員さんは、私が抱えている、これから本棚に戻す本を一瞥して、「重そうだねえ」と言う。

「電子書籍が普及すれば、人はその重さと無縁になるのかな。いや、そうなると、図書館の必要性も怪しくなってくるのかな」

「さあ、どうでしょう。電子書籍がデジタル写真の域を出ないうちは安泰だと思いますけれど。本はこの重みも含めて本ですから……、平面じゃなくって立体なんですよね、本って。デジカメが普及したからといって、フィギュアのコレクターが『写真でいい』と言い出しはしないのと同じで、背表紙あってこその本だと私は思います」

書籍をデジタル化する、という考え方がおかしいのだ。

書籍と電子書籍は、書籍と映像くらいの別物だと考えたほうがいい——移行でも進化でもなく、つまりは新種だと。

「だといいんだけど」

取り立てて女子高生と深い議論をするつもりはないようで、職員さんは軽く笑い、それから私の抱えている本のタイトルを見て、

「お化けに興味があるの？」

と不思議そうに訊いてきた。

まあどれもこれも、花の女子高生が身を入れて読むような本ではないので、不思議と言えば不思議な

のかもしれない。ベテランの職員さんなら私のそんな嗜好（濫読《らんどく》っぷり）もご存知だが、この職員さんはまだ新人なのである。

「ええ、ちょっと——学校の宿題で」

まさか全てを説明するわけにはいかないので、私は聞こえのいい曖昧な返事で誤魔化す。

「だったら新刊コーナーに、一冊そういう本が入っていたよ。それは読んだ？」

「いえ——まだです」

そう言えばまだ新刊コーナーはチェックしていなかった。

「今からじゃ読んでる時間はないだろうけれど、借りていけばいいよ」

「そうですね、そうします」

とは言ったものの、期待薄だとも思っていた。

見落としていた最後の一冊に、私が求める怪異の情報があるだなんて、さすがにそれは展開として都合がよ過ぎるだろう——それでも、駄目元という言葉もある。

私は勧められるがままにその本を借りて、退館した。

「……ん？　ちょっと待って。新刊……か」

新刊——新種。

借りた本を鞄の中に仕舞うときに、ふと、私は思いついた——いやいや、思いついたというのはおかしい。

だって臥煙さんは最初から言っていた。

私自身が名付けることになる怪異——と。

「これだけ調べても、ヒントさえつかめないって言うのなら……、ブラック羽川がそうだったように、あの虎が新種の怪異なんだとしたら——」

057

きっかけさえあれば、あとは芋づる式だった。

それは文字通り鍵となるキーワードで、それと気付いてしまえば、もうこれ見よがしな博引旁証なんて必要なかった。

そもそも臥煙さんからその言葉を聞いた時点で、私は思い至ってもいいくらいだった。

そう、図書館に行くまでもなく、それは中学校の国語の教科書に載《の》っているような一つの文章である――それは誰だって一度は聞いたことのある成句だ。

苛政《かせい》は虎よりも猛《たけ》し。

礼記《らいき》、檀弓《だんぐう》下の一節だ。

必要ないとは思うけれど、復習の意味で解説してしまうと、それはこんな話だ。

凶暴な人喰い虎に舅《しゅうと》と夫を食い殺された女性がいて、その人が今度は子供までも食べられたという。ならばどうして、その人喰い虎のいるこの場所から離れないのかと問われると、その女性が答えて曰く、「どんな獰猛《どうもう》な獣がいたところで、苛酷な政治が敷かれている国よりはマシなのです」――苛政とは、つまり重税やら徴兵《ちょうへい》やらに余念のない、まあ文字通りの苛酷な政治という意味で、この場合はいいのだろう。

もしも臥煙さんの言う通り、私があの虎を苛虎と名付けるなら――ネタ元は間違いなく、その語句に由来する。何故なら私は、その言葉を小学生のときに知ったとき、「そんなことはないんじゃないか」という感想を強く持って、どこか腑《ふ》に落ちないような気持ちを抱いてしまったからだ。

どんな政治だって人喰い虎よりはマシだろう――そんな風に思ったのだ。

文章の機微《きび》を感じ取れない子供だったから、というわけでもない。当時の私が一番納得がいかなかったのは、舅や夫ならばともかく、自分の子供にまでそんな思想を押し着せるその女性、母親の気持ちが、本当に理解できなかったから。

もっとも今ならば、虎よりももっと酷い、悪辣《あくらつ》な政治形態があることを知ってしまっているから、彼女の気持ちがまるっきり理解できないとまでは言わないけれど——それでもどこか、腑に落ちない気持ちは残ったままだ。

「だから苛虎っていうのは、単純に『苛政は虎よりも猛し』を略して苛虎なんじゃなくって、『苛政よりもマシじゃない虎』って意味での、虎を越える虎としての『苛虎』なんじゃないかなって思うんだけど、どうかな」

と。

私の仮説を受けて、電話の向こうの戦場ヶ原さんは、しばらく黙ったあと、「どうかしらね」と、否定的な反応をする。

それも、露骨に否定的な。

「なんだかいいように誘導されてるって気もするけれど。その臥煙って人に——話だけ聞いてると、羽川さんが名付けたんじゃなくって、どう考えてもその人が名付けてるわけでしょ」

「うん。まあそうなんだけど」

その辺は説明しにくい。

臥煙伊豆湖という、忍野さんの先輩を名乗るあの人の人となりは、口で言ってわかってもらえる気がしない——直接見て、会って、話した私でさえ、よくわかっていないというのが本音だ。

説明など、できるはずもない。

ただ、あの人に私を誘導しなければならない確たる理由はないはずだ——たとえば、ファイヤーシスターズを誘導してみせた戦場ヶ原さんのような理由は。

あの人は私を。

無関係だと——突き放した。

「そんなのわからないじゃない。嘘をついているだけかもしれない。何か言い知れぬ理由があるかもしれないわ」

「言い知れぬ理由って」

「ちなみに、多分その人、神原の何かよ」

「え？」

驚く。

ここで神原さんの名前が出てくるとは思わなかったのだ。

「確か神原の母方の姓《せい》が、臥煙だったはずよ。中学生の頃に聞いたことがあるわ——神原自身、昔は臥煙駿河って名前だったって。ちなみにお母さんの名前が遠江《とおえ》。本人に訊いてみるまでは断定はできないけれど、無関係とか、偶然とか、遠い親戚とか言うには、ちょっとあざと過ぎる気はするわね」

「そうだね……」

駿河、遠江、そして伊豆とくれば、関連性を疑わないほうがおかしい。

そんなありふれた名字でもなさそうだし。

つまり。

「神原の猿の手も、そもそもはお母さんから受け継いだものだと言っていたし——私からみれば胡散臭《うさんくさ》いわね、その臥煙って人」

「うん——もちろん、胡散臭くないとは言わないよ、私も」

それは本心からそう思う。

何も、あのエピソードくんを顎《あご》で使っている感じだったからというわけではないし、またずばずばと色んなことを言い当てられたからというわけでもなく。

——なんでも知っている。

あの台詞だ。

あの台詞が——心に突き刺さっている。

棘《とげ》のように。

杭のように。

「臥煙って、そう言えば火消しって意味合いだったわよね。だったらあなたの家の火事も、学習塾跡の火事も、その人が犯人ってことでいいんじゃないの？　なんか逆に」

「いやいや」

なんか逆にって。

よくないよくない。

「そう言えば、ねえ戦場ヶ原さん、神原さんに連絡とかした？」

学習塾跡が全焼したことも、さっき私が教えるまで知らなかった戦場ヶ原さんではあるが、大事な後輩である神原さんの安否は気にかけていたはずだ。仮病《インフルエンザ》で休んでいる身のこと、いくらでも時間はあったのだから、電話をかけていてもおかしくはない。

「ええ」

と、やっぱり頷く戦場ヶ原さん。

さすがの行動力である。

「でも、繋がらなかったわ——留守番電話サービスに転送されるところをみると、電源を切られているか、電波の届かないところにいるため、繋がらない感じね。もちろん、向こうからの連絡もなしの礫《つぶて》よ——ああいう子達が、将来正月にも実家に帰らない大学生になるのよ」

「えらく近い将来の話だね」

しかも妙に生活感溢れる予想だ。

あの二人、でも実家出るかなあ？

特に阿良々木くん。

妹さん達が出してくれそうにない気がする。下宿するなんて言い出したら、『ミザリー』よろしく監禁される気がする。

「まあ、阿良々木くんと神原とがちゃんと合流できているなら、滅多なことはないとは思うけれど……、でもどうかしらね。臥煙さんが町に来た理由は、そうなると神原と絡んでいる可能性が高そうよね。つまり阿良々木くんと、そのヴァンパイア・ハーフの坊やが再会、及び再戦する可能性も出てくるとか……、はあ」

何やってんのよあの男、と戦場ヶ原さんはため息をついた。

うーん、慰めの言葉が見つからない。

そのふたりについては私ももちろん思うところがあるけれど、立場的には戦場ヶ原さんのほうが苦しいと思う。

「まあいいわ」

と、彼女はしかし、そこをぐっとこらえて、きっと言いたい色々を飲み込んだようだった。

この辺りの忍耐力は、行動力に匹敵してすさまじい。

二年以上もの間、怪異と付き合い通してみせた彼女ならではと言えるだろう。

「私、諦めるのは苦手だけれど、待つのは得意なのよ——ここは大人しく、大人の女性として、彼らの帰りを待ちましょう」

「おお……」

「帰ってきたらとっちめてやるんだから」

「おお？」

大人しくない？

どうも阿良々木くんと神原さんには、今陥っているであろう苦境を脱したのちにも、もうひとつ越えなければならない苦境が生じるようだった。

「それはさておき、こちらの問題よね。話を戻しましょう」

と、戦場ヶ原さん。

「あっちも大変かもしれないけれど、こっちも大変なのよ——苛虎だっけ？　仮に勇気を出して、その臥煙さんを信用してみるとして」

仮に、を強調する彼女の用心深さは、かつて五人の詐欺師に騙されたという経験に裏打ちされているのだろうか。そう言えば彼女を騙した一人である貝木泥舟もまた、忍野さんと同じく、臥煙さんの後輩ということになるんだった——

「私的には、苛虎と言われれば、普通にパストの過去を連想するけれどね」

「昔って意味？」

「ええ——火の虎と書いて火虎とするよりは、それっぽいでしょ。トラウマ的な意味合いも合わせて言えば」

「トラウマ？」

「あらやだ。そっちもそっちで駄洒落《だじゃれ》っぽくなっちゃったかしら――」

ありがちよね、と戦場ヶ原さんは照れくさそうに言った。

そういう駄洒落は、彼女は普段から臆面《おくめん》もなく言っている気がするけれど、むしろこよなく愛しているような気がするけれど、しかし今のをわざと言ったと思われるのは嫌らしい。

ただ、確かに言わんとすることはわかる。

過去と――苛虎か。

「――でも、笑ってばかりもいられないわね」

別に誰も笑ってはいなかったけれど、戦場ヶ原さんは過度に真剣な調子で言う。

「ネーミングはともかくとして、そして新種の怪異なのかどうかもいっそともかくとしちゃって、それってかなり、実際的な危機を伴っている怪異じゃないの？　そう、私の蟹や、真宵ちゃんの蝸牛とは違って、志向が内側ではなく外側に向いている、それこそ神原の左腕にも似た――」

「え？　どういうこと？」

「どういうことって……あなたにそれがわかっていないはずがないでしょうに」

呆れたように言う戦場ヶ原さんだったが、しかし私には本当にわからない。

彼女は何を言っているのだ？

私はただ、苛虎という臥煙さんから教えられた私の名付け（構造が若干ややこしいが）が、外から見ればどんな風に思えるのかを聞いてみたくて電話してみただけなのだ――それについては、戦場ヶ原さんはかなり否定的だったので、むしろ私は冷静になれたけれど。

「いやいや、そうじゃなくって。羽川さんの家と、学習塾跡が、こうして連続で火災に遭ったわけでしょう？」

「ええ、そう。まあそれらと、虎に遭ったこととを関連付ける証拠は、残念ながら今のところないんだけれど――」

「そこに関連性があるかどうかは、どうでもいいのよ。ただその二箇所には、羽川さんにとってよく知る場所というマクロ的な、長期的な共通点以外にも、もうひとつ、とてもミクロ的な、とても短期的な共通点もあるでしょう？」

「え？」

ここまで言われても――まだわからない。

いや、本当はわかっているのだろう。

ただ、私は。

目を逸らしているのだ。

「だからそれは、私があの日、虎を見た直後に火災に遭っているっていう――」

「じゃなくて、これは」

戦場ヶ原さんは言う。

言いづらそうではあったけれど――本当は言外に私に気付いて欲しかったのだろうけれど――はっきりと言う。

「あなたが直前に寝床とした場所が、連続で燃えたということじゃない」

「…………！」

「つまりこのままだと、私のアパートや阿良々木くんの家も、今晩あたり全焼の憂《う》き目《め》に遭っちゃうってことじゃなくて？」

クールに言ってくれたが、しかしそれは確かに。

これ以上なく実際的な危機――だった。

058

私が戦場ヶ原さんに電話をかけたのは、ある公園のベンチに腰掛けてのことだった――ちなみにこの公園は、阿良々木くんが真宵ちゃんと初めて会った場所でもある。

また、そう言えば、阿良々木くんと戦場ヶ原さんが付き合うことになった、そういう意味では彼らにとってはあの学習塾跡以上の思い出の場所ということになるだろう。

もっとも私にしてみれば、取り立てて思いいれのない当たり前な、自宅近くの公園ということでしかなく、昔からの散歩コースの途中であり、ここから電話をかけたことには、あくまでもさしたる深い理由はない。

焼けた羽川家跡を見ておこうと思い、図書館からこの辺りに向かったものの、いざ近くまで来ると怖《おじ》気《け》づいてしまい、先に戦場ヶ原さんに電話することにしたのだった。

それもまた、怖気づいたというよりも目を背けたということなのかもしれないが、しかしもう私には、何がどう目を逸らすということなのか、よくわからなくなってしまっていた。

混乱、というより。

困惑、している。


実際、戦場ヶ原さんから思わぬ指摘を受けてしまったが——それだって、確かに彼女の言う通り、言われるまでもなく気付いていいはずのことだったと思う。

羽川家を、『私が直前に寝床とした場所』として考えるのには若干の発想の飛躍が必要になるけれど（自宅なのだからそこを寝床とするのは当たり前過ぎて、その定義にはなかなか辿り着けまい）、しかしそれでも少なくとも、学習塾の廃墟については、私は『昨日泊まったところなのに』と思ってしかるべきだったはずだ。

私が泊まったから燃えた——とまでは思えなくとも、もしも一日ズレていたら私は焼死していたかもしれない——みたいな怯《おび》えを感じてもよかったはずだ。

けれど、そんな発想にはちっとも至らなかったというのは、想像力の欠如《けつじょ》と言うよりは——

——目を逸らしている。

現実に背を向けている。

そういうことなのかもしれない。

そういうことなのだろう。

もちろん、だからと言って、戦場ヶ原さんの指摘をそのまま鵜呑《うの》みにはできない――そうそう飛びつけない、その結論を出すには、さすがにデータが足りな過ぎる。

たった二件のサンプルでは、論理的な結論を導き出せない。

とは言え、だからって三件目、四件目のサンプルを待っているわけにもいくまい。

戦場ヶ原さんとの通話を終えて、私は改めて覚悟を決め、焼けた自宅跡に向かった――ただ、何かあるかと思ったそこには、何もなかった。

改めて。

呆れ返るほど何もなかった。

いまや野次馬の一人もおらず、十五年前からずっとそうだったかのように焼け野原で、犯罪現場のようにテープやフェンスで区切られているわけでもなく――いわゆる空き地だった。

何もなく――何も感じない。

この『感じない』という感覚さえも、今の私にはおいそれと信じることができないけれど――しかし、私は土地に住んでいたわけではなく、家に住んでいたのだから、この感覚は、半分くらいは信じてもいいように思う。

そう、ここには確かに。

何もない。

「…………」

あまりじっとしていると注目を浴びてしまうかもしれないので、私はその場には一分くらいしか留まらず、そそくさと移動することにした。

『あなたが直前に寝床とした場所が、連続で燃えたということじゃない――つまりこのままだと、私のアパートや阿良々木くんの家も、今晩あたり全焼の憂き目に遭っちゃうってことじゃなくて？』

戦場ヶ原さんのそんな危惧《きぐ》は、焼け跡を見る前でも見た後でも、やはり強引な感は否めないけれど——しかしそれを聞いて、ひとつ思い当たる事例があった。

八百屋《やおや》お七《しち》の話である。

大火事に遭った際に出会った男性と恋に落ち、恋しいその人にもう一度会うために、今度は自分で、自宅に火を付けたという彼女——熱気ならぬ寒気を覚えるような恐るべき発想だけれど、しかしその情念は、言われてみれば一般的な恋心という気もしてしまう。

お七は丙午《ひのえうま》の生まれで、丙午生まれの女性は気が強いなんてのは怪異譚というよりは迷信の類《たぐい》、否、偏見でしかないだろう。

そういう気持ちは誰だって等しく持っているものなのだから。

誰にでも該当する星占いだ。

ただ——丙午という言葉が、この場合は意味深だ。

いや、意味などないことはわかっている。

——午。

馬である。

トラウマという言葉を、戦場ヶ原さんは駄洒落と捉えたようで、恥ずかしがっていたけれど、しかし怪異譚なんて半分は駄洒落で成り立っているようなもので、『火を見た馬は発狂する』と語られる丙午にしたってそれは同じことだ。

虎と馬で——トラウマ。

心的外傷。

「可能性だけで言えば、色々考えられる——まだ結論は出せない」

ただ、結論は見えてきたようにも思える。

問題は私がその結論と向き合えるかどうかだ——たとえそれが強引な危惧であっても、戦場ヶ原さんのアパートや阿良々木くんの家が燃えてしまう可能性を示唆《しさ》されてしまえば、私としては焦燥《しょうそう》を覚えずにはいられない。

そうだ。

もうケリをつけなければならないのだ。

火事にまつわる——私にまつわる、この物語に。

「……えーと、お邪魔します」

羽川宅（跡）から阿良々木くんの家までは、もうバスを使ってもいいくらいの距離なのだけれど、結局私は交通機関を使うことなく、自分の足で歩いて帰った。

合鍵を渡されているのでインターホンを鳴らさなくとも入れるが（信用されたものだ）、さすがに気後れしてしまう。自分の家だと思って、と言われても、そんな風には振る舞えない。

自分の家のように——なんて。

自分の家なんて、私は知らないのだから。

それどころか私は。

自分を知らない。

そもそも、もしも私が寝床とした場所が次々に炎上するという仕組みになっているのなら、もう私は阿良々木くんの家に戻るべきではないのかもしれないけれど、しかしだとすれば既に一泊してしまっているのだからもう手遅れであり——ならば戻っても大丈夫なはずなんて、変な理屈が私の中で成立している。

……しかし。

ただ宿泊先に帰るだけのことに理屈を求める自分の心の貧しさに、少しだけ死にたくなる。

「お帰りー、翼さん。遅かったじゃーん、どこ寄ってたの？」

靴を脱いでいる最中、リビングから出てきた火憐ちゃんに迎えられる。お帰り、と言われても、返す言葉がなくって戸惑ってしまうけれど。

「ちょっと、その辺の公園にね。寄ってたんだ」

「ふうん」

「阿良々木くんから連絡あった？」

「それがねーんだよ。あの兄ちゃん、放蕩《ほうとう》にもほどがあるぜ。帰ってきたら蹴飛ばしてやるんだ。思いっきりな」

　そう言って、実際にキックの動作を見せる火憐ちゃん。

　無駄に華麗《かれい》な二段蹴りである。

　どうも阿良々木くんは、今かかわっている事件を解決し、たとえ無事に帰ってきたとしても、その後に乗り越えなければならない苦境がひとつやふたつではなさそうだった。

　いや、他人事のように言っている場合ではない。まったくない。

　私も——彼に文句のひとつも言えるよう。

　自分の問題を解決しておかなければならないと強く思う。

　帰ってこれる苦境を。

　用意してあげたい。

「まーあんなどうでもいい兄ちゃんのことはどうでもいいんだ。翼さん、待ってたんだぜ。お待ちかねと言っても過言じゃねえ。それとも待ちわびたと言うべきかな？」

「そんなに意味合い変わってないよ？」

「月火ちゃんももう帰ってるから、なんかゲームして遊ぼう。既にリビングのテーブルにトランプを用意してあるんだ」

「トランプ？」

　テレビゲームとかじゃないんだ。

　なんか意外。

「あ、でも、ごめんなさい火憐ちゃん、私、部屋で考えたいことが——」

「いいからいいから」

　誘いを断ろうとした私の腕を、火憐ちゃんは強引に取って、リビングに連行しようとする。

「い、いいからって——」

「考え事とかしないほうがいいんだって。人間」

「何それ!?　どういう理屈!?」

「理屈とかさー、頭痛くなるだけじゃん。人間は考える葦《あし》だって言うけど、考えない葦が駄目だって誰が決めたんだよ」

「大胆な意見だ！」

　でも考えない輩ってただの輩じゃない⁉

　ただの輩でいいの⁉

「ほら早く早く。あたしに抵抗できると思うなー」

「ちょ、わかったわかった、だから脱がせて、靴を脱がせて！　するする、トランプするから！」

「わーい」

　万歳をする火憐ちゃん。

　実に無邪気だ。

　考えたいことというより、考えなければならないことがある私には、カードゲームに興じる時間なんて本当にないのだけれど——だからどんな強引に誘われても、そんな時間はないのだと断るべきだったのかもしれないけれど、しかし。

　しかしそうしなかったのは、ひとりで考えることの無意味さもまた、わかりきっていたからだ——考えない輩が駄目だって誰が決めたんだよと言う火憐ちゃんの意見に同意するわけでは、さすがにないけれど。

　ただの輩はいやだ。

　だけど——考える私と考えない私も、同じようにいやなのだ、だって。

　考えて。

　考えて考えて、どんな気付きがあったところで——私はその気付きが自分にとって都合の悪いものだった場合、目を逸らし、心から切り離してしまい、結局忘れてしまい、究極的には考えることさえできなくなってしまうのかもしれないのだから。

　ならば先ほど戦場ヶ原さんがそうしてくれたように——会話の中で、対話の中でヒントをつかむというやりかたこそが、冴《さ》えたやりかたという見方もできる。

　中学生の火憐ちゃんや月火ちゃんを巻き込むべきではないという良識も働くけれど、既に迷惑をかけている現在、下手な遠慮は逆効果だし——何より、火事にまつわる相談をするなら、ある意味彼女達以上に相応しい相手はいないではないか。

なにせ彼女達は栂の木二中のファイヤーシスターズ。

その名の中に火を宿す二人なのだから。

059

「火？　火という言葉から連想するもの？　んなもん決まってんじゃねーか。あたしの胸に宿る熱い心だよ」

火憐ちゃんは私の質問に、若干のキメ顔気味で答えた。その迷いのない口調からすると、今まで何度も答えて来た質問なのかもしれない。

想像以上の即答だった。

気分的にはもう、質問する前に答えられたようなものだ。

「つまりひと言で言えば情熱ってことだ」

「ふうん……」

トランプというから、ポーカーとかブラックジャックとか七並べとか、そういうゲームをするのかなとなんとなく思っていたけれど、月火ちゃんから提案されたのは予想外に、三人でそれぞれにトランプタワーを作る遊びだった。

十組用意されたトランプをみんなで使って、一番早く、一番高くトランプタワーを完成させた人の勝ち、というルールである。

申し訳ないけれど、この遊びは楽しくない。

積木遊びに近いものがあり、かつ創造性がまるでない。

少なくともみんなで集まってやることではないと思うのだが……これがジェネレーションギャップなのだろうか。

しかしあくまでこの場は、三人でトランプで遊ぶための時間なので、おざなりにもできず、私はトランプで三角形を作りつつ、雑談の体《てい》を装って二人に質問するのだった。

「だったら、炎って言葉から連想するものは？」

「熱い情熱が更に熱いってことだ」

火憐ちゃんは断言する。

やはり迷いはない。

「正義。ひと言で言えば正義だな」

「うーん、なるほどね」

私は曖昧に頷く。

対照的と言っていい、迷いを込め。

少なくとも今の私の心境としては、およそ同意できる定義ではないからだ。

「だから火憐ちゃん達は、ファイヤーシスターズを名乗っているの？」

「そうだ！」

力強く言う火憐ちゃん。

「ファイヤーシスターズとは、つまり正義姉妹ということなのさ！」

「正確に言えば全然違うんだけどね」

その力強い火憐ちゃんの台詞を、隣に座る月火ちゃんがあっさり否定した。

笑顔で否定した。

なんという容赦のなさ。

「私達がファイヤーシスターズって呼ばれてるのは、普通に、二人とも名前に『火』が入っているからだよ。本当普通で申し訳ないけれど。小学生のときからそう呼ばれてたよね。二人で正義活動をする前から」

「そうだったか？」

首を傾げる火憐ちゃん。

記憶が確かでないらしい。

まあおよそそんなところだろうけれど、ヴァルハラコンビみたいに、自分で名付けてないだけまだいいのかもしれない。

「ちなみに私は『火』とか『炎』とかいう言葉からは、恋心を連想するかな」

「恋心」

確かに。

実際、八百屋お七の物語も、物語としては多少逸《いっ》脱《だつ》しているとは言え、やはり恋心が基礎《きそ》になっているのだろうし――燃え上がる恋、なんて表現もあるし。

……………。

て言うか月火ちゃん、すごいスピードでトランプタワーを積み上げていくんだけれど。精密作業に秀で過ぎている。

さりげなく抜きん出た集中力の持ち主のようだ。

実はこの『火』から始まる連想ゲームは、公園から帰り道の道々、ひとり、行っていたのだけれど――しかしひとりで行う限りにおいては、何の収穫《しゅうかく》もなかった。

『赤』とか『熱』とか『文明』とか、どうも的外れなものばかりしか、私には思いつかなかったのである。

人間ひとりの考えるパターンには限界があるから収穫がなかった――私には想像力が欠けているから――とか、そんな一般論じみた理由で収穫がなかったわけではないだろう。

私は多分意図的に、決定的な単語を避けて考えている。

ヒントを避けて思考を進めている。

だからこそ、そのままひとりで熟考するのではなく、火憐ちゃんと月火ちゃんと遊びながら、答を求めるやりかたにシフトしたわけだけれど――

「恋心――ね」

それはまあ、私の頭の中では『火』からは連想できなかった単語だけれど――お七のことを念頭に置きながらも思いつかなかった単語だけれど――しかし、正義同様、あんまりピンとは来ない。

どうも――ピントがずれている気がする。

「うん」

そんな私に、月火ちゃんは可愛らしく頷く。

「ほら、羽川さんは知らないかもしれないけれど、ファイヤーシスターズって正義活動だけじゃなく、恋愛相談とかも受け付けてるから」

「そうなの？」

それは確かに初耳だ。

阿良々木くんが『正義の味方』としての側面ばかりを強調するから、それがメインだとばかり思い込んでいたけれど、考えてみれば彼女達は地元の女子中学生の顔役みたいな立場なのだから（それは本当にすごいことだと思う）、ならばむしろ、そちらの活動のほうがメインという気もする。

「うん。お兄ちゃんの恋愛相談にも乗ってあげたことがあるくらいだよ」

「え？　阿良々木くんの？」

そうなんだ。

妹に恋愛相談とかしてたんだ、阿良々木くん……。

それは引くなあ。

「おー。そーいやーなんかあったなー、そんなこと。五月頃だっけか」

月火ちゃんの台詞を受け、火憐ちゃんが記憶を探るように言う。

「好きってどういうことなのかとか、そんな青臭いことを訊かれた気がするぜ」

「へえ……それはつまり、戦場ヶ原さんのことで、火憐ちゃんや月火ちゃんに相談したってことなのかな」

火憐ちゃんの記憶がどこまで確かなのかはともかくとして、五月頃と言うのならそうだろう。

あの二人は母の日に、さっきの公園で付き合うことになったということだし――最初、私は勘違いしていて、もっと前から付き合っていると思ってしまっていたけれど。

……ん？

なんだ、この不自然な感覚？

記憶が飛んだ――というか、思考が無理矢理閉じられたような、手早くそれっぽい結論に飛びついてしまったかのような、安易な感覚。

今──私は、また何かから目を逸らしたか？

「んー。どうだったかな。もうだいぶ前のことだから、お兄ちゃんがどんなことを言ってたかなんて忘れちゃったけど。私達がなんて答えたのかも」

月火ちゃんがさらりとドライなことを言った。

しかしその語調からすると、忘れたというよりも誤魔化したような感もある。

……というか、火憐ちゃんと違って月火ちゃんのほうは、私からの問いかけに対し、どこか怪訝な表情を浮かべている──とは言わないまでも、不思議がっているような雰囲気がある。

計りかねている、ような。

さもありなんと言うか──確かに、自宅から火事で焼け出された人間が、『「火」という言葉から何を連想するか』なんて質問をしたら、たとえ参謀役でなくても、不自然な何かは感じるだろう。

「怒りも『火』って感じだけれど、それは火憐ちゃんが言うところの正義に通じるものだよね。火憐ちゃんにとっての正義って、怒りだから」

「そうだ！」

火憐ちゃんがまたも力強く言う。

力強過ぎて、火憐ちゃんが作っていたトランプタワーが崩れた（まだ二段目だったけれど）。

とんだ積木崩し。

「つまり怒りが炎で正義なんだ！」

「どちらにしても、『熱い気持ち』って理解をしていることになるのかな。私と火憐ちゃんは」

「熱い気持ち……」

うーん。

まあ『冷たい正義』や『凍る恋心』なんていうのは、手術台の上のミシンに近いものがあるから、月火ちゃんの言うことは、少なくとも火憐ちゃんの言うことよりはわかるんだけれど──

私の中に『熱い気持ち』なんてあるのかな？

熱い……熱い……あつさ……駄目だ。

どうにも的外れな気がしてしまう。

「いや、どちらにしてもって何だよ月火ちゃん。熱い気持ち、イコールで正義だろうが」

月火ちゃんの言葉に食いつく火憐ちゃん。

どうも正義により強く傾倒《けいとう》しているのは火憐ちゃんのほうらしい——普通、年下の月火ちゃんのほうが活動に熱中していそうなものだけれど、どちらかと言えば彼女が姉に付き合っているみたいな関係のようだ。

まあ、姉が妹に影響力を持つという構図は、わかりやすい——私には姉妹がいないから、そのわかりやすさもわかりにくいけれど。

「うん、そうだね」

だからなのか、とりあえず火憐ちゃんにそう同意してみせてから、

「でもさー、火憐ちゃん。火憐ちゃんの瑞鳥《みずどり》くんに対する気持ちは、正義じゃないけど、熱い気持ちでしょ？」

と言った。

「んー。まあそうだな。ごめん、あたしが間違ってたよ」

謝った。

異常な素直さだった。

阿良々木くんが心配するのもわかる、物分りのよさだ——これじゃあ貝木さんにいいように騙くらかされても当然である。

え、でも、瑞鳥くんって？

「火憐ちゃんの彼氏」

訊くと、月火ちゃんは隠し立てすることなく教えてくれた。

「ちなみに私の彼氏は蠟燭沢《ろうそくざわ》くん」

「……え？　あれ？　二人とも、彼氏がいるの？」

それこそ初耳だ。

驚いた。

「阿良々木くんからそんなの、聞いたことがないけれど」

「ああ。兄ちゃんの中ではその二人はいないことに

なってるから」

火憐ちゃんがそう言った。

なるほど、端的にわかりやすい。

というかわかりやす過ぎ。

阿良々木くんらしいと言えば阿良々木くんらしい——なんだかんだで彼は、二人の妹を溺愛《できあい》しているわけだから。

発言の端々からそれを感じるし、それこそ貝木さんが火憐ちゃんを騙したときの彼の激怒っぷりと言ったらなかったし。

まったく、お兄ちゃんなのだ。

「ちなみにどんな人？」

と。

そこの部分を掘り下げたところで、現状の問題とはなんらかかわりがなさそうだったけれど、単純にファイヤーシスターズの彼氏という男の子に興味があったので、私は訊いてみた。

しかしその答が、

「兄ちゃんみたいな奴」

「お兄ちゃんみたいな人」

だったので、訊いたことを後悔した。

この兄妹、やっぱ……。

でもまあそれがもしも本当ならば、阿良々木くんが『いないことに』したくなるのも仕方がないのかもしれないな——間違いなく同属嫌悪に苛《さいな》まれることになるだろうし。

阿良々木くんがファイヤーシスターズの活動に否定的なのも、間違いなく同属嫌悪、もっと言えば自己嫌悪に近いものであることは確実だ。

そう。

彼は迷いながら、後悔しながら戦っている。

「困ったもんなんだよなあ」

と、火憐ちゃんは困ったように首を振る。

「なんとかして兄ちゃんの公認を得たいところなんだけれど、どうしてか兄ちゃん、瑞鳥くんとも蠟燭沢くんとも会ってくれねーんだよなあ。そういうとこちっちぇえっつーか」

「そうだよねえ。その癖、自分はちゃっかり戦場ヶ原さんを私達に紹介するんだから、ちゃっかりしてるよ」

「あはは。可愛いもんじゃない」

　本気で困っているらしい火憐ちゃんと月火ちゃんが、申し訳ないけれどちょっと見ていて面白かったので、私は現在自分が陥っている状況も忘れて、笑ってしまった。

　素直に、笑ってしまった。

「どうしてもこうしても、要するに阿良々木くんは、可愛い妹を取られたみたいな気持ちで、その二人に嫉妬してるってだけでしょ？　焼きもちを焼いているっていうのか――」

　ぎくり、と。

　自分の言葉に――ぎくりとした。

　焼きもちを――焼く？

　焼く？


　嫉妬。

　ああ、そうだ。

　それもまた――明らかに、まず最初に連想されてもいいくらいに『火』に連なるキーワードじゃあないか。

　燃えるような――嫉妬。

　それは冗談であるにしても、阿良々木くんの中でいないことになっているというのは、言い換えれば阿良々木くんが真実から目を逸らしているということであり――私と同じだ。

　そこだけは、同じだ。

　目を逸らし。

　現実から逸れている。

　それが何に起因するのかと言えば、人の中でもっとも強い感情の一つ、七つの大罪のひとつにさえ数えられる――正しく嫉妬ではないか。

　熱い気持ち――身を焦がすような嫉妬。

　だから焼きもちを――焼いている。

目の逸らしようもないほどに唐突に突きつけられた真実に震える私の手が、作りかけのトランプタワーを——あえなく崩した。

060

人間の脳がコンピューターのハードディスクのように操作できたらいいのに、と考えたことのない人は、たぶん現代社会にはいない。

つまりそれはどういうことかと言うと、忘れたい記憶（記録）があればすぐに消去して、なかったことにできて、目を背けたい現実があれば書き換えてしまえて、トラウマや恐怖を、不意に思い出して嫌な気分になることもなくなる——そんな頭脳があればどれだけ素晴らしいかという話だ。

そして——その素晴らしさを、どういう因果なのか、私は持ち合わせているようだった。

記憶を切り離し、心を切り離す。

直近《ちょっきん》の例をあげてみれば、今朝の通学路でエピソードくんと話したときのことを思えばわかりやすい——私は私で、私なりに、春休みのことを思い出しつつ、怖がりながら彼と立ち話をしたつもりだったけれど、他の誰かから見れば、あんな奇行はないだろう。

自分を殺そうとした相手と私は歓談していたのだ。

そんな異常な話があるか？

意外と話せるものだな、じゃない、漫画やドラマの登場人物ならばまだしも——現実の人間である私が、そんな恐るべき奇行にどうして走れる？

明らかな異常ではないか。

本人だけが、それに気付かない。

だから——私は忘れているのだ。

内臓を吹っ飛ばされた瞬間のことを忘れているのはもちろんのこと（ショックで記憶が飛んだのだと

ばかり思っていたが、そうじゃなかったのだ）——そのとき彼に抱いたであろう恐怖の念や、怯えの気持ちを、忘れている。

身体は憶えていても。

心が忘れている。

いやきっと、身体さえ、忘れているのだ。

だからあんなことがあっても、日々を健全に生きているのだ——阿良々木くんのように、日々を後悔に苛まれながら生きていくことが、私はまったくないのだ。

いつからなのかはわからない。

いつからそんな、コンピューターじみた真似ができるようになったのかは、わからない。

ただし、現状から察するに、私が羽川翼になる前から——そんな物心つく前から、無意識でそれができていたと考えなければ辻褄は合わない。

どうしてそんな便利極まりない、もうなんだかスキルと言っていいほどの、怪異そこのけの能力を身につけることができたのかは、わからない。

多分——そのきっかけとなる記憶を、まず一番最初に、私は私から切り離している。

なんのことはない——障り猫という怪異に出会う前から、私は怪異みたいなものだったのだ。誰よりも妖怪じみているのはこの私で、怪異はあくまできっかけに過ぎないという忍野さんの言葉が、今更ながらこの身に伸《の》し掛かってくる。

いや、障り猫なんて本当はいないのかもしれない。

そうじゃなくってブラック羽川は——ずっと昔から私の中にい続けたのかもしれない。

そして、あるいは。

苛虎も。

いくら忘れたつもりになっても、なかったことにしたところで——過去がいつまでも、人間の生き方には付きまとうように。

憑き纏うのかもしれない。

いつまでも続くのかもしれない。

忍野さんは、二十歳を基準にしたけれど、しかしそんな基準さえ、アテになるとは思えない——少なくとも私が望む限り。

私が私のままでいる限り。

永遠に——私は。

私のままでい続けられるのかもしれない。

シャーロック・ホームズが死ぬことも許されず、引退したあとでさえ活躍することを余儀《よぎ》なくされたように——続く。

続くのかもしれない。

続くのだろう。

……でも、もうおしまいだ。

おしまいにしよう。

おしまいにするしかない——限界なのだ。

十五年間、あるいは十八年間、ずっとそうやってこれたのがおかしい。

騙し騙しもいいところだ。

結局、そんな無茶が通ってきたこれまでのほうがおかしいのだ——行き着いてしまえば破綻《はたん》するしかない。

ここにきて、誤魔化しがきかなくなったのだ。

限界なのではなく——終点なのである。

私は阿良々木姉妹と、その後もトランプタワー作りに勤しんで（結局、月火ちゃんの一人勝ちだった。いいところまでは行くのだが、私はどうしてもタワーを作り上げることができなかった。羽川さんにもできないことはあるんだね、と月火ちゃんが言った）、仕事から帰ってきた阿良々木くんのご両親と一緒に夕食を食べ、その後二階の阿良々木くんの部屋にひとりでこもった。

まだ二日目だというのに、妙に馴染《なじ》んだような気持ちになってしまうのは、やっぱりここが阿良々木くんの部屋だからなのだろうか。

まず行儀悪く、制服のままでベッドに倒れ込み、枕に顔を埋《うず》める。

「ふー……」

私は気の抜けた声を出す。

脱力している——わけではない。

むしろ気持ちとしては緊張している。

「もう会えないかもしれないな——阿良々木くん」

でも、それも仕方ないだろう。

だって、もしも私の推理が正しければ——正しいのだけど——阿良々木くんが不在の今だからこそ、苛虎はこの町に現れたのだから。

それから五分くらい、続けてベッドの上でごろごろする私。

意味もなく、ではない。意味はある。

これは動物でいうところのマーキングなのだ——阿良々木くんのベッドに、私は私の痕跡を残している。

羽川家には残したくなかった、痕跡を。

阿良々木くんの部屋には——残そうとしている。

きっと阿良々木くんなら気付くだろう。

たとえもう二度と会えなくっても、このベッドで眠るとき、ちょっとくらいなら、私のことを思い出してくれると思う。

それでいいにしよう。

満足しよう。自己満足。

私の推理が正しくて、そして更に、私がこれからしようとしていることが万事うまく運んだとして——それでもやっぱり、私はもう阿良々木くんには会えないように思うから。

もしも阿良々木くんが無事に戻ってきて、私がそんな阿良々木くんを迎えることができたとしても——そのときの私は、もう阿良々木くんの知る私ではなくなっているだろう。

エピソードくんが春休みの私と今の私を別人のようだと言った以上に——別人のような私と、阿良々木くんは出会うことになるはずだ。

過去と対峙《たいじ》するというのは。

苛虎を退治するというのは——そういうことだ。

「よし。もういいや」

最後には自分の匂いをつけているのか阿良々木くんの匂いを嗅いでいるのかわからなくなってきたけれど、私は七時半になる頃に、ようやく活動を開始する。

「やばい。ちょっと急がないと」

ごろごろしすぎた。

まあ羽川家が燃えたのが昼間である以上、虎が猫同様に夜行性であることなんて、あんまり根拠になりそうもないけれど——ただ、一つの目安として参考にしてもいいだろう。

まず私は制服を脱いで、ハンガーにかける。

それから衣装ケースを物色し、阿良々木くんの私服の中から、比較的動きやすそうなものを探し出し、それを着た。

パジャマくらいならまだしも、外出着まで勝手に借りることには若干気が咎めないでもないけれど、まああれだけ私の私服を見たがっている阿良々木くんなのだから、これはむしろ本望《ほんもう》と思ってもらいたい。

ふと悪戯心《いたずら》が芽生え、この自分を写メして阿良々木くんに送ってあげようか、なんて考える——阿良々木くんが今どんな状況にいるのかは相変わらずわからないけれど。

でも、彼の迷惑になるかもしれないから連絡を取らない——というのも、考えてみれば体のいい良い訳だ。物分かりのいい振りだ。本当に心配なら、戦場ヶ原さんのように、即断即決でコンタクトを試みるのが——人間らしさというものではないか。

だから、図々しくなろう。励ましの意味で一枚送ろう。今の私はまだ、彼の励みになれるはずだ。

私はハンガーに吊るした制服のポケットから携帯電話を取り出した——そして腕を伸ばして、ぱちりと自分を撮る。私も女子高生なので、携帯電話を使うようになってそれなりに長いが、自分撮りは初めての経験だった。

何回か失敗したが、すぐにコツはつかめて、我ながらなかなかの一枚になった。

その画像を添付して、本文には何も書かずに阿良々木くんに送信する――そしてケータイの電源を切る。

次にこの電源が入る頃。

私はこの世にはいないのだ。

だから悪戯心というより、嫌がらせに近い。

遺影を送りつけたようなものだ。

優等生呼ばわりされてきた私からの、いじめみたいなものだ。

我ながら酷い。

けれどこれで心残りはなくなった。

残るべき心はなくなった。

心置きなく――準備にかかろう。

私は鞄からノートと鉛筆を取り出して、椅子に座り、阿良々木くんの勉強机に向かう。だからと言って今日の復習、明日の予習をしようというわけではない。


そう、私は手紙を書くのだ。

お手紙を書く。

書き出しに迷ったけれど、ここで変に改まっても仕方ないと思い、普通に、

『ブラック羽川さんへ』

という一行目からはじめることにした。

……本当はこれは必要のない工程かもしれない。

無駄なことをしているのかもしれない。

私にはブラック羽川としての記憶はないけれど――ブラック羽川には私としての記憶があるはずなのだから。

それでも私は、あくまで私として、私ではない独立した私である彼女に、私の気持ちを伝えたかったのだ。

これまで私に代わって、私の暗い部分を、私の黒い部分を、全部背負ってきてくれた彼女に、お礼の気持ちと、それから最後のお願いを――伝えたかったのである。

そして。

061

《ブラック羽川さんへ。

はじめまして。

というのも変ですが、羽川翼です。

まず最初にお礼を言わせてください。

ゴールデンウィークのときも、文化祭前のときも、私の代わりに色々と骨を折ってくれて、ありがとうございました。

今回もたぶん、いっぱい苦労をかけているんだと思います。

あなたには迷惑ばかりかけてしまって、本当に申し訳なく思っています。

今でこそ、あのとき道路で轢かれていたあなたを埋葬したのは、私の勝手なエゴだったのではないかと、痛切に感じております。そのせいで私に縛られてしまったあなたに対する責任は、償《つぐな》って償い切れるものではないでしょう。

忍野さんがよく言っていたあの『人は一人で勝手に助かるだけ』という言葉の真意は、ひょっとしたらその辺りにあるのかもしれませんね。

そこに生じてしまう縁や、有体に言うところの責任を、ちゃんと引き受けられるかどうかを考えていないのであれば、それはどこまで行ってもその場しのぎにしかならないのですから。

阿良々木くんが忍ちゃんを助けたがために忍ちゃんが阿良々木くんに縛られてしまったように、私はあなたをブラック羽川として、私に束縛してしまった。

しかも阿良々木くんと違って、そのことをまるっきり気に病むこともなく、のほほんと平和に暮らしていた。

なんという罪深さなのでしょうか。

だから私は、本当はあなたにこんなことをお願いできる立場ではないのですが、しかしこのままでは、私は私の大切な友人を傷つける結果になってしまいそうなのです。

あなたに頼るしかありません。

あなたしか頼れる相手がいません。

だから生まれて初めて誰かに言います——助けて。

助けてください。

私を助けてください。

もう二度とあなたに迷惑はかけませんし、もう一度としてあなたをひとりにもさせませんから。

お願いします。

どうか、どうかお願いします。

あなたは私を守るために、私に従うしかないんでしょうけれど、こんなことを言われたって何も変わらないのかもしれないけれど、どうか本当に、よろしくお願いします。


参考になるかもしれないので、今回のことで、私にわかっていることを記しておきます。

私と記憶を共有しているとは言え、今回のあなたはどうやら私とは完全に切り離されているようなので（その理由も想像がつくので、後述します）、その辺りの事情については文面で読んだほうが理解しやすいと思いますので。

私の記憶はあなたと違って穴だらけで、確実なことは何一つ言えませんが、それでも多分これが真実です。

何でもは知らない、知ってることだけ。

阿良々木くんに対して、私が言い訳のように口にする言葉ですけれど、あなたに対しても言わせてください。

私の知っている限りのことをお伝えします。

さて、これはしかし言うまでもなく、怪異であるあなたにとっては言われるまでもなくもうわかりきっていることだとは思いますけれど、あの巨大な虎、苛虎の正体というのは、あなたと同じく私の心が生み出した新種の怪異です。

より正確に言うなら、私の心が新しく切り離した新しい怪異。

これは断言できます。

あなたと大きく異なる点と言えば、あなたが障り猫という古い怪異をベースとしているのに対し、苛虎にはベースとなる基盤が、依代《よりしろ》が存在しないということでしょう。

強いて言うならベースはあなたです。

あなたが猫だから、苛虎は虎なのです。

より根源的な野性。

より根源的な生物として、より獰猛な野獣として、私は猫の次に虎を想定したのです。

発展型、とでも言うのでしょうか。

もっと早く気付くべきだったのですが、私はあなたを含めた怪異に、ここ数ヵ月間、慣れ過ぎていたのでしょう。


怪異を知れば怪異に惹かれる。

忍野さんの言葉です。

阿良々木くんが春休みからこちら、己の不死性の使い方を熟知しているように、私はゴールデンウィークからこちら、自分の心を怪異として切り離すことに慣れてしまったのでしょう。

さながらコンタクトレンズを嵌めるように——何事も慣れ。

私の熟練の結果が。

苛虎なのです。

ゴールデンウィークのあなたと、文化祭前のあなたと、今回のあなたに、それぞれ差異があるのは、個体差というよりは私の熟練度の現われなのだと思います。

忍野さんや阿良々木くん、忍ちゃんに『処理』されるまでもなく、眠っている間だけブラック羽川が登場し、私が眠っている間にストレスを解消してくれ、目覚めるときには私に戻るというのは、恐らく怪異としては非常にご都合主義で、私にとってどう考えても有り難過ぎます。

しかしそれも当然。

私が私のために生み出した怪異こそ、あなたなのですから。

都合よくもなるのです。

もっとも、これも既に気付いているかもしれませんが、というより、これについては私も最初は勘違いしていたのですが、今回のあなたは、懲りもせずにあなたを私が呼び出してしまったのは、単に家が焼けたストレスを発散するためだけではないと思います。

神原さんが『落ち込んでいるかと思ったが別段そんなこともない』と私を見たのは、当然あなたのお陰なのでしょうが――それはあくまで付帯効果。

火事そのものは無関係で――火事の原因こそが原因。

それは無意識、というより記憶がない部分なので他人事のようにしか言えず申し訳ありませんけれど、多分あの日見た苛虎に対する対抗手段として、私はあなたを頼ったのでしょう。

昔からずっと、障り猫に触る前からずっと、あなたに頼りっぱなしだったように。

今回もあなたに依存したのです。

一般的に二重人格と呼ばれる症状、専門的に言えば解離性同一性障害について、現代の医療は否定的であり、私もまたそれを肯定する者ではありませんが、ただし、たとえ表現として正しくはなくとも、私という人間を表現する際にそれほどわかりやすい例えはないでしょう。

以前阿良々木くんから、

「お前、怖いよ」

と言われたことがあります。

忍野さんから、

「委員長ちゃんの聖人っぷりは気持ち悪い」

と言われたことがあります。

そんなことを言われても私には一体彼らが何を言っているのか、全然わからないというのが本音でした。

私はいつだって常に自然体の自分でいたつもりだったからです。

阿良々木くんに言わせれば、私は普通の女の子であるために無理をしてきた、過度に倫理的であろうとしてきたということになるのでしょうし、なるほどそれは真実に相当近い推論なのでしょうけれど、ただしどうして私にそんな大それたことができたのかという答には成り得ません。

やろうと思ってできることではないでしょう。

なのにどうして、私にはそれができたのか。

簡単です。

私は幼い頃から、都合の悪い現実からは目を逸らし続け、心を切り離し続けてきたからです。

戦場ヶ原さんはおとといい、それを『闇に鈍い』と言いましたが、まったくその通りであり、どころか私は『闇を見ていない』のです。

悪意や不幸から目を背けてきた。

それは自己防衛では決してなく、むしろ自己犠牲だったのだと思います——私にとって都合の悪い私を切り離して、私は私を維持してきたのです。

教室の窓から家が見えなかったように。

嫌なことがあれば、それを自分とは無関係だと切り離す。酷い目に遭っても、それを自分とは無関係だと切り離す。

これでは性格のねじれようがないのです。

屈託のしようがない。

世間ずれさえできない。

けれどそのねじれは人が生きるために絶対に必要なもので、私はそれをすべてすっ飛ばしてきてしまった。

怖くも、気持ち悪くもなるでしょう。

奇跡は言い過ぎだと、阿良々木くんに反論しましたけれど——私のあり方は奇跡よりももっと酷い、血みどろの成果だったのですから。

親から愛されずに、つまりは虐待されて育った子供をカウンセリングするにあたってもっとも困難な工程は、まずその子供自身に自分が虐待されていることを認めさせることだそうです。

自分が苛烈《かれつ》に虐《しいた》げられていること。

親から愛されていないことを受け入れるのは、並大抵のことではありません。

多くの場合、子供は虐待の事実自体を『なかったこと』にしてしまうのです。事実に対する解釈を捻《ね》じ曲げるのか、それとも事実自体をなかったことにするのか、症状は様々ですが、現実から目を背けるという点では共通しています。

そう、今こそ認めましょう。

私は両親から虐待されて育ちました。

あまねくあらゆる親から虐げられて遇《ぐう》されました。

愛されたことは一度もありません。

愛されたことは一瞬もありません。

けれど私はそれに対し無自覚でした。

こんなことはどこの家庭でも多かれ少なかれあることだと、自分の痛みを無視していました。顔面を殴打《おうだ》されたところで、それを虐待だとは思いませんでした。思えませんでした。そんなストレスは、あっという間に猫として切り離して、なかったことにしてしまいました。

そもそも虐待とはなにかという話になれば、これは非常にわかりやすく、しかし同時に非常に難しくもあります。

暴力という形ではなくても虐待は成立するでしょう。極論を言えば——いやこれさえも一般論ですが——『甘やかし』という形の虐待もありえます。

教育という虐待。躾という虐待。

育児という虐待。親子関係という虐待。

親が子にすることは総じて虐待であるなんて意見も、究極的には成り立って、主張の如何によってはあながち全否定したものではなく、聞くべきところはあるかもしれません。本人がよしとしているから虐待にならないというような理屈は通らないでしょうし——あやふやな物言いにはなりますが、総合的な判断によるしかないわけです。

だからこそ言い張ることはできる。

自分は虐待なんてされていないと、目を逸らすことは、いくらでもできる。

自分は虐げられてなんていない。

ネグレクトなんて受けていない。

そんなことは、身に憶えがない。

親として最低限のことはしてくれた——

そんなのは詭弁にもならない。

最低限のことしかしてくれなかった。

最低のことしかしてくれなかった。

そう考えるべきだったのです。

『愛さない』という最悪の虐待を、私は受けていた——彼らの言い分も、もちろんあるでしょう。

けれどそんな言い分、子供にはまったく関係がない。

親が子を愛することは果たすべき義務ではなく気持ちであり、それができないなら結婚などするべきではなく、子を持つべきではない。

辛さを感じず、悲しみと無縁でいられるなら、勉強にしたって運動にしたって、倫理にしたって道徳にしたって、ストレスレスで常に最高のパフォーマンスを発揮できますよね。

失敗するプレッシャーも感じずに、酷い目に遭う不安も感じずに、肉体的にも精神的にも痛みを感じずにいられるのであれば、人はどこまでだって完璧でいられるでしょう。

優等生・羽川翼の、これが真実です。

どうして私が私だったのかという、つまらない答です。

味気のなさを無視できる。

すべての人が背負っている闇や苦痛を、他に丸投げしているのだから、こんなズルいことはないでしょう。

戦場ヶ原さんが聞いたら激怒しそうな話です。

彼女の二年間の苦悩を思えば——痛みを得るためにこそあった彼女の二年間の戦いを思えば、私は苦悩することもなく、苦痛を感じることもなく、戦うこともなく、すべてをあなたに肩代わりさせてきたのですから。

もどかしいなんて話じゃない。

そんな私が障り猫という怪異とかかわることで、ブラック羽川という形を作ったのは非常に興味深いところですが、しかし先述のように、怪異はあくまできっかけに過ぎません。

あなたはあなたなのです。

もっとも三度目となる今回のあなたは、今までの二回よりも強く、私から切り離されているようです。

その原因は先述の通り、回数を重ねた私が『うまくなっているから』。

トランプタワーを作り上げるコツを訊いてみれば、月火ちゃんは「要するにこんなの、慣れだよ慣れよ。テクニックなんてなくって、何回繰り返しトライしたかだよ。羽川さんだって二十回もやればできるようになるって」なんて教えてくれましたけれど、それはあまねくすべてに通じることであり、だから一回目よりも二回目よりも上手に、私はあなたを心から分離したのでしょう。

あなたを個性として成立させた。

いっそ支離滅裂《しりめつれつ》とも言っていい、酷い話です。

いや、酷い話よりもっと酷い。

だって、だから、私が今回独立性のある怪異として心から切り離したのは、あなただけではないのですから。

もうひとり、と言うべきなのか。

もう一匹と言うべきなのか。

あなたより先に、苛虎を私は切り離しています。

あなたがストレスの権化だと言うのならば——苛虎は嫉妬の権化です。

図書館の職員さんと話さなければ『新種の怪異』

という発想に辿り着けなかったのと同様、火憐ちゃんや月火ちゃんと話さなければ、そのキーワードには私は永遠に辿り着けなかったでしょうけれど、思い至ってしまえば、それしかないと思えるほどに、馴染む言葉です。

嫉妬。

ただ、この嫉妬という言葉とは、正直言って、ほんのおといまで、私は本当に無縁でした。

切り離すまでもなく。

私は誰かに嫉妬したことがなかったのです。

何をするにあたってもストレスなく、意欲的に取り組むことのできた私は、嫌になるほどの優等生だったのですから。

人を妬《ねた》んだりすることはなかった。

むしろあったのは、『みんなはどうしてもっと頑張らないのだろう』『みんなもっと頑張ればいいのに』という不満にも似た気持ち。

これは阿良々木くんから怒られたこともあるくらいの、今から思えば非常に身勝手な気持ちでした。

私と違ってみんなはストレスと戦いながら日々を送っていたのですから、ズルをしている私にそんなことを言われる憶えはなかったでしょう。

『頑張れば何でもできるよ』

頑張らずに、頑張らないことでこそ何でもやってきた私にそんなことを言われる阿良々木くんの気持ちからさえ、私は目を逸らしていたんでしょう。

だからこそ嫉妬とは無縁でいられた。

いえ、完全に無縁だったとまでは言いませんが、これまでの人生で感じ、積み重ねてきた嫉妬は、ごく人並み以下のものだったことは確かです。

心から切り離してきた嫉妬の総量は知れていた。

しかし、その嫉妬の総量が一気に閾値《いきち》を越えたのが、三日前のことです。

思い出しました。

あの日、新学期初日。

いつものように自動掃除機に起こしてもらい、顔を洗い、身支度を整えてから朝食を食べようとダイニングに向かった私が見たのは、私の父親と呼ぶべき人と私の母親と呼ぶべき人が、先に朝食を食べている姿でした。

　その光景を私は、普通に受け取り、自分の朝食を作り始めました。でも、すぐに記憶から切り離してしまったというだけのことで、記憶を書き換えてしまったというだけのことで、私はそのとき、はっきりと目撃していたのです。

　彼と彼女が、同じメニューの朝食を食べていたことを。

　同じ家に住みながら、バラバラに暮らしていたような私達三人、だったはずが、どういう理由なのか、明らかに彼らのどちらかが、二人分の食事を作り、そして二人で一緒に食事をしていた。

　思い出してみれば——そう。

　あの日の朝、私は朝食を作るに当たって自分の調理器具を選んでいた——これはおかしなことです。だって、一番最後にキッチンに入ったはずの私が、調理器具を選ぶ必要などないはずなのですから——他の二つが、二つとも使われていたなら。

　つまりそれは。

　どちらかがどちらかのために、二人分の料理を作ったということしか意味しません——二人で朝食を食べていたということに他なりません。

　私を除《の》け者《もの》に。

　それを私は、妬んだ。

　はっきりと嫉妬しました。

　……おかしなことを言っているとは思います、自分を虐待した両親なんて、同じ家に住みながらも家族とも言えないような二人なんて、一緒に食事をしていようがどうしようが、構わないじゃないかと思われると思います。

　でもそこは理屈じゃあありません。

　羽川家が全焼し、その夜緊急的に彼らがホテルに宿泊することになった際、どうしてあそこまで拒絶的な気持ちが私の中に生まれたのか、その理屈じゃなさで説明がつきます。

狭い部屋の中で孤立したくなかったのです。

一人と一人と一人ならともかく。

二人と一人になりたくなかった。

三人になりたいと思ったわけじゃない——二人と一人に、なりたくなかったのです。

野宿をしてでも、そんなものは見たくなかった。

目を逸らしたかった。

あの二人がこれをきっかけに歩み寄ればいい、なんてお人よしな気持ちは、まるっきり、そんな気持ちの裏返しでしかなかったのです。

いい加減狂っている、どころじゃない。

完全に狂っています。

怖くて気持ち悪くて——愚かしい。

そんな自分の気持ちにも気付けず、気付いたところで切り離し、逆に二人にもっと歩み寄って欲しいと願ってしまう私の心は——既に人のそれではなく。

怪異のそれと言うべきでしょう。

建前ならぬ本音は、裏側に目を逸らしていたがゆえの本音だったのです。

もちろん彼らの仲が冷《さ》めていた理由は私にあり、その理由である私が、半年後には日本からいなくなるというのですから、元々縁あって夫婦になった二人のこと、その関係に変化が起こっても不思議ではありません。あるいは、怪異ならぬきっかけとしては、ゴールデンウィークにふたりで一緒に入院したことが、あるかもしれません。

だとすれば、より私に原因が求められるというにもかかわらず、二人の仲に嫉妬したというのですから、これは理が通りません。

だから理屈ではないのです。

別れちゃえばいいのにと言いつつ。

焼けぼっくいに火がついて欲しくもあり。

しかし仲の良い二人は見たくない。

とにかく私は彼らの復縁が妬ましかった。

今更家族に戻ろうとする彼らに、心底、嫉妬しました。

焼えるように嫉妬しました。

それだけで、私の嫉妬は閾値を越え、そして苛虎を生み出したのです。

ゴールデンウィークにあなたを生み出したのと同じように、新学期に虎を生み出したのです。

障り猫のようなベースとなる怪異を必要とせずに、オリジナルの新種の怪異を作れたのは、これもまた、繰り返しやればどんなことでも上手になるということなのでしょう。

強いて言うなら苛政は虎よりも猛しという言葉に対する思い入れがそこにあったとは思いますが、それは戦場ヶ原さんの言う通り、若干、臥煙さんに誘導された感もあります。

付け加えて言うならば、もしもあの日、登校中の道で真宵ちゃんに出会っていなければ、苛虎は生まれなかったと推測できます。

真宵ちゃんとの会話の中、阿良々木くんの所在が現在わからないことを知ったからこそ、つまりこれまであなたが登場した二度のように、彼に苛虎が退治されることがないと知ったからこそ、あの虎は生まれたのです。

阿良々木くんは私にとって、心のブレーキだったのでしょう。新学期のあの日、学校の教室で阿良々木くんに会えることを、私が思いのほか楽しみにしていたということなのかもしれません。

いよいよタイミングの悪い話です。

ただ、これが真宵ちゃんと別れた直後に、あの虎が現れた理由なのは間違いありません。

結局すべて、私の責任なのです。

苛虎は私の心の脆《もろ》さが生み出した妖怪変化。

全てを燃やす嫉妬の炎。

羽川家が焼けた理由は、もちろん両親に対する嫉妬であり、学習塾跡が燃えた理由も、やはり同様に嫉妬です。

阿良々木くんにひとりだけ助けを求められた、神原さんへの気持ち。

私はあのとき、阿良々木くんに対して怒っていましたけれど――そのつもりでしたけれど、実際は、戦場ヶ原さんと同じように、神原さんに強く嫉妬していたのだと思います。

そうであるべきなのです。

一度知ってしまった嫉妬という感情は――私にとてもお似合いだった。

ですがそんな嫉妬はほどなく切り離され、苛虎へと移動したのでしょう。私の嫉妬には、あらかじめ格好の逃げ道が与えられていたのです。

先ほど苛虎をさして、あなたと同じく独立性を持った怪異と表現しましたが、しかし苛虎におけるそれは、独立性ではなく自律性と言うべきだったかもしれません。

あなたが私の肉体に縛られているのと違い、苛虎は自由に移動・行動できるわけですから。

そして結果。

みんなの思い出の、学習塾跡は燃えてなくなりました。

私が寝泊りした直後に、その建物が炎上するという戦場ヶ原さんの推理は、つまり結果としては外れていたわけですが、しかしそれが正解だったほうがよっぽどよかったと言えるような、苛虎の特性と言えましょう。

要するに私が妬ましいと思った対象を、あの虎は次々と燃やしていくのですから。

戦場ヶ原さんのアパートも、阿良々木くんの家も、ならばいつ全焼してもおかしくありません。私が寝泊りしたからではなく、私が妬んだから。

既に私にその記憶はありませんが、父親と娘が確固たる絆《きずな》を持つ戦場ヶ原家や、信頼関係に裏打ちされた家庭を築いている阿良々木家を奇《く》しくも内側から見て、家族も家庭も知らない私が、嫉妬しないはずがないからです。

そんな嫉妬から目を背け、嫉妬を苛虎に押し付け、

「家族の一員に混ぜてもらえたみたいで嬉しいなあ」なんて暢気に考えていた自分を呪い殺したいくらいですが、しかし私の抱く呪いは他に向かうのでした。

今のところ、その点において唯一ある救いと言えば、ゴールデンウィークのときのあなた同様、苛虎の起こす火災の対象は建物に限定され、人を燃やす類の怪異ではないらしいということでしょうか。人を殺すべきではないという価値観は、どうやら私の中にはっきりとあるようです。

それは多分、春休みに阿良々木くんが、人命と救命の狭間《はざま》でどれほど苦しんだかを知っているから。

いや、違う。

それは奇麗ごとです。

ゴールデンウィークのときは、私は本質的には他人のことなど、被害者のことなど両親も含めて見てはおらず、ただ目を背けていて、自分のストレスを発散することだけに躍起になっていたから命に対しては二の次だっただけで（実際、最終的には私は阿良々木くんを殺しかけています）、単に自分本位なのです。

今回もそう。

私が真に羨み、嫉妬しているのは、人ではなく場所なのでしょう。

棲《すみ》家《か》たりえる場所。

だから対象は建物というより家なのです。

人が人と暮らす場所。

自分の部屋も持たない、廊下で眠る私だからこそ、羽川家という場所、学習塾跡という場所を、焼き尽くしてしまう。

そんな虎を生み出した。

私は自分の居場所が欲しくって、それを当たり前みたいに持っている人が妬ましい。

だから人よりも家を焼く。

あんな家なくなってしまえばいいというような破壊衝動を、羨みを越えた嫉妬を、全部引き受けてくれて――ああも炎上する。

ああも炎情する。

そう、人並みの破壊衝動は持っているとか、あんな家なくなってしまえばいいと思ったこともあるとか、適当なことを言ってしまいました。

人並み、がどんなものなのか。

人並み、がどんなに苦しいものなのか。

知りもしなかったくせに。

切り離されて切り取られた後の、お遊びみたいな出涸《でが》らしの破壊衝動を、感情だと思って――私は自分を普通だと思い込んでいた。

自分で自分を過保護にし。

自分で自分を虐待していたようなものです。

そうです。

私は誰よりも、私を虐待し。

私を殺してきました。

この自己分析でおよそ正解だとは思いますが、しかしゴールデンウィーク同様に、だから人を焼いてしまう心配がないとも限りません。

羽川家にしたって学習塾跡にしたって、そのときたまたま無人だったというだけのことに過ぎず、中に人がいたら、焼けていたはず。

もしも苛虎が発動したときに、阿良々木くんや神原さんが、ビルディングの中にいたなら。

そう想像するとぞっとします。

そしてその想像は、これから戦場ヶ原さんのアパートや阿良々木くんの家で、現実のものとなりかねないのです。

戦場ヶ原さんと彼女のお父さんとの関係を。

阿良々木姉妹と阿良々木くんとの関係を。

妬んでいないなんて、とても言えない。

嫉妬を知らないなんて、きっと本当は嘘なんです。

人を羨んだ数だけ、私は人を嫉んでいる。

あんなお父さんが欲しかった。

あんな妹達に、毎朝起こして欲しかった。

その気持ちが――炎となる。

……これまで、友達の家に『お泊まり』をしてこなかったのは大正解だったと言うべきでしょう。いえ、それもまた、無意識に避けてきたと言うべきなのでしょうか。

否。

苛虎がもっと『うまく』やれるようになれば——繰り返し火災を起こすことで熟練すれば、泊まり歩くまでもなく、世界中の全ての家庭で、火の手が上がりかねません。

学校も。

図書館も。

公園も。

全て燃やしかねません。

それくらい私は。

温かい家庭が、妬ましい。

その温かさを熱く燃やし尽くしたいほどに。

……正直に言うと、私にはあなたが、つまりブラック羽川としての怪異のあなたが、どういう価値観を持っているのかがわかりません。

記憶や知識を共有し、かつ私が目を背けていることにも目を向けられるあなたとはいえ、人格やら性格やらの個性は、私とはまるっきり違うようですから（そうでなければ二重人格の意味がありませんしね）。

だからその苛虎現象について、この推理について、あなたがどういう感想を持つのかもまた、私には不明です。

別に、それはそれでいいんじゃないかと思っているかもしれませんよね。少なくとも怪異側から見れば、そっちのほうが正答だと思います。

放火は重い罪ですが、これは法律で裁けるタイプの出来事ではないのですから気に病むことはないと、そう言ってくれるかもしれません。

一つの見識ではあるでしょう。

その言葉に甘えたい気持ちも確かにあります。

ただ私は、こんなことはもう終わりにしようと思っています。

ことあるたびに自分の心を切り崩し、永遠に怪異を生み出し続け、責任の所在を他のどこかに丸投げし、他人を酷い目に遭わせながら、しかもそれをまったく意識することなく、気楽で暢気にいられるなんて、そんな悪夢があるでしょうか。

一体このゴールデンウィークからこちら、私はどれだけの人間をずたずたに傷つけ、被害を撒《ま》き散《ち》らし、しかもそれを知らずにいたのでしょう。

ほっぺをつねっても痛くないような。

まるでそんな人生じゃありませんか。

私はいい人間でいたいわけでも、善人でいたいわけでもありません。道徳的であることも倫理的であることも、何かを踏み台にしているのであれば無意味です。

あなたや。

苛虎を踏みにじりながら、生きていたくはありません。

今回、苛虎のことを解決したとしても、今度はまた、獅子あたりを生み出してしまい、その次は豹《ひょう》でも生み出してしまい、そんなことを繰り返すのでしょうか？

そんなことは構わない、そのために生まれた自分達だと、あなた達がたとえ仰《おっしゃ》ったところで、私はもう心を決めました。

切り崩し続け、もう芯の部分さえ残っていない私の心を、決めました。

もう全てを終わらせようと。

いいえ、今になってようやく始めようと、思います。

苛虎のことだけではなく、あなたのことも。

逸らしていた目を正面に向けます。

閉じていた目を開きます。

十八年間眠り続けてきた眠り姫は、もう、目覚めなければなりません。

だからお願いします、ブラック羽川さん。

私の中に。

私の心に、戻ってきてください。

苛虎と一緒に帰ってきてください。

どうか、どうかお願いします。

私の心はあなたの家です。

あなたをひとりにはしませんから、私をひとりにはしないでください。

忍野さんの言うことが正しいんだとすれば、二十歳になれば——ひょっとするとそれを待たなくとも、あなたは、苛虎も、そのうちいなくなってしまうのかもしれません。

少女らしい思春期の空想は、大人になればなくなって、いなくなってしまうのかもしれません。

今のあなたも、残響のようなものなのでしょう。

そのうち。

消えていなくなってしまうのでしょう。

それがあるべき姿なのでしょう。

だけど、そこをどうかお願いします。

消えないでください。いなくならないでください。

帰ってきて、ください。


バラバラに暮らすのはやめましょう。

私の心は狭いですけれど、そんな中でぶつかり合いながら、家族のように生きましょう。

眠ければ寝ればいいのに、なんてもう言いません。

ストレスも嫉妬も、不安も苦痛も、悪い可能性も深い闇も、すべてを愛するとここに誓います。

図々しいお願いですが。

図々しくなろうと決めました。

……たぶん、阿良々木くんはがっかりするでしょうね。

彼が私に見出している価値と言えば、戦場ヶ原さんの言うところの私の白無垢さ、欠けている野性だけなのですから。

その点だけが正直、忍びない。

阿良々木くんを落胆させたくはない。

私は、とうとう一度だって、彼に好きだって言っていない。

勝手に恋して、勝手に失恋した。

春休みまで喋ったこともなかった彼に、どうしてあんなに惹かれて、今もこうして未練がましく恋焦《こいこ》がれているのか、はっきり言って不思議だったけれど、今になってやっとわかりました。

彼くらい自分の弱さと向き合っている人を私は他に知らないから、私は彼が眩《まぶ》しいんですね。

直視すれば目が潰れそうなくらいに。

あの日の夜、戦場ヶ原さんと阿良々木くんの悪口で盛り上がったことを懐《なつ》かしく思い出せます——戦場ヶ原さんも、これについては同じだと思いますけれど、阿良々木くんに対する悪口は、全部、褒め言葉になっちゃうんですよ。

たとえばお人よし、だとか。

出てくるのはそんな言葉ばっかりで。

彼への怒りは裏返らない好意そのものだった。

彼に対する気持ちだけは、私は切り離せなかった。

あなたになっているときも、私は阿良々木くんのことがずっとずっと、好きだった。

……彼は死ぬのは嫌だと泣きながら、それでも瀕《ひん》死《し》の忍ちゃんを助けたといいます。

私ならきっと、笑顔で助けてしまうのでしょう。

そうですね。私が彼を好きになった瞬間があるとすれば、それは彼が泣きながら、忍ちゃんと殺し合っていたあのときなのでしょう。

だって私は一度も泣いたことがないんですから。

きっと生まれたときも泣いていない。

だから泣き虫な阿良々木くんを好きになりました。

エピソードくんは私を普通になったと言いましたが、それ以上に、私が私でなくなったら。

私が私になってしまったら、阿良々木くんはまた、泣くのでしょうか。

それは本当に嫌ですね。

でも、私はもう嫌なことから目を逸らしません。

阿良々木くんががっかりするだろうという現実から目を逸らさないままに、私はあなた達とひとつになりたいと思います。

阿良々木くんを好きでい続けるためにも。

そうしたいのです。

ブラック羽川さん。

なんて呼び方も、考えてみればよそよそしいですね。

私の中の私。

もうひとりの私、と呼ぶべきでしょうか?

なんだかそれも違いますよね。

私にとってあなたは、きっと妹のような存在なんだと思います。火憐ちゃんと月火ちゃんを見ていると、そんな風に思えました。

駄目なお姉ちゃんでごめんなさい。

今まで心配ばかりかけてごめんなさい。

本当に、これが最後のお願いです。

辛い役目を押しつけるのはこれが最後です。

私達のもうひとりの妹を、助けてあげてください。

家出中で火遊びに夢中の、まったく手の焼ける妹ですが、私は彼女の帰りをいつまでだって待ち続けます。

私はあなた達を愛し、私を愛します。

草々不一》

……と。

俺はご主人の寝る直前に記した手記を読み終わったにゃん。

にゃんっちゅうのかにゃあ。

俺は、ご主人は俺みたいにゃ馬鹿とは違って賢い生き物にゃんだと思っていたんだけどにゃあ——どうやら俺同様の、ひょっとしたら俺以上の馬鹿にゃのかもしれにゃいにゃあ。

手記に書かれている理屈でいくと、ご主人が賢くあるために俺が馬鹿であるはずにゃんだが、けどその辺も怪しいにゃん。

こんにゃもん書き残して俺みたいにゃもんに頼みごとにゃんかしにゃくっても、どうせ俺はキャラ設定上、ご主人の意図を守るためにご主人の意思通りに動くしかにゃいって言うのににゃあ——普通に寝てさえくれりゃあ、俺はあの虎をぶっ飛ばすために、今夜には動いたって言うのににゃあ。

ご主人自身が虎——苛虎の正体に気付いた以上、記憶を共有している俺にはそれが遺漏《いろう》にゃく伝わるっていうのに。

いや、そんにゃことはご主人は先刻承知の上にゃんだよにゃ——そう書いてあるもんにゃ。

つまり、わかった上で、それでも俺に頼まずにはいられにゃかったってことにゃのかにゃ。

律儀っちゅうか、そういうところが並みじゃねーって言われてることに、結局ご主人自身が気付くことはにゃいわけか。

それが何より悲劇にゃん。

「にゃん」

俺はそのノートを机の上に置く。

実際、手記を書いているときの記憶も俺にはあるわけで、そういう意味じゃあ俺はこれを読むまでもにゃいんだけどにゃ。それをわざわざ手間をかけてじっくり読むあたり、俺もご主人のことを言えにゃいのかもにゃん。

いずれにしても、これで概ね現状は整理されたにゃん。

苛虎。

そしてご主人の抱える病巣《びょうそう》。

全てが詳らかにされたにゃん。

とは言え、さすがのご主人もいくつか勘違いをしているようにゃ——判断材料が不足している状態での推理である以上、それは避けようもにゃいミスにゃんだけどにゃ。

文体も文脈もご主人にしては乱れてるし——決して冷静にゃコンディションで書かれた手記ではにゃい。

満点にゃんて望むべくもにゃいこの状況で、評価Aの八十点を取れただけで上等にゃん。

「でも、わからにゃいもんかにゃあ。わかりそうにゃもんにゃんだけどにゃあ。家や家族に対しては燃え上がるほどの嫉妬をしたご主人が、戦場ヶ原ひたぎが阿良々木暦と付き合っていることに対しては、どうして嫉妬の気持ちが芽生えにゃいのかという疑問に、突き当たってもよさそうにゃものにゃんだけどにゃあ」

　ご主人の中でもっとも強い気持ちは恋心にゃ。

　文化祭前の変化を思い出せば、それについては説明の必要はにゃいだろう。

　つまり『火』から真っ先に『恋心』を連想した人間野郎の下の妹は正しいにゃん。

　だから真っ先に燃やすべきは、そういう意味では羽川家でも学習塾跡でもにゃく、戦場ヶ原ひたぎ本人であってしかるべきだという事実に——

　ご主人は思い至らにゃいもんにゃのかにゃあ。

　いにゃ。

　それが目を逸らしているということにゃのか。

　だったら、ご主人が真実から目を逸らすことにゃく見詰められるようににゃったにゃら、どの道その理由に突き当たることににゃるのかにゃん。

　でも、耐えられるのかにゃあ。

　その残酷にゃ真実に——心を切り離せにゃくなったご主人が。

「俺と苛虎を愛する——自分を愛する。それがどれだけ難しいことにゃのかも、わかっているとは思えにゃいんだけど。ご主人は極端にゃ形だったけれど、人間にゃんて、誰しも、多かれ少にゃかれ、ストレスや嫉妬からは目を逸らしているもんだろうに」

　まっすぐ世の中を見れる奴にゃんかそうはいにゃいもんにゃのにゃ。どうしてご主人だけが、そんにゃ重い枷《かせ》を背負わにゃくっちゃいけにゃいんだ。

　俺や苛虎を背負わにゃくっちゃいけにゃいんだ。

　切り離しただけで。

　痛みが痛まにゃかったわけじゃにゃい。

　むしろ心を切る行為の、どれほど痛いことか。

「最大の誤謬《ごびゅう》は、こんにゃ俺を家族呼ばわりしてくれてることだにゃん——にゃはは。俺は単にゃる飼い猫だっつーの」

いや、野良猫か。

そもそも道路で轢かれていた俺はオスにゃんだから、妹というのはおかしいにゃん——もっとも、ベースは障り猫でも、切り取られたご主人の心を素材に俺が出来上がっている以上、性別は曖昧というか、妹にゃのか弟にゃのか、どっちつかずにゃ感じは否めにゃいんだがにゃ。

怪異の性別を問われてもにゃあ。

つーかあの巨大にゃ虎を妹と呼べちゃうのもすげーにゃん、知ってるだろうけれど、猛獣はメスのほうが凶暴にゃんだぞ？

それをやっつけろ、退治しろと言うんだったらまだしも、家族としてご主人の心に連れ戻してくれと言うのは実に無茶にゃお願いにゃん。デッドオアアライブじゃにゃく、生け捕りってことだろ？

無茶を言うにゃあ。

言われにゃくともぶっ飛ばすつもりだったが。それ以上のことを求められてしまったにゃん。

にゃんて言ったら、あのアロハの専門家は、『暴力的な考え方をするなあ。怪異と人間は上手に共存しなきゃいけないんだから』とでも言うんだろうけれどにゃ。人間野郎が散々、そんな風に言われてたっけにゃん。

同じ新種の怪異、同じご主人から生まれた怪異とは言っても、俺と違ってあいつにはベースとにゃる怪異がいにゃい——依代がいにゃい。それが何を意味するかは、やっぱり怪異にゃらぬご主人にはわかっていにゃいようだにゃん。

書物に残っておらず、記録に残っておらず、人の口の端に上っていにゃいということが、怪異にとって、どれほどの自由度を意味するのか。

正直言って、想像したくもにゃいにゃん。

ひとつ言えることとすれば——あの虎には死角がにゃく、弱点がにゃい。

連れ戻すことはおろか、立ち向かうことさえ難しいにゃん。

正面から向き合って。

長所を潰すしかにゃいのにゃん。

「はーあ」

俺はため息をつく。

本当、肩の荷が重いにゃん。

ずっしり来るにゃん。

「どうでもいいんだよにゃあ、本当は。俺はご主人のためだけに働く怪異であって、ご主人の両親の家が燃えようが、思い出の建物が燃えようが、友達の家が燃えようが、それにこの家が燃えようが、俺は心底どうでもいいんだがにゃあ。むしろ燃え盛る炎を見てすかっとするくらいにゃ」

嫉妬の権化である苛虎と、ストレスの権化である俺とじゃ、根本的にそこまで大した差異はにゃいからにゃ。

あいつ自身も俺のことを、同種の怪異と言っていたしにゃ——だからどっちかっつーと俺には、苛虎の気持ちのほうがわかるのにゃん。

あいつと俺との違いは、ご主人から独立しているか、ご主人から離れられにゃいかってくらいにゃんだからにゃ。

実際、意味があるとも思えにゃいにゃん。

ご主人もわかっている通り、俺にゃんか、どうあってもいずれは消えちまう怪異にゃん——そのうちいにゃくにゃってしまう残響にゃん。

苛虎もそうかもしれにゃい。

放っておいたら、そのうち感情の炎を全部出し切って、奇麗さっぱり消えちゃうかもしれにゃいにゃん——だから何もご主人が、自分の中に背負い込む必要にゃんかにゃいかもしれにゃいにゃん。

しにゃくてもいいこと、どころか。

むしろ逆効果さえ招きかねにゃいにゃん。

俺が出てくることによる負担ってのも、やっぱり絶対にあるんだから——受け入れるのではにゃく、消すべきにゃん。

消滅するべきにゃん。

それは何も難しいことじゃにゃい、むしろとても簡単にゃことで、ご主人がそう願えば、それで消えるはずにゃんだ。

にゃのにご主人は、それを選ばばにゃい。

切り離した俺達を、取り戻そうとしている。

おかしにゃ話だ。

俺も。苛虎も。

ご主人にとっちゃ邪魔ものにゃのに。

だから頑《かたく》にゃに受け入れたりせず――本当にご主人が賢いんだったら、それができるはずで――

「だから――無意味にゃんだ」

戦場ヶ原ひたぎは変わったんだろう。

人間野郎も変わったんだと思う。

ご主人も、変わった。

だけど変わったくらいじゃにゃにも変わらないというのも、世の中にゃん。

変わったところで戦場ヶ原ひたぎの過去がにゃくにゃるわけじゃない。変わったところで人間野郎の過去がにゃくにゃるわけじゃない。

変われない。代われない。化われない。

人は、一生自分にゃのにゃ。

春休み、吸血鬼に会いたくて町を徘徊していたご主人が、作り上げちまった俺達にゃんかじゃ、にゃにもかかわらにゃい。――だったらやっぱり、このまま消えるのが正しいにゃん。

人間野郎も、あのアロハも、そう願うはずにゃん。

俺は邪魔者で。

苛虎だって邪魔者にゃん。

「でもにゃあ。頼まれちゃったらにゃあ」

にゃんだろうにゃ、この気持ちは。

頼まれようと頼まれまいと、俺のすることは同じにゃのに――どうしてこんにゃに、俺はやる気に満ちているんだろう。

重いだけのはずの肩の荷が。

どうしてこんにゃに心地よい？

あてのにゃいこの俺に、帰る場所ができたというだけのことで――帰る家があるというだけのことで、何故こんにゃに、にゃんでもできそうにゃ気持ちににゃるんだ。

嬉しいじゃにゃいか。

泣きそうじゃにゃいか。

「かと言って、泣きゃあしにゃいんだけどにゃ――俺は猫にゃん。泣くんじゃにゃくて、鳴くだけにゃん」

にゃおん、と。

俺はごろごろと鳴いて――窓の鍵を開ける。

昨夜はこの鍵を閉め忘れたがために、俺が出てきていることがご主人にバレちまったわけだが（他にも証拠はいっぱいあったので、そうじゃにゃくてもバレただろうが）、まあ、しかし俺が俺のままでこの部屋に戻ってくるわけはにゃいわけだから、もうその辺に気を遣う必要はにゃいにゃん。

ご主人は動きやすい服装ということで、今の格好を選んでくれたみたいだけれど、俺にとって動きやすい格好というのはマッパにゃんだけどにゃ。でもまあさすがにそれじゃあご主人に悪いので（ゴールデンウィークのときの下着姿も、今から思えば申し訳にゃかったにゃん）、ここは好意に甘えておくとしよう。

裸足だけは貫かせてもらうけどにゃ。

と、俺はサッシにその足の裏をかけたところで、ひとつ思いつくにゃん。

まあいわゆる気まぐれって奴だけども。

この件が結果としてどっちに転ぶとしても、ご主人がご主人でにゃくにゃってしまうように、俺もまた、俺でにゃくにゃってしまうにゃん。

ブラック羽川としての個体差と言うことでもにゃく――今度こそ、もう二度と、俺は表には出てこにゃくにゃる。

五月と六月に先送りした、俺という怪異に、今度こそ解決がつけられるのにゃん。

だったら俺も、一筆残しておこう。

俺の場合は遺書って感じににゃるのかにゃ？

いや、そうじゃねーか。

俺は死ぬのでも消えるのでもにゃく、ただ、家に帰るだけにゃんだから。

随分遅い帰りににゃっちゃったけどにゃ。

「んじゃま、ご主人に最後のご奉仕《ほうし》にゃん」

俺には長い文章にゃんて書けにゃいからにゃ。

ご主人の手記の続きに、鉛筆でちゃちゃちゃっと一行、俺は書き足して、そして今度こそ、全開にした窓から、月夜へ向かって飛び出した。

「行ってきます」

062

吾輩は虎である。名前は苛虎。

どこで生まれたかの見当はついている、薄暗いじめじめしたところでしくしく泣いていたことだけを記憶している——嫉妬のみならず、全ての暗い感情で吾輩はできている。

吾輩は闇の産物だ。

目を逸らしたくなるような闇の。

だが吾輩が何であろうと名前が何であろうと、どこで生まれたのであろうと、何でできていようとも、そんなことはどうでも構わぬ。

むしろ苛虎という名前については迷惑なくらいだ。

虎は死んで皮を残し人は死んで名を残すというが、暗さと闇のみで構成されている、最初から死んでいるような吾輩は皮も名も残すつもりはない。

消し炭一つ残すつもりはない。

柱一本残さない全焼。

全てを焼き尽くす。

吾輩にとって大切なのは肉体の内側で燃え上がる、この熱量を持った義務感だけだ。

苛虎は過去など気にしない。

燃やさなければならぬ。燃やさなければならぬ。

何を?

全てを。

生れ落ちた次の瞬間、吾輩は吾輩を産み落とした母体を見た。

母ではなく双子の姉と言うべきか。

どうやら吾輩の胸に宿る炎は、あの姉に起因しているようだ——強くて堅くて怖くて脆い、あの真っ白な姉に。

純白で潔白で、白くて白々しい。

吾輩とは似ても似つかない、美しい姉。

本当に美しかった。

あの美しさを。

白さを支えているのが吾輩だと思うと——誇らしい。

だがそれもどうでもよい。

火種が何であろうと関係ない。

火の手がどう燃え盛ろうと関係ない。

吾輩にあるのはあくまでも義務感のみ。


彼女のために何かをしているという意識もなければ、吾輩同様に彼女から生み出された猫が言っていたように、彼女に害をなすつもりもない。

吾輩には設定がないのだ。

言うなればただの炎である。

白い炎、それが吾輩。

意識も意思も与えられていない。こうして考えを語っているように見せても、それはただそういう振りをして、見せかけているだけだ。

吾輩は自然現象だ。

燃やすべきものを燃やすだけ。

否。

この世に燃えぬものなどない。

すべてのものを燃やさなければならない。

吾輩の内側では、何もかもが妬ましい。

父も母も友人も後輩も妬ましい。

いなくなってしまえばいい。

なくなってしまえばいい。

苦しめばいい、悲しめばいい、落ち込めばいい。
嘆けばいい、沈めばいい、へこめばいい。
泣けばいい。
吾輩のように泣けばいい。
ひょっとしたらその涙で、苛政ならぬ火勢を弱めることができるやもしれぬ。
さあでは今宵は何を燃やそうか。
吾輩の炎に何をくべようか。
いずれすべてを焼き尽くすにしても順番というものがある。
手順というものがある。
さしあたって次はこの建物か。
そう思ったときには、否、そう思う前には、吾輩は既にそこにいた。
意思などない。意図などない。
これが吾輩だ。
吾輩がこれだ。
先回りも後回りもない。

どこにだって登場する。
どこにだって延焼する。
吾輩はその対象物をじっくりと見上げ、検分する。
ふむ。
なるほど。
一軒家やビルディングを燃やすよりは、どうやら手軽そうだ。
まあ手軽であろうと手数であろうと同じこと。
目標が定まれば躊躇《ちゅうちょ》する意味はない。
なにもかも同じこと。
なんでもは知らないが。
なんでも燃える。
吾輩は牙を剝《む》き出しに口を大いに開く。
そして炎を。
ほのおを、
「――にゃん！」
と。
その刹那《せつな》、吾輩と対象物の間に――猫が。

銀色の子猫が一匹、翼でも生えているがごとく、空から降って来て、遮るように割り込んだ。

063

予想通り、苛虎は戦場ヶ原ひたぎが父親と二人で住まうアパート、民倉荘の前にいやがったにゃん。まあその予想が外れていたところで、すぐに前みたいに屋根にでも登って、町中を見渡し探すつもりだったけどにゃ——しかし確信がにゃかったわけでもにゃい。

俺にはわかる。

だって俺と苛虎は、元々ひとつにゃんだから。

同じところから生まれた、同じものにゃんだから。

「よお、虎——」

俺は言う。

まあ挨拶にゃん。

「——迎えに来たぜ。一緒に帰ろう」

『………』

が、これも予想通り、苛虎はそんにゃ俺に、何の返事もしにゃい。

ただ無言でねめつけるだけだにゃん。

あー。

こうして相対してみると、だけど、改めてすっげーでけーにゃあ、虎っちゅうこの生き物。いや、化物か——現実の虎は、ここまで巨大じゃあにゃいはずだからにゃあ。

にゃんっちゅーか、距離感がつかめにゃい。

一寸法師の童話じゃねーが、口から体ん中にもぐり込んで、内臓から勢いよくぶち抜くっていうのが、退治するにあたっての正しい手法という気がするにゃん。

まあ、退治するんにゃらそれでいいんだろうけどにゃあ。

俺がするのは退治じゃねーからにゃあ。

『どけ』

さんざ黙ったのちに、ようやく苛虎が言ったのは、そんにゃ台詞だったにゃん。

『吾輩はそこのそれを燃やす。お前は邪魔だ』

「……は」

俺は、なんというか——笑ってしまう。

苦笑っつーか、うん、失笑、にゃ。

にゃんだろう、見かけが巨大で、しかもすげー威圧感のある虎だからにゃあ、台詞の印象がとっても重々しく受け取れるんだが——前に会ったときも、そんな風に、内心俺はどっかビビってこいつと対話していたんだが。

でも、違うんだにゃ。

こいつは——重々しくにゃんかにゃいんだ。

ただ、情緒《じょうちょ》がにゃいんだ。

生まれたての赤ん坊みたいにゃもんで、会話やコミュニケーションの技術を会得《えとく》していにゃいというだけ——だから会話が成り立たにゃい。

まあ生まれたてもにゃにも、こいつ、生まれたのがほんの数日前だから、当然と言えば当然にゃんだけど——オリジニャルの怪異、か。

歴史のにゃい、オリジニャル。

ご主人が自分の心から切り離した。

新種の怪異。

とは言え、オリジニャルの怪異、個人的な創作による怪異というのは、実は珍しくもにゃいんにゃん——鳥山石燕《とりやませきえん》っちゅう昔の画家は妖怪の絵を描くのを生業《にゃりわい》としていたそうだが、いわゆる伝統的にゃ妖怪の中に、自分の考えたお化けをさりげにゃく混ぜてたらしいからにゃ。

伝統に匹敵《ひってき》するにゃにかを個人的に作り出すというのは、どの時代においてもクリエイターの憧れにゃんだろうにゃあ。

むろんそのために伝統的にゃ妖怪に匹敵するだけ

のにゃにかを作り出すっちゅうのは、とんでもにゃく莫大《ばくだい》にゃ才能、いや、エネルギーを必要とすることにゃんだろう。

ご主人の場合は、そのエネルギーが。

ストレスだったり、暗い感情だったりしたんだろうにゃ——その感情から生まれた苛虎が、今のところ生まれたてで情緒に欠けているというのは、やや皮肉にゃ話にゃのかもしれねーが。

いや、違うのかにゃ?

生まれたてだから情緒に欠けているわけじゃにゃくって、案外、ご主人は無意識のうちに意図的に、苛虎をそういう怪異として作り上げたのかもしれねーにゃあ。

感情から生まれたからこそ。

感情を削った虎を。

野性を。

『燃やす。燃やすぞ。どけ。すべては手遅れだ。すべてを燃やす。まずその家を燃やす』

「……そんにゃことを、ご主人は望んでいにゃいにゃん」

『ふん』

苛虎は、俺の言葉を一笑の下に切り捨てる。

俺の言葉の意味を理解できているとも思えにゃい。俺ほどに馬鹿だとは思わにゃいが、こいつ、俺以上に融通《ゆうずう》が利かにゃい。

『その女が望んでいようと望んでいまいと吾輩の知ったことではない。その女をご主人と呼ぶのはお前の勝手だが、吾輩にとってはその女はなんでもない。ただの』

発火衝動の水源でしかない。

苛虎はそう言った。

「発火衝動の水源って……言葉がおかしいにゃん」

あんまり意味がにゃいと思うけれど、突っ込むにゃん。

案の定、通じた気配もにゃい。

面白いことを言おうとしたわけでは、やっぱりにゃいらしい。

だけどよお。

「にゃんでもにゃいはにゃいだろう、虎――俺達の産みの親だぜ」

『産みの親？　それこそくだらない』

虎は無情に呟く。

会話の体をにゃしていにゃい。

『産みの親のくだらなさを誰よりも知っているのが、その女なのではないのか』

「あー、そうかもにゃー」

痛いところを突いてくるにゃ。

まあ、生まれたてであってもそういう怪異であっても、その辺の鋭さは、さすがご主人が『水源』の化物ってことかにゃ？

「だからこそ、ご主人は俺達を娘ではにゃく、妹と呼んだのかもしれねーにゃあ」

『妹――』

「よくわからんが萌えるらしいぜ。人間野郎に教えてもらったとこによると」

にゃはは、と俺は笑う。

「燃えキャラのお前には、それこそ相応しい称号にゃのかもしれにゃいにゃあ」

『……ふん。称号などに興味はない。吾輩は燃やしたいものを燃やすだけの自然現象。自動機械のようなものだ』

苛虎は。

しかしあくまで頑迷《がんめい》だった。

『吾輩は萌えたりしない』

「そっか」

うーむ。

話し合いが通じにゃいにゃん。

これでも頑張ってみたつもりにゃんだけどにゃあ――いや、頑張ったっていうんにゃら、俺、文化祭前のときだって、相当頑張ったつもりだったんだぜ？

信じてもらえにゃいかもしれにゃいけれど、ゴールデンウィークのときのことは、やっぱりやり過ぎたと思ってるわけにゃんだよ。

だから穏便《おんびん》に済むにゃら穏便に済ませたいにゃん——でも、文化祭前のときは人間野郎、つまり人間が相手だったからまだしも、今回は怪異同士、しかも同じご主人から創作された怪異だっていうのに、全然コミュニケーションが取れにゃいってんだから、これは実際、落ち込むにゃん。

その責任を苛虎にだけ押し付けるわけにゃー、いかにゃいんだろうにゃあ。

ま、仕方にゃいにゃん。

だからってご主人にゃら、この苛虎を説得できたとも思えにゃいし、これはこれで適材適所ってことにゃんだろう。

家出娘を連れ戻すのは。

きっと俺の仕事にゃんだろう。

苛虎は俺と違い、ご主人と記憶を共有していにゃい——感情も共有していにゃい。

同種の怪異と言っても、俺とは別種にゃ。

だからこそ、俺は。

言葉を使ってこいつと通じ合わにゃければにゃらないのだが——

「おい、虎」

『なんだ、猫』

「最初にはっきりさせておくが、個人的に俺は、お前のこれまでの所業をどうこう言うつもりはにゃいにゃん。家を燃やしたこともビルを燃やしたことも、罪として責めるつもりはにゃい。放火罪にゃんてものは、人間の理屈だからにゃあ」

そんにゃのを取り締まっていたら、怪異の大半は取り締まられてしまうにゃん、ゴールデンウィークの俺も含めてにゃ。

大体、虎の怪異ってのも相当数いるが、火の怪異ってのはそれ以上にやたらいるんにゃ。無数と言ってもいい。いやマジ、『この辺の怪異って全部一緒にゃんじゃねーの？』ってくらいに、火の怪異は世に溢れている。

まさかそれをすべて取り締まってられねーだろ。

駐車違反を全部取り締まれにゃいのとおんにゃじようにゃもんにゃ。

『そうだろう。ならば』

「だけど」

苛虎が何か言いかけたのを、俺は遮る。

遮って——睨む。

「言ったはずだにゃん。ご主人に害をにゃすことがあれば、俺がお前を許さにゃいと」

『おかしなことを言う』

苛虎は、言葉が通じにゃいというより、これは本当にわからにゃいというように、怪訝そうにゃ顔をするにゃん。

『吾輩はそんな女はどうでもいいが——ゆえに害をなすつもりなど微塵もないが、しかしそもそもそこのアパートを燃やしたいという気持ちは、他ならぬお前のご主人から流れてきた気持ちだぞ』

「…………」

そうにゃんだろう。

この虎にとっては、それが真実にゃん。

いにゃ——それは誰にとっても、真実にゃん。

ご主人が戦場ヶ原家に嫉妬した。

燃やしたいほど嫉妬した。

それは真実にゃん。

俺がゴールデンウィークに病院送りにしてやった、あの両親とかいう生き物に嫉妬したのも、人間野郎が猿女にだけ頼ったことに嫉妬したのも、そりゃあ真実にゃんだろう。

だけどにゃあ。

「その嫉妬を我慢しようとした気持ちだって、真実にゃんだ——虎。お前はそっちを無視している」

『くどい。我慢した結果、その女は吾輩という怪異を生み出したのだろう。ならば自業自得だ。吾輩の炎はそんな事情を忖度《そんたく》しない』

燃やすだけだ。燃えるだけだ。

全てを洗い流すように、水に流すように。

全焼させるだけだ——なかったことに。

なかったことにするだけだ、と。

苛虎は俺に一歩、近付いてきた。

にゃん。

意外にゃことに、向こうのほうが先に焦《じ》れたみたいにゃん——まあ、根源が炎だからにゃ。

焦れもすれば焦げもするか。

「ま、怪異としてはお前のほうが正しいにゃん」

俺は言った。

そこは認めざるを得にゃい。

俺のほうが怪異らしくにゃいことをしているし——そもそも障り猫としての俺は、恩返しどころか仇返しこそが信条にゃんだからにゃあ。

ご主人に害をにゃすつもりだったのは、最初は俺だっただろって話だにゃん。

それがころころ心変わりして。

今じゃこうして——ご主人のために身体を張ろうってんだから、わからねーもんにゃ。

これじゃあまるで。

俺は——人間じゃねえかよ。

「お前が今燃やそうとしているアパートに住んでるのは、ご主人の友達にゃんだ——こんにゃ時間だから、今までの二件みたいにたまたま無人っちゅうこともにゃいだろう」

たぶん、普通に寝ているはずにゃん。

自分の家や阿良々木家が燃える可能性を危惧するようにゃことを言っちゃあいたが、それでも平気で寝ちゃうようにゃ女にゃん、あれは。

ご主人の記憶を辿れば、そうだとわかる。

それくらいにご主人のことを信頼していると——わかる。

だから俺は戦わにゃくちゃにゃらにゃい。

ブラック羽川として。

羽川翼として。

「あの女が死んだら、ご主人はきっと泣くにゃん。それは何としても防がにゃければにゃらにゃい」

『ふん。保証するよ、それはない』

俺の言葉を意にも介さず、虎は言った。

『その女は泣かない。泣きたいときは、泣きたい心を切り離す。嫌なときは、嫌な心を切り離す。そうやって——十八年間生きてきた。吾輩やお前を生みながら。否。これからもずっと——』

そうやって生きていく。

化物を大量に生みながら。

自分だけは真っ白で——奇麗なままで。

誰も憎むことなく、誰も恨むことなく。

皆に優しく、皆を愛して。

美しく生きていく。

本物であり続ける。

そう言った。

「違う」

そしてそれを——俺は。

いにゃ。

これは俺じゃあにゃいな——俺じゃあないな。

私だ。

私は。

羽川翼は——否定する。

「こんなことはもう終わりにするって、私は決めたんだ。誰かを憎むことになると思う。誰かを恨むことになると思う。これまでみたいにみんなに優しくできなくなって、みんなを愛することもできなくなる。嫌われるだろうし、嫌がられもするだろう。怒りっぽくなって、人を許せなくなるでしょうね。イライラしたり、ムカついたりもすると思う。頭が悪くなるかもしれない。笑えなくなるかもしれない。めそめそ泣くかもしれない」

そうだね。

阿良々木くんは本当にがっかりするよね。

今までみたいに、彼の悪ふざけを見逃してはあげられなくなるのは間違いないし——ああでも、阿良々木くんなら、それも喜んでくれるのかな。
彼はそういう人だから。
彼は優しい、人だから。
本当にもう――妬ましい。
「でも、それでいい。それでいいんだ」
現実から目を背けて。
あなた達に汚れ役を押し付けるのは、真っ平だ。
それは私がされてきたことを。
あなた達にしているも同じじゃないか。
「私は本物じゃなくって、人物でありたい」
私は言う。
「美しくなくっていい。白くなんてなくっていい。
私はあなた達と一緒に、汚れたい」
いつまでも、汚れを知らない少女でなんていられない――私は汚れを知りたい。
黒くなりたいわけじゃない。
だけど、黒も白も併《あわ》せて呑《の》める。
灰色の大人になりたい。
失恋しても泣けないような――
そんな人生はもううんざりだ。
「帰っておいで。もう――門限だよ」
一緒にごはんを、食べようよ。
私はそう言って、苛虎に手を差し伸べた。
過去に手を差し伸べた。
『…………』
くどい、と。
虎は――牙を剝き、私に飛び掛ってきた。

064

その瞬間、ぐるりと引っ繰り返ってもちろん俺が復帰するわけだが――しかしここで、ちょっとした問題が生じるわけだにゃん。

つまり俺って怪異の元になってる障り猫は、バトル面に関しちゃはにゃはだ頼りににゃらねー、とんでもにゃく弱っちい低級妖怪だってことにゃん。戦闘タイプじゃにゃいにゃん。

ベースに何も敷かれていにゃい、自由度の高い苛虎を相手取るには、いささか役不足にゃん（役不足がこの場合誤用だということはわかっているけれど、いやもう、役不足は役不足でいいだろ!? 誤用ってわかるんだったら意味は通じてるんだから！ 面倒臭いにゃん、いちいち力不足とか言い換えるの！ 今こっちは食うか食われるかの瀬戸際《せとぎわ》にゃん！）。

大体、怪異として生まれたのは俺のほうが先でも、だからって俺が姉で苛虎が妹にゃのかっつーと、それも怪しい話にゃん。怪異だけに怪しいにゃん。

阿良々木姉妹と人間野郎を、歳の離れた三つ子と表現したご主人ではあるが、俺とご主人と苛虎も、まあそんにゃ感じにゃんだとして――でも、苛虎は決して、末っ子ではにゃいのかもしれにゃいとも思うにゃん。

だって、ストレスっていうのは感情の軋轢《あつれき》から生まれるもんだからにゃあ――苛虎の水源がご主人だと言うにゃら、俺の水源は苛虎ってことににゃりかねにゃいのにゃん。

先に生まれたのが俺と言うだけで。先にあったのは苛虎にゃのかもしれない。

だから単純にゃ比較でも、ブラック羽川よりも苛虎のほうが、怪異として格が上ということは十分に考えられて、しかも問題をややこしくするのは、苛虎はブラック羽川の後継機だということにゃん。

パソコンとかの機械って、後に作られたほうが優秀だろ？

それと同じ理屈で、普通にやったんじゃ、俺じゃあ苛虎は打倒し得にゃいんにゃん。

俺を生み出したときに比べたら、そりゃご主人も『怪異作り』に、深く熟練しているからにゃあ――だから虎だっつって、手記の中でも言っていたしにゃ。猫と虎じゃあ、勝ち負けは目に見えているにゃん。

目に見えていて。

目を背けたくにゃるにゃん。

……けど、ご主人は、そこから目を逸らさずに
――立ち向かったってことにゃんだから、俺が尻尾《しっぽ》を巻くわけにはいかねーやにゃ。

大体、障り猫は。

尾のにゃい猫にゃんだからにゃあ――

「……ふっ」

俺は間一髪で苛虎の牙を逃れ――そのまま、虎穴に入らずんば虎児を得ずとばかりに、奴の巨体の下へと潜り込むにゃん。

相手の巨体を利用する戦法にゃん。

窮鼠《きゅうそ》猫を噛むという諺があるくらいにゃん、猫が虎を噛んだって、おかしくはにゃいだろう――それに！

「うっ……にゃあああ！」

俺にはある。

障り猫としての切り札が――つまりはエニャジードレインが！

精力吸収。

それは怪異が相手であっても関係にゃく通用するにゃん――俺が苛虎を『吸収』し、その後ご主人の下へと帰れば、それで目論見は達成できるにゃん。

ご主人からの頼みを。

聞き届けることができるにゃん。

まあ家出娘の連れ戻しかたとしてはやや乱暴にゃ方法ではあるけれど、それは家に帰ったあとで、ゆっくり話し合うにゃん。

家族の問題に特効薬にゃんてにゃい。

出来過ぎた出来合いのホームドラマみたいに、いきにゃり和解できるわけもにゃい――十八年間、ご主人は切り離され続け、切り離し続けてきたんだ。

すぐには元に戻れにゃい。

いにゃ、戻るべき元など、最初からにゃいのだ。

一から作り直さにゃきゃ、にゃらにゃいのだ。

今日はそのための第一歩でしかにゃい――俺は。

俺は腹の下から——苛虎に抱きついた。

全身で。

全力で。

エニャジードレインのパフォーマンスを最大限に発揮するため、できる限り、自分の身体を苛虎のボディに接触させた。

『む——』

「にゃあ——あああああああああああああっ！」

苛虎が呻くのに対し——俺は、大きにゃ悲鳴を上げた。

絶対に振り放されにゃいぞと、気合を入れるための大声、というわけじゃにゃい。

にゃいのだ。

俺の怪異としての特性がエニャジードレインであることは、俺が苛虎を打倒できるであろう唯一の突破口じゃあるんだが、しかしそれを考えるのにゃらば、苛虎の怪異としての特性も考えておかにゃくてはにゃらにゃいだろう。


火の属性を持つ怪異。

苛虎。

この場合、パターンは三つ考えられる。

現代において一番わかりやすいパターンは、いわゆるパイロキネシスにゃん。『燃えろ』と思うだけで、対象物が燃えてしまうこの特性は、しかしどちらかと言うと怪異現象と言うよりは超能力に近いにゃん。だから怪異ではにゃく人間のスキルという気がするにゃん（超能力を信じるかどうかという問題は別問題にゃん）。もしも苛虎がパイロキネシスを使用して火事を起こしているのであれば、はっきり言ってこれは打つ手がにゃかったにゃん——こいつの視界に入った時点で、俺であろうと誰であろうと、燃やし尽くされてしまうんだからにゃ。

だが、前述の理由からこのパターンは最初からにゃいと思っていたし、実際、長々と会話する間も俺の身体はおろか服さえ燃えることはにゃく、最初の攻撃も動物的な『噛み付き』だったことから、もう考慮する必要にゃいと断言できるにゃん。

では第二のパターン。

これもわかりやすいと言うか、比較的イメージしやすいと思うんだけど、苛虎がその口から火を吐く――あるいは爪先から炎を発する、というようにゃパターンにゃん。これにゃら『噛み付き』や『引っ掻き』と連動するから、猛獣という造形と矛盾することもにゃいしにゃ。

子供向けのアニメやら怪獣映画とかじゃ、火を吐くモンスターにゃんて、お馴染みにゃん――そういう観点では、苛虎の発火能力は、このパターン2である可能性が一番高いにゃん。

というか俺としてはこのパターンであって欲しかったにゃん。

だが違った。

最悪のパターン1でこそにゃかったが――

苛虎の属性は、パターン3だった。

「にゃ――熱《あ》っちいっ！」

俺は思わず、苛虎の胴体にしがみ付いた両腕を解きそうににゃってしまい、しかしすんでのところで抱きつき直す。

炎と化した。

苛虎の胴体に。

「やっぱ本体が炎ってパターンか――そうだろうにゃあ！」

火を噴く怪異もいにゃいわけじゃにゃいが、怪異としてはそっちのほうがスタンダードだからにゃあ！

ルールに厳格にゃご主人が怪異を創作するにあたって、その辺の前例をきちんと踏まえにゃいわけがにゃいか！

奇を衒《てら》わずにオーソドックスに――

怪火としての怪異を作ったにゃん！

『無理をするな、猫』

苛虎が言う。

『火におびえるは獣の定め。ましてその火に抱きつこうなど——お前の行動は、怪異としてどころか、野性としても逸脱している』

余裕——にゃん。

そりゃそうだろう。

これは、触れた対象を意図せずエニャジードレインしてしまうこの俺にお姫様抱っこされても、あの吸血鬼——忍野忍が、ぴんぴんしていたのと同じ理由にゃん。

つまり一見無敵に思えるエニャジードレインの能力にも、弱点はある。

弱点というより、構造的欠陥にゃん。

必然的にゃ、構造的欠陥。

俺がいくら対象のエネルギーを吸い取ったところで、その対象が無尽蔵に近い水量を持っていれば、ダムを干上がらすことはできにゃいということにゃん——さすがにご主人の暗い感情の権化である苛虎のエネルギーが、吸血鬼に匹敵するとまでは思わにゃいが、しかし。

しかしこいつのエネルギーはいわば熱エネルギー。炎そのものにゃん。

すべてを吸い上げる前に、俺が丸焼きににゃってしまうのは自明の理にゃん——

「……るっせええぇ！　わかってんだよ、そんにゃことは！」

だからこそ。

自明の理だからこそ俺は——怒鳴る。

猫として——鳴き喚《わめ》く。

「俺がいくら馬鹿でもにゃあ！　猫が虎に勝てにゃいことくらいわかるんだよ！」

窮鼠が猫を噛むとしても——それは所詮、噛むだけにゃん。

勝てるわけでも、撃退できるわけでもにゃい。

その後、怒り狂った猫に、食われるだけにゃん。

俺も同じ。

こんにゃエニャジードレインが通じるとは、これが突破口ににゃるとは、実のところ、半分も思っていにゃい——賭けにもにゃっていにゃいと、本当はわかっている。

わかっていにゃい振りをしていただけにゃん。

『ならば』

虎は問う。

みっともにゃく、自分の腹にぶら下がる、俺という猫を見て、問う。

『ならば何故——無理をする。無茶をする。無駄をする』

「だって」

俺は言った。

「ご主人からお願いされたんだ」

『………………』

「ご主人からお願いされたんだ」

わかんねーだろうにゃ。

生まれたばかりのお前にゃ、きっとわかんねーだろうにゃ。

にゃんでもかんでも一人でやりたがるご主人に頼られることが、どれくらい嬉しいことか——にゃんでもかんでもひとりでにゃんとかしようとするご主人が、恥も外聞もにゃく、体面も体裁もにゃく頼ってくれたことが、どれくらい嬉しいことか——俺はクルマに轢かれたただの猫だが。

図々しくも頼ってくれたんだ。

妹と呼んでくれたんだ。

家族って、呼んでくれたんだぞ。

「よろしくお願いされちまったんだよ——お前のことを！」

それに——と、俺は民倉荘に目をやる。

戦場ヶ原ひたぎからも、同じようにお願いされていた。

そんなご主人のことを、よろしくと——

「……にゃあああっ！」

俺は。

どれほどの温度ににゃっているかもわからにゃい苛虎の胴体に、より一層強くしがみ付く——頬ずりするように、顔面を押し付ける。

服はとっくに焼けていた。

熱い。熱い。熱い。熱い。

熱い。熱い。熱い。熱い。

太陽を抱きしめている気分だった。

実際、そんにゃもんにゃのかもしれにゃい。

溜まりに溜まったご主人の嫉妬の炎は、それくらいの塊《かたまり》ににゃっていておかしくにゃい——だからこそ。

俺はそのすべてを飲み込まにゃくちゃにゃらにゃいのだ。

熱ければ熱いほど、大きければ大きいほど。

それは手放しちゃ駄目にゃん。

抱きしめてにゃきゃ駄目にゃ——

気持ちにゃんだ。

「うっ……にゃあああっ！」


『うざい』

ぶん——と。

濡れた身体でも乾かすように、苛虎は身体を振るった——それだけで俺は吹っ飛ばされた。

傍にあったブロック塀に、身体をしたたか打ち付ける。

「にゃんっ！」

自分の悲鳴を聞きつつ、急激な温度差に、俺は一瞬意識を失いかける。

駄目にゃん。今意識を失っちゃ駄目にゃん。

今の俺は火達磨《ひだるま》同然。

この状態で俺が意識をにゃくし、ご主人の意識と交代してしまったら、たぶん、全身火傷《やけど》で即死にゃん——怪異の俺だから、にゃんとか耐えられている温度にゃん。

「くっ……」

しかし……、にゃんてパワーだ。

比べ物ににゃらにゃい。

そう言えば相撲《すもう》が強い怪異で、化けの火ってのがあったが（にゃんだそりゃって思うよにゃ？）——それと比べても遜色《そんしょく》のにゃい怪力にゃん。

畜生《ちくしょう》、って猫の俺が言うのも変だけど。

ぎりぎり意識を失いはしにゃかったものの、たったの一撃で、もう身動きが取れにゃくにゃってるにゃん。

指先一つ動かにゃい。

にゃんだよ。

張り切って、勢い込んで来ておいて、このザマかよ——格好悪いにゃあ。

にゃはは。

でも、あの人間野郎は、いつもいつも、こんにゃ風に身体を張って——色んにゃ連中と戦ってきたんだろうにゃあ。

泣きにゃがら。

泣き言を言いまくりにゃがら。

泣いてんだろうにゃあ。


そうだよにゃあ。

ご主人も泣けばよかったんだよにゃあ——

悲しかったんだから。

寂しかったんだから。

悔しかったんだから。

そうすれば、俺とか、苛虎とかを生み出さにゃくっても——案外うまくいったのかもしんねーぜ。

いや、逆だったっけ。

俺達がいたから、ご主人は泣けにゃかったのか。

それも、まあ、そうだよにゃあ。

俺達みたいにゃ妹がいたら。

お姉ちゃんは泣けにゃいよにゃあ——

『弱い生き物だな。もう決着か』

苛虎は言う。

無表情に。

無感情に。

こちらにじりじりと——熱のように、にじり寄りにゃがら。

『そんなものか。お前の恩義とやらは』

「…………」

『ふん。まあよかろう。同じ女の腹から生まれたよしみだ。吾輩が手ずから、お前を地獄まで引き摺《ず》っていってやろう』

そんにゃ恐ろしいことを平然と呟く、火の塊。

地獄かあ。

悪夢よりは、いくらかマシにゃのかにゃあ。

でもそう何度も何度も——死にたくにゃいにゃあ。

クルマに轢かれて死んで。

ご主人に惹かれて死んで。

で、虎に引かれて死ぬのか。

一体、俺は何度死ぬんだろう。

馬鹿は死にゃにゃきゃ直らにゃいって言うけれど、ありゃあ嘘だにゃ。

俺はずっと、馬鹿のままで——

「あーあ。本当に、嬉しかったんだけどにゃあ」

それでも、それが野性ってことにゃのか、俺のエニャジードレインを警戒しにゃがらゆっくりと近付いて来る苛虎を視界に。

俺は呟くにゃん。

遺言？

いや。

これはただの、負け惜しみにゃん。

「命懸けで戦って、お前の放火を十秒遅らすのが、やっとだっただにゃんて——自分の弱さが、嫌ににゃるにゃん」

『だから——言っただろう』

苛虎は言う。

やはり、情緒もない。

何の情緒もない——感情のうねり。

『無理なのだ。無茶なのだ。無駄なのだ』

「無理だったにゃん。無茶だったにゃん。無駄だったにゃん」

あーあ。

そう言えば、結局、言えなかったなあ。

あんなに好きだったくせに。

化物になっちゃうくらい好きだったくせに。

私、一度も、阿良々木くんに好きだって、言えなかったなあ——

「無理だった。無茶だった。無駄だった——」

「そんなことはねーぞ、羽川」

と。

その刹那——夜空より一振りの大太刀が飛来し。

苛虎の首をざくりと貫き、地面に縫いつけた。

その日本刀を——俺は。

私は知っている。

その銘《めい》は——妖刀《ようとう》『心渡《こころわたり》』。

古今稀《まれ》なる、怪異殺しの——

「…………っ！」

「無理だったかもしれない。無茶だったかもしれない。でも——無駄じゃなかった。お前が命懸けで頑張って、この虎の放火をたった十秒遅らせてくれてなかったら、僕は間に合わなかった」

065

春休みからすっかり伸びた黒髪。

小柄ですっきりとした体軀。

肌から服から既にぼろぼろで、靴も片方脱げている。

そんな形姿《なりすがた》だけでも、どれほど大変な思いをして、どれほど恐ろしい過程を経て、今、彼がここにいるのか——既に物語られている。

「そしたら僕は、きっと泣いてたぜ」

刀の柄《つか》を握ったまま、そんな風に。

阿良々木くんは——笑った。

「……あ、ああ」

阿良々木くん。

阿良々木くん、阿良々木くん。

阿良々木くん、阿良々木くん、阿良々木くん——

肌のあちこちが熱く痛む。

私の意識が強く表面化したせいで、全身の火傷が痛むのだ——だけどそんなことは、ちっとも気にならない。

胸の中のほうがよっぽど焼けるように熱くって。

なんだ。

月火ちゃんの言うことが結局正しかったのか。

嫉妬よりも——恋心のほうが、ずっと炎だ。

阿良々木くんの姿を見ただけで、こんなにも燃え盛る——たった数日ぶりのことだというのに。

まるで百年ぶりに会った気分だよ。

「阿良々木くん……どうしてここに？」

「おいおい、馬鹿なことを訊くなよ、羽川」

傷つくぜ、と阿良々木くんは言う。

「お前がピンチなんだ。僕が駆けつけないわけがないだろうが」

「……あはは。よく言うよ」

私は思わず、笑ってしまった。

本当に、よく言う。

ついさっきまで、真宵ちゃんや神原さんと、壮大なるアドベンチャーを繰り広げてたくせに。

また、そんなぼろぼろになって……。

あちこち怪我して、傷だらけで。

無理なこと、いっぱいしたんだろうね。

無茶なこと、いっぱいしたんだろうね。

でも……、
無駄なことなんて、なかったんだね。

「まあ本当は送られてきたお前の私服写メを見て、全てを投げ出して駆けつけたんだけどな！」

「いやいやいやいやいやいや」

それは冗談であって欲しい。

大体、その私服って阿良々木くんのものだし。

もうほとんど焼けちゃってるし。

『ぐ……ぐあぁ』

そんな阿良々木くんの下で——虎が唸る。

苛虎が唸る。

『ああああああああ……痛い。痛い。痛い。熱い。痛い。熱い。熱い。熱い。熱い――』

「おおっと」

それを見て阿良々木くんは、苛虎の喉元《のどもと》から刀を一気に引き抜く。

慣れた手際だった。

本当に一体、この数日の間にどれだけの修羅場《しゅらば》を潜ってきたのか、心なし、戦士度が上がっている気がする。

「えーと、ブラック羽川……なのか？　今は。いや、そもそも羽川なのか……でも、耳とか生えたままだし、白髪だし――」

「全部私だよ」

「そっか」

頷いて、阿良々木くんは瀕死の苛虎の――それでもまだ、しぶとくくすぶり続ける私の感情の塊の首根っこをつかんで、私の前に引き摺ってくる。

五百キロはゆうに越えようかという、その重い重い猛獣を。

私の前に。

「――で、退治とかすんじゃねーんだろ？」

悪いけどもあの手紙勝手に読んじまったぜ、と阿良々木くん。

どうやらここに駆けつける前に、一度自分の部屋に帰っているらしい――いや、だからこそ『ここ』がわかったわけか。

「『心渡』で急所を貫かれてるから長くは保《も》たねーぞ。吸収するなら早くしな」

「…………」

あれを読んだってことは……、全部わかってるんだよね。

そうしたら、私がいなくなるってこと。

少なくとも――今までの私じゃなくなること。

わかってて、そう言ってくれるんだよね。

「……阿良々木くんは、いいの？」

それでも私は。

全てをわかってくれているであろう阿良々木くんに、言葉で確認してしまう。

彼の優しさに、すがってしまう。

助けて、なんて。

とうとう言えなかった、意地っ張りな私なのに。

「私が私でなくなっても、いいの？」

「だから——馬鹿なことを訊くなよ、羽川」

するとすぐに、彼は答えた。

「さっきお前も言ったじゃねーか。どうなろうと、全部お前だよ。変わってもお前だ。安心しろ。そこで変に甘やかしたりはしない。嫌な奴になったら嫌ってやる。悪いことしたら怒ってやる。恨まれたら庇《かば》ってやる。頭が悪くなったら——まあ、僕が勉強を教えてやるし」

泣いたら慰めてやる。

そう言って、阿良々木くんは——

私の頭を撫《な》でてくれた。

「…………っ！」


その行為に。

私の心は——全焼する。

もう、熱いなんてものじゃない。

そうだ。

私はずっと——誰かにこうして欲しかった。

こんな風に、優しく撫でて欲しかった。

優しく触って欲しかった。

「ねえ、阿良々木くん」

「ん？」

「私は、阿良々木くんが大好きだよ」

私は言った。


「結婚を前提に、私と付き合ってくれないかな」


やっと言えた。

これだけのことを言うのに——半年近くかかった。

そして、私からの唐突な告白を受けた阿良々木くんは、少しだけ驚いたような顔をして、それから困

ったように笑顔を浮かべ、

「そっか」

と言う。

「すげー嬉しい。でもごめん。僕、今、好きな子、いるんだ」

「だよね。知ってる」

私は顔を上げて、正面を見る。

民倉荘二〇一号室。

彼女はそこで——お父さんと一緒に床についているはずだ。

「その子のこと、私より好き?」

「うん」

意地悪な質問にも、真っ直ぐに答えてくれた。

それがとっても嬉しくて。

でももちろん、それ以上に傷ついている。

「……あーあ。振られちゃった」

そうだ。

これでいいのだ。


これが正しい。

告白して、振られる。

とても悲しい。

この悲しさを経験しないで——何が世界中を旅する自分探し、だ。

自分探しも自分作りもない。

失恋もしないで——失恋旅行ができるものか。

助けてとは言えなかった私だけれど。

好きだとは言えた。

言えたんだ。

もちろん、阿良々木くんは私の気持ちを、とっくの昔に知っている。文化祭前にそれは、伝わってしまっている。

いや、部屋のノートを読んだというのなら、そこでも改めて、伝わっているだろう。

だけど伝わるんじゃ駄目なんだ。

伝えなきゃ駄目なんだ。

返事をもらわなければ駄目なんだ。

阿良々木くんが私をどう思っているのか。

伝えてもらわなきゃ駄目なんだ。

やっと返事をもらえて——私は。

振られて、傷つくことができた。

私は手を伸ばして、苛虎の額《ひたい》に触れる——

三人目の私の頭を撫でる。

私がされて嬉しかったことを、いまだ燃え続ける感情の火に対してする。

くすぶる気持ちを私は撫でる。

エナジードレイン。

これが最後のエナジードレインだ。

全身の火傷が治っていく——その代わりに、私の内に怒濤《どとう》のような感情が流れ込んでくる。

十八年間溜めに溜めた暗い感情だ。

そしてストレスだ。

ブラック羽川に、苛虎に、押し付けていたそれらが、今、利息を伴って——私の中へと戻ってくる。

「う……う、ううううう……」

どうしてだろう。

気がつけば。

「う……、ううう……う、うわあああん」

気がつけば、私は泣いていた。

溢れんばかりの感情に耐え切れなかったのか、それに伴うストレスの苦痛のためなのか、それともやっぱり、失恋の悲しみゆえなのか——阿良々木くんの目の前で。

人目もはばからず。

子供のように。

赤ん坊のように、大声で泣いていた。

「うわあああああん、あ、あ、う、うあああああああん、ひっ、ひっ……わあああああああああああんっ！」

だからこの日、ようやく私は——

生まれることができたんだと思う。

阿良々木くんは約束通りに、私が泣きやむまでずっと、私を慰めてくれた。

何も言わず。

一晩中私の頭を、優しく撫で続けてくれた。

066

後日談。

と言うより、これまでが前日談だったと考えよう。

今日から始まる、私の物語。

まず阿良々木くんがこの数日間、学校を休んで何をしていたのかという話だけれど、これが彼は、頑なに口を閉ざして教えてくれなかった。まあ、神原さんは次の日から普通に学校に来たし（左腕の包帯をさておけば、阿良々木くんみたいにあちこち怪我をしている風もない）、真宵ちゃんのことも心配いらないと言っていたし、一時的にペアリングを切断されていたという忍ちゃんとの縁も復帰したというのだから、万事丸く収まった——ということなのだと思う。

臥煙さんやエピソードくんとどう関わり、彼らとどういうやり取りがあったのかは不明のままだけれど、まあ、阿良々木くんのことだ。

きっと、すごく辛いことがあって。

それを乗り越えたんだと思う。

私もそういう風でありたい。

で、そのペアリングの回復した忍ちゃんと話す機会があったのだが、彼女は阿良々木くんが不在中に経験した私の話を聞いて、

「そりゃあ火車《かしゃ》じゃな」

と言った。

「ベースはなくとも、モデルはそのあたりじゃろう。化けの火というよりは、その辺を意識して創作された怪異という雰囲気じゃ」

「火車？」

そう言えば、ブラック羽川のときに何度か言葉を

交わしてはいるものの、忍ちゃんと、こんな風に話すのは初めてだなと思いながら、私は訊く。

「火車って……」

「なんじゃ、委員長。火車を知らんのか」

「いえ、火車は知ってますけど……」

五百年生きた怪異を相手にしているのだから、一応敬語を使う私だが、しかし目の前にいるのは八歳くらいの幼女なので、なかなか複雑だ。

「でも、あれ、虎でしたよ」

「儂も障り猫からそう聞いておったから、そっちにはなかなか繋がらんかったがな――しかし、属性が火というなら、それは火車じゃろう」

「はあ――」

火車というのは、死体を引き摺って地獄に連れて行くという怪異で――そう言えば、苛虎はそんなことを言っていた――多くの場合、猫の怪異だとされている。

猫。

――吾輩を見た。

――それが肝要だ。

そんなことも言っていた。

つまり苛虎を見ることは、問答無用に地獄行きと直結していて――

「――でも、猫じゃなくて虎ですし」

「似たようなもんじゃろう」

「車じゃなくて虎ですよ」

「ブラックタイガーを知らんのか。ありゃあクルマエビの異名じゃろうが」

「…………」

ブラックタイガーって。

ああでも――だから火車と、火虎か。

それはどちらかと言うと偶然っぽいけど……でも、臥煙さんの名付けだし。

いや、あくまでも私の名付けなのか。

だとすると。

「クルマに轢かれた怪異である障り猫に続く怪異と

して、死人を地獄に曳いていく火車——面白い具合に繋がっておるではないか。ははは、アロハの小僧が言うところの、怪異に遭えば怪異に惹かれるという、そんな言葉通りじゃな」

「というより、まるで連想ゲームですけれど……ふうん——じゃあ、障り猫みたいに下地となる怪異がいるわけじゃないにしても、苛虎も完全なオリジナルの怪異ってわけじゃなかったってことなんですね」

「完全なるオリジナルなんぞ存在せんわ——それは古今東西のクリエイターがどうしたってぶつかる壁じゃろ。石燕もしかりじゃしな。うぬの考えた炎の虎も、化けの火やら火車やら以外にも、うぬが積み重ねてきた知識や、うぬが積み重ねてきた人間関係の産物には違いあるまい。自由度は相当に高いといっても、自由ではありえんよ」

「芸術は模倣から始まるということですね」

「その考えもいい加減卑屈《ひくつ》で、自虐的じゃがの」

忍ちゃんは肩を竦《すく》めて笑った。

凄惨に笑った。

「偉大なる先人に続く、と考えるべきじゃろう。誰もが誰かの続きであり、誰もが誰かに続くのじゃよ。前の世代から受け取ったパスを、次の世代に繋げる。いずれ誰かがシュートを決めるじゃろうし、シュートが決まった後も試合は続く。それが血統ということであり、それが伝承ということじゃ、うぬの考えたブラック羽川や苛虎の後ろにも、誰かが続くことになるかもしれんぞ」

「うーん」

それはやだなあ。

だけれど、私の間抜けさが後の世の、誰かの教訓になるというのなら、それにも意味があるのかもしれない。

益体《やくたい》もない私の物語も。

役に立つことがあるのかもしれない。

そう思った。

さて、阿良々木くんが帰ってきたので、当然、ところてんのように、私は阿良々木家から出て行かなくてはならなかった——阿良々木くんは、

「いや、気にするなよ。僕は床で寝るから、ベッドそのまま使っててていいって。なんならベッドの下で寝るから。いっそ僕がベッドになってもいい。着替えとかのときは、もちろん目を閉じるから」

と、親切にも引き止めてくれたが、貞操《ていそう》の危険しか感じなかったので、謹《つつし》んで辞退した。

以前と変わらず接してくれる彼が嬉しくもあり、でもそれは彼の揺るがぬ気持ちを表しているようで、やっぱり切なくもあった。

案外、あのまま阿良々木家に居座り続けていたら、危険だったのは阿良々木くんの貞操のほうだったかもしれない。

火憐ちゃんは「兄ちゃんが出て行って翼さんがウチの子になればいいんだよ」と言ってくれたけれど(酷い)、もちろん、そんなわけにはいかない。

彼らの家族は。

あくまでも彼らだけなのだから。

割り込めない。

振り返ってみればたった二晩とは言え、世話になった阿良々木家の皆さんに丁寧にお礼を言って、私は阿良々木家を出た。

それから、私は戦場ヶ原さんの家に舞い戻ることになった——危うく燃やしかけた、民倉荘の二〇一号室である。

なんでも、戦場ヶ原さんのお父さんが半月ほどのスパンで、海外出張をすることになったそうだ——だからその間、是非娘と一緒に過ごしてやって欲しいと、お父さん本人から頼まれたのだ。

無論方便《ほうべん》だろう。

そんな唐突に出張の予定が入るわけがない——自《みずか》ら望みでもしない限りは。

どうやら戦場ヶ原さんがお父さんに事情を話して、そのように取り計らってもらったらしい。阿良々木

くんがいつ帰ってくるかはともかくとして、さすがにあのまま長居はできないだろうことは、彼女にもわかっていたようだ。

つまり、そこまで含めて——秘策だったのだ。

「ひたぎ。僕は、友達が困っているときに助けてやれる人間になりなさいと、ずっとお前に言ってきた」

戦場ヶ原さんのお父さんは、出発直前、出張用に準備した少し大きめのバッグを手に、そう言った。

「お前はその通りの人間になった。こんなに嬉しいことはないよ」

娘の頭を撫でながら。

そのときの戦場ヶ原さんの表情は、忘れられない。

お父さんの表情もだ。

それからしばらくの間、戦場ヶ原さんとの同棲生活が続いたわけだけれど、もちろん、すべてがうまくいったわけではない。

障り猫と苛虎を自分として取り込んだ私は、はっきり言って情緒不安定の極みだった。少なくとも一緒に生活していて、心地いい相手ではなかったと思う。

だけど戦場ヶ原さんはそんな私を、しっかりサポートしてくれた。

「私も同じようなものだから」

そう言ってくれた。

自分はどうやって、そんな感情のうねりを乗り越えてきたのかを逐一教えてくれた。

衝突もしたし、喧嘩もした。

だけどそのあと仲直りした。

そんな日々を送る中、どうして私は、私の大好きな阿良々木くんと付き合っていて、本当はとても妬ましいはずの彼女にだけは嫉妬することがなかったのか——その理由を理解した。

そうだ。

私は多分、最初からわかっていたのだ。

阿良々木くん。

戦場ヶ原さん。

あの二人が付き合うようになることを。

あの二人が付き合うようになることを。

わかっていて——知っていた。

なんでもは、やっぱり知らないけれど。

そのことは知っていた。

母の日以降、二人の関係を応援していた私の気持ちだけは——だから、嘘じゃなかった。

「私はね、羽川さん」

戦場ヶ原さんは言った。

「逆のことを思っていたわよ。四月から、阿良々木くんと羽川さんのことを見ていて、ふたりはきっと付き合っているんだと思っていた。そうじゃなくても、好き合っているんだと思っていた。阿良々木くんにそう聞いて、否定されたときには、だからびっくりしたものよ」

今だから。

今だから正直に言うけれど、と、そして彼女は続けた。

「阿良々木くんに告白したとき、私は振られると思っていたわ。もちろん、当時の私はどんな手を使ってでも彼を頷かせるつもりでいたけれど、でも、心のどこかに、駄目元という気持ちがあったことは否めない。だって、阿良々木くんは、どう見たってあなたのことを好きだったんだもの——私はきっと、羽川さんのことが好きな阿良々木くんのことを、好きになったんだと、そのとき思ったわ」

「そう。じゃあ、本当に私の逆だ」

そんな戦場ヶ原さんに私は言った。

笑顔で言ったと思う。

「阿良々木くんが戦場ヶ原さんと付き合ってなかったら、私は彼のことを、こんなに好きになってなかったと思う」

そう——極めてありきたりだけれど。

私達は、彼の優しさに惚れたのだから。

何も切り離さない、何も捨てない。

その気の多さに惚れたのだ。

よかった――阿良々木くんのことで、戦場ヶ原さんを恨んだことは一度もないという私のあの感覚だけは、切り離されていない、私の本当の気持ちだったんだ。

それでもやっぱり、「いいなあ」って気持ちは否定できないから、夜とかにからかってあげたりもしたけれど、そういうときの戦場ヶ原さんのリアクションがまたたまらないのだった。

そっか。

私は阿良々木くんを好きだけれど。

戦場ヶ原さんも好きなんだ。

それを認めることができて、初めて、私は失恋できた気がする。

痛みと共に、失恋できた。

そんな生活が十日ほど続き。

いよいよその日がやって来た。

全焼した羽川家に代わる借家が見つかったというのである――ならば私は、そこに行かねばならない。

戦場ヶ原さんは「そんな急に出て行かなくても、心の準備ができるまでゆっくりしていけば」と心配そうだったけれど、もう大丈夫だった。

何の心配もいらない。

私は戦場ヶ原さんに、

「ありがとう」

と言い、

「またすぐ遊びに来るね」

と颯爽と民倉荘をあとにした――いやこれは嘘だ。

本当は号泣した。

戦場ヶ原さんと別れるのが辛かったし、これからの生活を思うと心細かった。

なるほど、苛虎の言うことは正しかった。

確かに、私は脆い。

涙脆い。

でも、戦場ヶ原さんも泣いてくれたから、おあいこなのかもしれない。

そう言えば、民倉荘から新しい借家までの道々、千石ちゃんとすれ違った。

千石撫子——阿良々木くんとゆかりある中学生である。

ただ、私とはあまり接点がなく、かつ、そのとき彼女は両親と一緒だったので、声はかけなかった。

向こうも私に気付かなかったようだし。

仲の良さそうな家族だな。

と、そんな風に思い——妬ましくって。

いけないいけない、とそんな気持ちを打ち消す。

いや、打ち消すんじゃ駄目だ。

私はああいう光景を羨ましいと思う人間だ。

まずそれを受け入れることから始めよう。

心の中で火が燃えていることを、ちゃんと確認しながら生きていこう——なに、それがどんな炎であれ、炎は大事な文明だ。

私もきっと、進化できるだろう。

神原さんではないけれど、とりあえず、歩いていて、ああいう幸せそうな一家を見ることができる程度には、私の視野も広がったということなのだから——もう私は始まっているのだと思う。

ちなみに、羽川家の全焼、及び学習塾跡の全焼は、限りなく事故に近い自然発火ということに収まった——ガラスがレンズになってどうとか、夏にしては珍しく乾燥した空気がどうとか、そんな感じだ。

なるほど。

世界はそういう風に、辻褄が合うらしい。

矛盾は解決されるらしい。

それでも私は、私がやったことを忘れてはならないと思う。

罪には問われなくとも、無罪ではない。

それは生きとし生ける者がみんな心がけなくちゃいけないことで——

潔白なんてありえないのだ。

そう思う。

到着した借家は、彼らにとっては新居を再建するまでの一時の仮住まいということもあるのだろう、そんなに大きな家ではなかった。むしろこのあたりでは、小振りな範疇《はんちゅう》に入りそうだ。

部屋の数も、多いとは言えない。

だけど私は、私の父親と呼ばれるべき人と、私の母親と呼ばれるべき人に対して、既にはっきりと言っていた。

借家が決まったと聞いた段階で、言っていた。

「お父さん。お母さん。私に部屋をください」

だから。

だから私は、生まれて初めて、自分の部屋を得たのだった。

心の中の妹達に手狭な思いをさせたくはなかった。

そうだ。

彼女はいなくなったわけではない。

苛虎もまたいなくなったわけではない――

私の心の中にいて。

そして私も、いなくなっていないのだ。

昔の私も、今の私の中にいる。


ふと思う。

優等生で、委員長の中の委員長で誰にでも優しく、公平で、頭がよくって、聖人のようで――阿良々木くんがそう称していたかつての私こそ、私が作り出した、最初の怪異だったのではないかと。

阿良々木くんが本物と呼び。

戦場ヶ原さんが化物と呼んだ彼女。

それこそが、一番最初の自分作りだった。

なりたかった理想の自分――そのために、私は色んな自分を殺してきたんだ。

それはきっと、やってはいけないことだった。

私の心から最初に切り離されたのは、他ならぬ私自身で――どれが本物で、どれが本体ということなく、主人格も主導権もなく。

すべてが私で。

だから――今の私も、昔の私も。

これからの私も、本質的には何も変わらないのかもしれない。

どんなに変わろうと、阿良々木くんが阿良々木くんであり続けるように——私がどんな私であろうと、まったく変わらない。

そういうことなのだ。

何も変わりませんでした。

それが——後日談ならぬ、今回のオチなのだ。

私は私。

羽川翼なのだ。

猫耳はもう引っ込んだし、苛虎を見ることはないけれど、半分くらい白髪の残って虎縞みたいになった髪の毛が、恐らくはその証拠なのだろう。

このまま学校に行くのはさすがにアヴァンギャルド過ぎるので、毎朝黒く染めているけれど、それを面倒だとも手間だとも思わない。

彼女達との。

自分の心との、コミュニケーションのようで。

楽しいというのが、偽らぬ本音である。

うん。


きっとそうやって——続いていくのだ。

変わらなくても、変わっていくのだ。

私の人生は。

渡されていた鍵を使って玄関を開ける——どうやら二人ともまだ仕事から戻っていないらしく、家の中には誰もいなかった。

まるっきり知らない家なんだけれど、どこか、他人の家に忍び込んだというような気はしない。むしろ、慣れ親しんだ家のようにさえ感じてしまう。玄関の鍵を自分で開けただけのことで、そんな風に思えるものなのだろうか。

不思議に思いながら、まずは階段を上る私。

一段一段。

噛み締めるように。

最後の一段を上り、二階に到着したとき、私はなんだか唐突に、真宵ちゃんのことを思い出した。

初めて会ったとき、ずっと迷子だった彼女。

迷い牛——そうか。

するると案外、火車でも化けの火でもなく、私が苛虎を創作するに当たって一番の参考文献になったのは、迷い牛だったのかもしれない。

もちろん真宵ちゃんは、もう迷い牛からは切り離されているけれど、その残響ということならば考えられるだろう。

苛虎に出会ったのが、真宵ちゃんと会った直後だったことは、阿良々木くんの不在を知ったことだけが理由ではなかったのかもしれない。

牛と虎は、混同されていた時代もあるそうだし──ならば、考えられなくもない。

家族も家も見失った私が出会うには──相応しい怪異だろう。

あの日から。

いや、五月にあの公園で真宵ちゃんに会ったあの日から──私はずっと迷子で。

うろうろ、ぐるぐる、あちこちを回っていて。

彷徨《さまよ》っていたのだろう。


今度真宵ちゃんと会ったら、そんな話をしよう。

そう思った。

本当にもう、実際、散々迷った。

迷いに迷った。

でも、そのお陰で私はいっぱいの人間に会えた。

いっぱい、いっぱい。

色んな家族を見た。

色んな私を見た。

だから、私は私になれた。

過去の私も私なら、未来の私も私である。

私が私でない瞬間なんて、ないんだ。

ならば明日はどんな私なのだろう。

そんなことを楽しみに思いつつ、私はドアノブに手を掛ける。

そこが与えられた、私の部屋だった。

六畳の洋室。

卒業までのほんの半年間だけれど──確かに、確かな、私の場所。

私達の場所。

ふとそのとき、あの日、私がノートに残した手紙に、いつの間にか書き足されていた文章を思い出す。

いや、文章というほど長くはない——一行、どころかたった四文字。

それはずっと私と一緒にいてくれた、いつだって私を守ってくれていた、一匹の白い猫からの、たったひと言の挨拶だった。

ありきたりな。

誰もが毎日、当たり前みたいに口にする挨拶。

だけどもそれは、私にとっては生まれて初めての言葉だった。

「ただいま」

私は私の部屋に這入る。

やっと帰ってこれたんだ。

あとがき

よく漫画で夏休みの宿題辺りに追い詰められた主人公が「身体が二つあればいいのに」とか「もうひとり自分が欲しい」とか、そんな無茶をねだるというパターンのお話がありますけれど、大体この手の話は身体が二つあろうともうひとり自分がいようと、そっちもこっちも一緒にサボってしまうので結局効率はあがらないという落ちに落ち着くことが多いようです。まあさもありなんという感じではありますが、しかしよくよく考えてみればどうでしょう、これは二つある身体の両方に自由意志が存在しているのが問題なのであって、複数の身体をひとつの意志でコントロールするのであれば、効率は飛躍的に上がるのではないのでしょうか。つまり身体Aと身体Bを、右手と左手を使うように、ひとつの指揮系統で操るという。無茶を言っていると思われるかもしれませんけれどこれが案外無茶でなく、だっていまや世の中、無線とかすげー発達しているわけで、だったら非常に機械的な解決で、なんとかなりそうな予感がしなくもないと言いますか。わかりやすく言えばマニピュレーターとか。でもそうやって限りなく自己を拡張していくと、どこまでが自分なのかわからなくなりそうな気もします。外出するときに履く靴は、自分と見做すべきでしょうか？　爪切りで切る前の爪は自分で、切ったあとの爪は自分じゃない？　本棚に並べてある本は、もう自分でいいのでは？　知っていることは自分なのか、それとも単なる知識なのか、どっち？『自分とは何か』、あるいは『どこまでが自分なのか』という問題は、昔から多くの人間を悩ましてきましたけれど、考えてみれば現代社会ほど、それを悩ましてくれる時代はないのかもしれません。

本書『猫物語（白）』は、タイトルとは裏腹に、特に『猫物語（黒）』と対になってはいません。『（黒）』と『（白）』で、それぞれ独立した物語になっている、というか、そもそも語り部からして違うじゃないですか。まあなんと言いますか、『化物語（上・下）』、『傷物語』、『偽物語（上・下）』、『猫物語（黒）』までがファーストシーズンだとすると、この『猫物語（白）』からがセカンドシーズンという感じです。わざと大袈裟に言っていますけれど、つまりこれは、シリーズを始めるにあたって（書くつもりだったかどうかはともかく）あらかじめ『あった』物語が前作までで、この本から先の物語は作者も知りえぬ未来だったという感じです。キャラクターが勝手に動くというのはこういうことなのかなー、とか思いますけれど、更にあと五冊くらい出る予定になっています。どんな話なんだろう……。そんな感じで本書は猫パーセント趣味で書かれた小説です、『猫物語（黒）』でした。違う、『猫物語（白）』。

セカンドシーズンも引き続き表紙&扉絵をＶＯＦＡＮさんにお願いしています。しかし羽川さん表紙になり過ぎですね。シリーズ中３作って。次巻も羽川さんだったらすごいですよね。ありうります。まあ表紙が誰かも含めて、次巻をお楽しみに。てゅーか八九寺でなかったらびっくりですが。

それではみなさま、今後共よろしくお願いします。

西尾維新

初出　本作品は、書き下ろしです。

著者紹介

西尾維新《にしおいしん》

1981年生まれ。第23回メフィスト賞受賞作『クビキリサイクル』(講談社ノベルス)に始まる〈戯言《ざれごと》シリーズ〉を、2005年に完結。近作に『真庭語《マニワガタリ》』(講談社BOX)、『難民探偵』(講談社)、『零崎人識の人間関係(四部作)』(講談社ノベルス)がある。

Illustration

VOFAN《ヴォーファン》

1980年生まれ。代表作に詩画集『Colorful Dreams』シリーズ(台湾・全力出版)がある。現在台湾版『ファミ通』で表紙を担当。2005年冬『ファウスト Vol.6』(講談社)で日本デビュー。2006年より本作『化物語』シリーズのイラストを担当。

講談社BOX

KODANSHA BOX

猫物語《ネコモノガタリ》(白)

定価はケースに表示してあります

2010年10月27日 第1刷発行

2010年12月3日 第3刷発行

著者 ── 西尾維新《にしおいしん》

発行者 ─ 鈴木 哲

発行所 ─ 株式会社講談社

東京都文京区音羽2-12-21 郵便番号 112-8001

編集部 03-5395-4114

販売部 03-5395-5817

業務部 03-5395-3615

本文データ制作 ─ DTP DATA 制作室

印刷所 ─ 凸版印刷株式会社

製本所 ─ 株式会社若林製本工場

製函所 ─ 株式会社岡山紙器所

ISBN978-4-06-283758-3 N.D.C.913 292p 19cm

2010年12月発売予定!!

傾物語《カブキモノガタリ》

第閑話

まよいキョンシー

西尾維新

NISIOISIN

Illustration／VOFAN

KODANSHA BOX

2011年3月発売予定 [花物語] 第変話 するがデビル

2011年6月発売予定 [囮物語] 第乱話 なでこメドゥーサ

2011年9月発売予定 [鬼物語] 第忍話 しのぶタイム

2011年12月発売予定 [恋物語] 第恋話 ひたぎエンド

<物語>シリーズ 既刊

[化物語(上)] 第一話 ひたぎクラブ／第二話 まよいマイマイ／第三話 するがモンキー

[化物語(下)] 第四話 なでこスネイク／第五話 つばさキャット

[傷物語] 第零話 こよみヴァンプ

[偽物語(上)] 第六話 かれんビー

[偽物語(下)] 最終話 つきひフェニックス

[猫物語(黒)] 第禁話 つばさファミリー

[猫物語(白)] 第懇話 つばさタイガー

『化物語』
唯一の
完全
公式読本
設定資料&原画集
スタッフインタビュー集
and more……!
化物語

究極の〝ブログエンターテイメント〟!
が誕生する瞬間を目撃せよ!
講談社BOXより
大好評発売中!!
KODANSHA BOX
Kosame Daizu
小雨大豆
フィオナ旅行記
Fiona's Travels
遠く彼方の異世界の住人、フィオナ・ローエングラム嬢がブログで綴る
「過酷なサバイバル生活」。元軍人の彼女が、奇妙な生態系に覆われた世界を
旅する中で、個性的な人々と触れ合い、何を感じ、何を見つけるのか——。
そんな異世界の旅の記録が、「笑い」と「涙」の「未知なる体験」へと貴方を導く!

過酷な旅を〝歓び〟と〝哀しみ〟で綴《つづ》る
まったく新しい〝ファンタジー〟
「good! アフタヌーン」より異例のweb連載、
そしてドラマCDにもなった異色の〝ブログ形式《スタイル》ファンタジー〟が、
ついに講談社BOXで書籍化！ 奇才・小雨大豆が生み出した
斬新な語り口によって、ファンタジーは新たなステージへと突入する!!

講談社BOX × AiR × スターチャイルド が、
あなたの作品を毎月アニメ化検討します!!!
BOX-AiR
新人賞
才能の可能性を知りたいアナタはこちらへ!
ココが自慢!
●面白い作品は、『BOX-AiR』にて即掲載します。
●締め切りナシ! 毎月末に選考会議をし、結果は直近発売号の『BOX-AiR』にて発表!
2011年、電子雑誌『AiR エア』と講談社BOXが組み、業界初・新人作家中心の電子雑誌『BOX-AiR』を創刊します。なんと毎号『BOX-AiR』掲載全作品のアニメ化をキングレコードグループのスターチャイルドと検討! 今すぐ原稿を応募しよう!
常時原稿受付
2011年2月末の選考会議に間に合った作品は、
春創刊予定の『BOX-AiR 一号』に即掲載検討!
応募要項
書き下ろし未発表作品に限る。 原稿枚数:ワープロで39文字×16行を1枚とし、シリーズものの小説で1話・2話各40枚以内と、全ストーリーのシノプシスを下記のメールアドレスにお送りください。
郵送は受付しておりません。
タイトル、ペンネーム、氏名、年齢、性別、職業、略歴、住所、電話番号を明記してください。『BOX-AiR』掲載作品は、連載が単行本1冊分のP数がたまった作品については全て講談社BOXより単行本化し、規定の印税を支払います。
あて先
kodansha-box@kodansha.co.jp
イラスト/05(『コロージョンの夏』)
作品大募集!!!
BOXは2通りあります!!!!

NEXT
POWERS
BOX
2011, January
On Sale!
新次元ロボットアクション開幕!!!!
「圏内？」
少し怪訝そうな声で尋ねてくる少女に、僕は自分の携帯を見せる。
「この画面の上にアンテナがあるだろ？
携帯の電波状況を表す三本のアンテナが。
今は電波がいいみたいだから、三本立っている。
けれど、まったく電波が通じない所だと圏外って表示される。
圏内ってのは、その逆。電波が通じすぎる場所だ」
第4回講談社BOX新人賞Powers受賞作
『マージナルワールド』
［著］湊利記
［Illustration］村崎久都
B6判 予価：1260円（税込）
KODANSHA BOX
POWERS BOX
2011年1月初旬発売予定!!!!

KODANSHA BOX
POWERS BOX
漂っているのだろうか、と思った。寓話の海。
そこに、僕らは漂っているだけなのだろうか。
講談社BOX新人賞Powers受賞の
デビュー作『コロージョンの夏』
売れ行き絶好調につき、緊急発売決定!
マガミシリーズ第二弾
『フェイブルの海』
[著]新沢克海 [Illustration]05
BC判 100P予定
2011年2月初旬発売予定!!!!

KODANSHA BOX最新刊

講談社BOXは、毎月"月初"に発売!

お住まいの地域等によって発売日が変わることがございます。あらかじめご了承ください。

愛だの恋だのにうつつを抜かしている男女はそれぞれ、
きちんと幸せな結末を迎えます。

針谷卓史　Cover Photo 滝沢友朗

これで、ハッピーエンド。

ここのアラサー女子は、困難と問題だらけ……。

趣味は無防備な人の写真を撮ること、特技は恋愛についての屁理屈——27歳園原《そのはら》栞《しおり》、脳内で作り上げた実在しない彼氏がいる歴2年。親友1は勤務先の病院で妻子ある患者に一目惚れ。立派な不倫。親友2は会社内で貼り紙を掲示しての恋人募集。ヒモ彼氏付き。

■■■■■■■■■■■■■■■■■■■■■■

話題の"ブログ文体《スタイル》ファンタジー"、ついに完結!

小雨大豆　Illustration 小雨大豆

フィオナ旅行記2

遠く彼方の異世界の住人、フィオナ・ローエングラム嬢がブログで綴る「過酷なサバイバル生活」。元軍人の彼女が、奇妙な生態系に覆われた世界を旅する中で、過去の傷と向かい合い、何と闘い、何を許すのか——。そんな異世界の旅の記録が、「笑い」と「涙」の「未知なる体験」へと貴方を導く!

■■■■■■■■■■■■■■■■■■■■■■

大好評Powers BOX第2弾!

すべてを飲み込む大河のごとき超弩級エンタテインメント。

講談社BOX新人賞Powers受賞作、驚愕のデビュー!

神世希《shinseiki》　Illustration mebae

神戯—DEBUG PROGRAM— Operation Phantom Proof

其処《ソコ》には翅を広げた少女が独り、月に臨むように飛んでいた。

其れは巨大な鏡を片手に背後の月、星空を背負い立つ、閃光の戦闘姫《ヴァルキリー》!

深夜、おれが学院の屋上で出会ったのは、重装の美少女だった。

トーマと名のる彼女は、愛くるしい転校生と同一なのか?

徘徊する白き殺人姫とは、この絶対の美少女なのか?

部長、武藤天馬以下学院新聞部の"Operation Phantom Proof"のさなか
謎は、雪原の死霊館での忌まわしき大量殺人事件へと至る!

■■■■■■■■■■■■■■■■■■■■■■

売り切れの際には、お近くの書店にてご注文ください。